Roberta De Falco
Gute Zeiten für schlechte Menschen

PIPER

Zu diesem Buch

Nach seinem todesmutigen Einsatz bei der Aufklärung seines letzten Falls erholt sich Commissario Benussi in seinem Ferienhaus auf dem Karst. Trotz seiner äußerlichen Verletzungen und des Schneesturms, der über Triest fegt, geht es dem Commissario besser denn je: Er kommt endlich beim Schreiben seines schon lange geplanten Kriminalromans voran und erlebt einen zweiten Frühling mit seiner Frau Carla. Doch dann, wenige Tage vor Weihnachten, verschwindet Carla spurlos. Ihr Auto steht noch vor der gemeinsamen Wohnung in Triest, aber von ihr selbst gibt es keine Spur, keine Nachricht, nichts. Selbst zur Immobilität verdammt, schickt er seine beiden Mitarbeiter Elettra Morin und Valerio Gargiulo los, sie zu suchen. Je höher die Schneedecke über Triest wächst, desto tiefer müssen sie in der Vergangenheit graben, um Carlas Leben zu retten ...

Roberta De Falco ist das Pseudonym einer erfolgreichen Drehbuchautorin, die mit den Großen des italienischen Kinos zusammengearbeitet hat. Sie lebt in Triest, Rom und Orvieto.

Roberta de Falco

GUTE ZEITEN FÜR SCHLECHTE MENSCHEN

Kriminalroman

Aus dem Italienischen
von Luis Ruby

PIPER
München Berlin Zürich

Mehr über unsere Autoren und Bücher:
www.piper.de
Aktuelle Neuigkeiten finden Sie auch auf
Facebook, Twitter und YouTube.

Von Roberta de Falco liegen im Piper Verlag vor:
Die trüben Wasser von Triest
Gute Zeiten für schlechte Menschen
Schuld vergisst nicht

MIX
Papier aus verantwortungsvollen Quellen
FSC® C083411

Ungekürzte Taschenbuchausgabe
Februar 2017
© by Roberta De Falco 2014
Titel der italienischen Originalausgabe:
»Bei tempi per gente cattiva«, Sperling & Kupfer, Mailand 2014
© der deutschsprachigen Ausgabe:
Piper Verlag GmbH, München/Berlin 2015,
erschienen im Verlagsprogramm Pendo
Umschlaggestaltung: Patrizia Di Stefano
Umschlagabbildung: Pasqualino Brodella
Satz: Satz für Satz, Wangen im Allgäu
Gesetzt aus der Life
Druck und Bindung: CPI books GmbH, Leck
Printed in Germany   ISBN 978-3-492-30996-7

Die erzählten Ereignisse sind frei erfunden.
Jeglicher Bezug auf wirkliche Ereignisse und reale Orte
oder Personen ist unbeabsichtigt und rein zufällig.

Immer wieder, ob wir der Liebe Landschaft auch kennen
und den kleinen Kirchhof mit seinen klagenden Namen
und die furchtbar verschweigende Schlucht, in welcher die
 anderen
enden: immer wieder gehn wir zu zweien hinaus
unter die alten Bäume, lagern uns immer wieder
zwischen die Blumen, gegenüber dem Himmel.

Rainer Maria Rilke

DIE PERSONEN

ETTORE BENUSSI, Kommissar der Fahndungsabteilung der Triester Polizei
ELETTRA MORIN, Inspektorin der Fahndungsabteilung
VALERIO GARGIULO, Inspektor der Fahndungsabteilung

CARLA BENUSSI, Frau von Ettore Benussi
LIVIA BENUSSI, Tochter von Ettore und Carla Benussi
PATER FLORENCE, Kapuzinermönch, Leiter eines Offenen Hauses in Triest
VIOLETA AMADO, brasilianische Mitarbeiterin von Pater Florence
MARKO MARCOVAZ, Nachbar von Ettore Benussi
LUKA FURLAN, Exilkroatin
IGOR, Enkel von Luka Furlan
MARTIN PANIĆ, slowenischer Schriftsteller und Journalist
IVAN NONIS, Mitschüler von Livia Benussi
MARIO GRION, Inhaber eines Imbisslokals in Servola
DONELA, albanische Kellnerin in Mario Grions Lokal
RATKO und MILKO, Handlanger von Mario Grion
GORAN JOVANOVIĆ, serbischer Bauunternehmer

RADA, Goran Jovanovićs Frau
RADOVAN JOVIĆ, ehemaliger serbischer Milizangehöriger

Sowie:

AURORA und CLAUDIO MORIN, Elettra Morins
    Adoptiveltern
IRENE CAPPELL, Kollegin von Carla Benussi
ROBERTO DENICH, Kollege von Carla Benussi
PIETRO ZORN, Arbeitsloser, Patient von Carla Benussi
CLARA ZORN, Mutter von Pietro Zorn
ONDINA BRUSAFERRO, jugendliche Patientin von Carla
    Benussi
ROCCO BRUSAFERRO, Vater von Ondina Brusaferro
RUGGERO PAISAN, obdachloser Familienvater in
    Trennung
MIRKO PITACCO, Polizeibeamter
DREI ARBEITER aus dem Alten Hafen von Triest

1 Ein Schuss hallte durch die Morgendämmerung und riss Ettore Benussi aus dem Schlaf.

»Dieser verdammte Spinner«, knurrte er und rieb sich die schmerzende Stelle an der Schulter. Wieder einmal hatte er sich beim Hochschrecken an dem Messingzierknopf gestoßen. »Und dieses verdammte Bett«, fluchte er gleich hinterher. Und wenn er es hundertmal von Großvater Bepi geerbt hatte, das Ding war und blieb doch ein Prokrusteslager.

Auf den ersten Schuss folgte ein zweiter und dann noch ein dritter.

»Nein! Jetzt reicht's!«, brüllte er.

Es war Zeit, der Sache ein Ende zu setzen.

Wütend schob Kommissar Benussi die Beine über den Bettrand und tastete nach der Krücke, die ihm wie üblich unters Bett gerutscht war. Seine erste Regung war, nach seiner Frau Carla zu rufen und sich von ihr helfen zu lassen, aber dann fiel ihm ein, dass sie gar nicht da war.

Er griff nach dem Handy auf dem Nachttisch und wählte die Nummer der Zentrale.

»Wer hat gerade Dienst?«, blaffte er ohne jegliche Vorrede. »Dann her mit ihr … Nicht da, was soll das heißen? Wo zum Henker steckt sie? Dann such sie und sag ihr, dass sie mich anrufen soll, und zwar sofort. Auf der Stelle!«

Damit knallte er den Hörer auf die Gabel.

Diese Morin machte ihn wahnsinnig. Konnte die nie an ihrem Platz sein, wenn man sie brauchte?

Im selben Moment klingelte sein Handy.

»Na endlich! Was war denn, haben Sie gepennt?«

Benussis Gesichtsausdruck nach nahm seine Gesprächspartnerin die Frage nicht gerade huldvoll entgegen.

»Sprechen Sie mit mir nicht in diesem Ton, Ispettore Morin!«, unterbrach Benussi seine Kollegin. »Ich mag zwar noch nicht ganz genesen sein, aber ich bin doch immer noch Ihr Vorgesetzter. Mein Nachbar ballert schon wieder mit diesem verdammten Repetiergewehr herum, der bringt mich noch um den Verstand! Es muss doch irgendein Mittel geben, um den Kerl aufzuhalten! ... Ich scheiße drauf, dass das legal ist, und ebenso auf diese angebliche Invasion von Wildschweinen und Rehen im Karst. Mich interessiert einen Dreck, dass die Bewohner nichts dagegen haben, ich will meine Ruhe. Ich bin in dieses Mistkaff gekommen, um mich in Frieden erholen zu können, und was passiert? Mein geistig minderbemittelter Nachbar ballert mit seinem Gewehr herum. Unternehmen Sie gefälligst etwas, bevor ich zum Mörder werde!«

Abrupt brach er das Gespräch ab und humpelte auf die Krücke gestützt ins Bad. Die kleine Szene hatte ihm gutgetan, ihn geradezu beruhigt. Er wusste, dass Inspektorin Morin sich etwas einfallen lassen würde. Sie war jung und brachte ihn manchmal zur Weißglut, aber unfähig konnte man sie wirklich nicht nennen.

In gelassenerer Stimmung setzte er sich auf den Badewannenrand und lenkte seine Gedanken wieder auf das Buch, an dem er gerade schrieb. Er hatte die ersten fünfzig

Seiten erfolgreich hinter sich gebracht und platzte schier vor Lust weiterzumachen. Seine Hauptfigur, Kommissar Babic, war hinter einer Bande von Menschenhändlern her. Gewissenloser Abschaum, der im doppelten Boden eines Viehtransporters illegale Einwanderer ins Land schmuggelte. Es würde ein guter Thriller werden, das hatte er im Gefühl. Diesmal würde ihn seine Frau nicht mit seinen literarischen Ambitionen aufziehen können. Er würde sie überraschen, so wie auch seine Freunde und Kollegen. Der Beiname *Montalbano*, den man ihm in der Stadt gegeben hatte, würde sich als ganz und gar verdient herausstellen.

Während er sich seinen Morgenkaffee kochte, überkam ihn einmal mehr das Bedauern über Carlas Abwesenheit. Sie hatte es vorgezogen, noch am Abend zurück nach Triest zu fahren, wenigstens bis zu den Weihnachtsferien dort zu bleiben. Bis dahin waren es allerdings nur noch wenige Tage. Sie brachte es nicht über sich, Livia allein zu lassen. Das einzige Kind der beiden durchschritt gerade die höllische Lebensphase, die man so harmlos als Jugend bezeichnet, mitsamt der obligatorischen Aufsässigkeit, den pampigen Antworten und der feindseligen Grundhaltung, die damit seit Anbeginn der Zeiten einhergingen.

In Wahrheit hatte sich Livias Haltung seit dem Unfall merklich verändert, wenigstens ihm gegenüber. Sie betrachtete ihn nicht mehr mit der unverhohlenen Verachtung, die sie zuvor an den Tag gelegt hatte. Im Gegenteil, manchmal schien sie geradezu stolz auf ihn zu sein.

Die Tatsache, dass er sein Leben riskiert hatte, um das ihres Freundes zu retten, der versucht hatte, sich vom Rilke-Pfad in die Tiefe zu stürzen, hatte ihm eine Menge Kredit eingebracht. Das änderte freilich nichts daran, dass die Familie Livias plötzlichen Stimmungsschwankungen ausgesetzt blieb. Bei der erstbesten falschen Bemerkung wurden Türen zugeschlagen, und immer wieder verschwand sie unvermittelt, schaltete gleichzeitig das Handy aus, was Benussis Frau – und damit auch ihn selbst – in einen Zustand zwischen heller Aufregung und Wut stürzte. So wurden die Tage schlicht unerträglich.

Also hatte der Kommissar seine Entscheidung getroffen. Ihm war inzwischen der Gips abgenommen worden, er konnte sich wieder fortbewegen, wenn auch mithilfe einer Krücke, und die Schmerzen waren nicht mehr gar so schlimm. Um wieder gesund zu werden – nach dem spektakulären Sturz von der Klippe, bei dem er nur knapp mit dem Leben davongekommen war und der ihm ein Schädel- und Wirbeltrauma sowie diverse weitere Verletzungen eingetragen hatte, darunter Brüche am Kiefer, am Oberarm und am rechten Fuß –, brauchte er nur drei Dinge: Stille, kurze Spaziergänge, die seine Muskulatur wieder geschmeidig machen sollten, und Gemütsruhe. Und da Letztere in der Wohnung an der Salita Promontorio nur eine utopische Vorstellung war wie im Übrigen auch die Spaziergänge – die malerische Triester Straße wies eine schwindelerregende Steigung auf –, hatte er sich als Erholungsort Santa Croce ausgesucht, wo ihm die Großeltern väterlicherseits ein Häuschen hinterlassen hatten.

Das schlichte, grob gemauerte Haus am Waldrand hatte ihm schon immer gefallen, dazu die kleine Obstwiese, um die sich niemand mehr kümmerte. Als Kind hatte er sich auf dem Kiesweg so manches Mal die Knie aufgeschlagen, beim Sturz vom Dreirad und später von den ersten Fahrrädern. Seine Großeltern waren freundliche, stille Leute gewesen, die ihn dafür nie ausgeschimpft hatten. Die Welt, in der sie lebten, bezog ihren Rhythmus aus den immer gleichen Abläufen, und so nahmen sie jeden Sommer den lebhaften Enkel auf, ohne sich zu beklagen. Die Tante, die den kleinen Ettore seit dem tragischen Tod seiner Mutter – ihrer Schwester – aufzog, bekam auf diese Weise eine kleine Atempause.

Kommissar Benussi hatte bei seinem Plan allerdings eines außer Acht gelassen: den zurückgezogen lebenden, störrischen Nachbarn Marko Marcovaz, der im Nebengebäude wohnte. Seit seinem Einzug war dieses Häuschen ein düsterer Ort, an dem sich ausgemusterte Möbel, Fischernetze, Badewannen und Armaturen häuften, die er von illegalen Müllkippen aufsammelte.

Die Tatsache, dass der Nachbar alleine lebte, machte das Ganze nicht leichter. Eine Frau, dachte Ettore arglos, hätte es vermocht, ihn zu beruhigen, ihn sanfter zu stimmen oder wenigstens im Zaum zu halten. Aber welche Frau hätte sich einem solchen Mannsbild nähern wollen, einem nachlässigen, stets ungekämmten Dickwanst in mittleren Jahren, der nie etwas anderes trug als einen ausgeleierten Trainingsanzug von unbestimmter Farbe und abgetragene Armeestiefel, die er wahrscheinlich noch nicht einmal zum Schlafen ablegte?

Marcovaz sah überall Feinde: Der Postbote, der ihm seine spärliche Korrespondenz brachte, wollte in Wirklichkeit nur bei ihm herumschnüffeln; der Nachbar von der Polizei stahl der Allgemeinheit ein Gehalt, das aus seiner – Marcovaz' – Sicht hinausgeschmissenes Geld war; und selbst Hunden oder Raben, die es wagten, in seinen verwilderten Garten einzudringen, bereitete er denselben Empfang wie Wildschweinen und Rehen.

Die einzige Person, die er offenbar ertragen konnte, war Carla.

Was nicht allzu sehr verwunderte. Benussis Frau hatte die Einstellung der barmherzigen Samariterin: Bei Menschen, die von der Gesellschaft als Außenseiter betrachtet wurden, als hoffnungslose Fälle, vermutete sie nichts als Unbehagen, Leid und verborgene Wunden. Sie konnte den Gedanken nicht akzeptieren, dass manche Menschen von Geburt an zum Bösen neigten. Noch für die schlimmsten Verbrechen hätte sie bereitwillig nach einer Rechtfertigung gesucht, vielleicht ein geheimes Kindheitstrauma des Täters; zumindest behauptete Ettore das in einem scherzhaften Versuch, ihren unheilbaren Idealismus zu untergraben.

Als Carla eines Tages von Marcovaz angepflaumt wurde, der es nicht ausstehen konnte, wenn jemand entlang »seiner« Grundstücksmauer parkte, verlor sie daher nicht die Fassung. Und ebenso wenig erhob sie lautstarke Einwände von wegen öffentlicher Grund und es sei jedermanns Recht, zu parken, wo man wolle, wie Ettore es getan hätte. Sie stellte das Auto einfach ein Stück weiter vorne ab und entschuldigte sich mit einem Lächeln. Hinterher brachte sie ihm sogar noch ein Stück von dem Kuchen, den sie vormittags gebacken hatte.

Die versöhnliche Geste traf den Nachbarn wie ein Donnerschlag, und sooft er sie fortan kommen sah, trat er wie zufällig hinaus in den Garten, um sie mit einem Gruß und einem Lächeln empfangen zu können.

»Pass auf, der verliebt sich noch in dich«, zog Ettore sie auf. Aber sie zuckte nur mit den Schultern und schnaubte: »Wenn jeder auf aggressive Leute freundlich reagieren würde, gäbe es viel weniger Krieg, das kannst du mir glauben. Ein Lächeln ist entwaffnender als eine Bombe.«

Was soll man zu so einer Frau sagen, dachte Ettore, während er sich die letzte Tasse Espresso einschenkte. Er spürte, wie ihn beim Gedanken an den Abend zuvor eine plötzliche Wärme einhüllte.

Carla hatte ihm eine Überraschung bereitet. Eigentlich hatte er nicht vor Freitag mit ihr gerechnet. Aber sie wollte ihm einen Braten und einen Obstsalat bringen, um ihn vor seinen nicht sehr gesunden belegten Broten zu retten, vor Käse und Schinken und Krainer Würstchen, mit denen er sich sonst ausschließlich ernährte, weil es eben bequemer war. Ganz zu schweigen von dem Nusszopf, den er direkt aus der Verpackung aß und sich ein Stück nach dem anderen mit den Fingern abriss. »Wenn du so weitermachst«, sagte sie lachend, »dann bist du in sechs Monaten in dem gleichen Zustand wie früher. Findest du es nicht toll, so schön schlank zu sein? Fühlst du dich nicht viel besser?«

Tatsächlich hatte ihm der Unfall eine zweite Jugend beschert, nachdem Ettores Leben zuvor ein einziger Kampf mit den Kilos gewesen war. Seit der Sekundarschule hatte er nicht mehr so wenig Gewicht auf die Waage gebracht, und das machte ihn geradezu euphorisch. Ohne den körperlichen Ballast fing auch sein Kopf an, besser zu funktionieren, und er sah sich endlich in der Lage, sein erstes Buch zu beginnen – ein kühner Plan, dessen Ausführung er seit Jahren vor sich herschob. Bis jetzt hatte er dafür nie Zeit gefunden, die Ermittlungen oder seine Neigung zu Selbstmitleid und Pessimismus hatten es immer wieder verhindert. Inzwischen ging er scharf auf die sechzig zu und hatte das Gefühl, am Beginn eines neuen Lebensabschnitts zu stehen.

Der Unfall auf der Klippe war ein Umkehrpunkt gewesen. Davor hatte sich ihm das Leben grau, resigniert und melancholisch dargestellt; seither jedoch wurde es von einem so unbekannten wie frappierenden Gefühl beherrscht – von Dankbarkeit und Hoffnung. Dankbarkeit dafür, noch am Leben zu sein, und Hoffnung, die verlorene Zeit zurückzugewinnen, von den Träumen seiner Jugend, die auf wundersame Weise heil geblieben waren und nun wieder aufblühten, bis hin zu seiner Frau. In zwanzig Jahren Ehe waren Müdigkeit und Gereiztheit zu treuen Begleitern ihrer Gemeinsamkeit geworden. Sie lebten wie zwei Schiffbrüchige auf einer Insel, die nicht den Mut aufbrachten, auf ein Floß zu steigen und zu fliehen. Das Alibi, das sie sich gegenseitig erzählten, lautete: »zu Livias Bestem«, doch beide wussten nur zu gut, dass das eine Ausrede war. Es gab überall Teenager, die zwischen getrennten Eltern hin- und herwanderten, und es war durch nichts erwiesen, dass sie glücklicher gelebt hätten, wenn ihre Väter und Mütter noch zusammen gewesen wären.

Doch Carla und Ettore hatten eines nicht verstanden – oder lange nicht einzusehen vermocht: dass sie noch immer etwas Tiefes, Festes und zugleich Geheimnisvolles verband, etwas, das über die gegenseitigen Enttäuschungen hinausreichte. Und dieses Etwas war noch in ihnen lebendig unter einer Kruste von Bitterkeit und Schweigen, verschüttet zwar von Unzufriedenheit und jahrelangen Problemen, aber stets bereit, allen Beschädigungen zum Trotz wieder an die Oberfläche zu kommen und ihre Augen zum Leuchten zu bringen.

Der Unfall war der Auslöser gewesen; er hatte dieses seit Jahren tot und begraben geglaubte Gefühl wieder zum Leben erweckt. Carla war wieder die aufmerksame, fröhliche, strahlende Frau aus der Frühzeit ihrer Beziehung, und Ettore hatte seine selbstironische, spielerisch-überraschende Seite wiederentdeckt. Wenn sie nun zusammen waren, fühlte sich das lebendig und aufregend an. Da sie sich im Bett noch zurückhalten mussten, um dem rekonvaleszenten Kommissar Schmerzen zu ersparen, holten sie ein paar erotische Spiele ihrer Jugend aus der Mottenkiste und lachten sich schief über seine Unbeholfenheit und die extravaganten Vorschläge von ihr. Meist jedoch lagen sie nur Arm in Arm da und redeten. Sie erzählten einander alles, was in den langen Jahren des Schweigens ungesagt geblieben war, oder unterhielten sich über Ettores Ideen für sein Buch, verwarfen die abwegigeren davon und vertieften die originelleren.

Kurzum, sie waren so glücklich wie nie zuvor.

»Ihr seid ja nicht auszuhalten«, platzte Livia eines Tages beim Abendessen heraus, mitten in ihr gerade neu begonnenes Idyll. »Das ist doch lächerlich, in eurem Alter!« Aber statt beleidigt oder gereizt zu reagieren, brachen Carla und Ettore in Gelächter aus.

Ganz unrecht hatte ihre Tochter nicht.

»Nimm das nicht so ernst, Livia. Weißt du, dein Vater war vor dem Unfall so langweilig geworden, so vorhersehbar, und jetzt freue ich mich eben, ihn anders zu erleben. Was soll ich machen?«

Der Ton, in dem Carla das Befremden ihrer Tochter aufnahm, war leicht und amüsiert.

»Wenn du dich recht erinnerst, war auch deine Mutter nicht gerade ein Ausbund an Ausgeglichenheit und Geduld«, versetzte Ettore. »Sie ging doch beim kleinsten Anlass an die Decke. Ist es nicht besser, wenn du sie im Haus singen hörst als herumschreien?«

Anstelle einer Antwort sprang Livia auf und schloss sich in ihrem Zimmer ein, nicht ohne vorher die Tür hinter sich zuzuschlagen.

»Das muss man verstehen«, bemerkte Carla lachend. »Kaum etwas ist so unausstehlich wie ein glückliches Paar.«

Als nun das Telefon klingelte, war Ettore in die Erinnerung an den Vorabend versunken. Carla hatte ihn mit einem kleinen Candlelight-Dinner verwöhnt und anschließend darauf bestanden, die Lieder ihrer Jugend zu hören. Franco Battisti, Lucio Dalla, Francesco De Gregori, Claudio Baglioni, aber auch das eine oder andere Stück von den *Pooh* und den *Cugini di Campagna*, um nur ja nichts auszulassen. Für Ettore war es unfassbar, dass seine Frau das alles im Gedächtnis behalten konnte – sobald die erste Note eines Songs erklang, ließ sie sämtliche Strophen vom Stapel, eine nach der anderen, als hätte sie ihr Leben lang nichts anderes getan. »Wie machst du das bloß? Du bist ja ein richtiges Ass!« Carla lachte gut gelaunt. »Weiß ich selber nicht. Ich glaube, die Musik öffnet vergessene Türen im Gedächtnis. Ganz ehrlich, ich habe diese Lieder seit mindestens zwanzig Jahren nicht mehr gesungen ...«

Es war wirklich ein besonderer Abend gewesen, und beide hätten sich gewünscht, dass er nie zu Ende ginge. Doch gegen elf hatte sich Carla schließlich aus den Armen ihres Mannes gelöst und war gefahren, ihren mütterlichen Pflichten treu.

»Ist Mama bei dir?« Die Stimme seiner Tochter kam gedämpft durchs Telefon, aber ihr Ärger war unverkennbar. »Ich muss mein Handy aufladen, aber sie hat mir kein Geld dagelassen. Ihr könntet mir wenigstens Bescheid sagen, wenn ...«

»Bestimmt ist sie schon aus dem Haus gegangen. Hast du's auf ihrem Handy versucht?«

»Das ist ausgeschaltet.«

»Oder ist sie vielleicht noch in ihrem Zimmer?«

»Also, ich glaube nicht, dass sie hier geschlafen hat. Ich dachte, sie ist bei dir geblieben.« Die Stimme der jungen Frau begann leicht zu zittern. »Aber wo ist sie dann?«

Ettore stand auf, ohne nach seiner Krücke zu greifen.

Er musste jetzt ruhig bleiben, klar denken. Es musste eine Erklärung geben.

»Mach dir keine Sorgen, Livia. Bestimmt ist sie unterwegs, um irgendeinem Junkie zu helfen, und wollte dich halt nicht wecken. Du kennst doch deine Mutter. Geh einfach in die Schule und mach dir keine Gedanken.«

»Okay. Kannst du das Handy für mich aufladen? Ich hasse es, wenn ich nichts von der Welt mitbekomme.«

»In Ordnung, mache ich gleich.«

Der Tag hätte wirklich nicht besser beginnen können.

2

Karacici, 7. Mai 1992

Kassim, Liebster, ich glaube, ich werde wahnsinnig. Auch Mutter, die Dich doch immer gern gehabt hat, sagt jetzt auf einmal, es wäre besser, wenn Du Dich zu Hause nicht blicken lässt. Dein Onkel hatte Streit mit meinem Vater, sie haben sich geprügelt. Dabei sind die beiden zusammen aufgewachsen, haben im Garten gespielt und waren als Jungen unzertrennlich.

Und was sollen wir mit dem Kind machen, das ich in mir trage? Ich habe noch keinem davon erzählt, ich wollte auf den passenden Moment warten. Aber ich fürchte, den wird es nicht mehr geben. Im Fernsehen sehe ich schreckliche Szenen und rede mir ein, dass das hier in unserem kleinen Dorf nicht passieren könnte. Seit Jahrzehnten leben wir doch friedlich zusammen. Keiner von uns wird einem Verrückten folgen, der sagt, dass wir unsere Freunde hassen sollen, nur weil sie einer anderen Religion angehören. Wann hat uns das jemals gestört?

Gestern Abend war ich in der Wäscherei, um mit meiner Mutter zu reden. Ich wusste, dass sie es verstehen, dass sie uns helfen würde. Sie hat doch auch mit sechzehn ein Kind bekommen. Aber dann habe ich es nicht geschafft, ihr etwas zu sagen. Als ich hereinkam, saß sie am Bügeltisch und weinte. Sie hat mich ganz fest umarmt und gesagt, dass ich jetzt stark sein muss und dass schlimme Zeiten auf uns zukommen, und wir müssten jetzt vorsichtig sein und dürften keinem vertrauen. Sie hat auch gesagt, seit der Onkel da ist, hätte mein Vater sich verändert. Anscheinend sperren sie sich stundenlang im Keller ein und reden. Und er hat auch wieder angefangen zu trinken. Manchmal, hat sie gesagt, würde er ihr Angst machen, sie würde ihn kaum wiedererkennen. Er hat ihr sogar vorgeworfen, dass sie Kroatin ist.

Als ob das eine Schande wäre.

Auch ich erkenne ihn kaum wieder. Was ist aus meinem fröhlichen, starken Papa geworden, der mich immer hochgeworfen und dann wieder aufgefangen hat? Bestimmt hat er meiner Mutter gesagt, dass wir uns nicht mehr sehen dürfen. Er sagt, dass Du ein balija bist, ein Muslim, und ich eine Serbin, da gäbe es keine Zukunft für uns. Dabei hieß es doch noch bis gestern, dass wir im Sommer heiraten würden, und alle haben sich mit uns gefreut! Ich kann ohne Dich nicht atmen, wie soll ich das aushalten, Dich nicht wiederzusehen? Und was wird aus unserem Kind?

Auf dem Heimweg von der Schule war ich in der Kirche. Ich wusste gar nicht, worum ich Jesus und die Heilige Jungfrau Maria bitten soll. Da waren sie, ihre schönen Ikonen, und haben im Kerzenschein gelächelt, als wenn nichts wäre. Dabei ist gar nichts so wie früher. Ich habe versucht zu beten, aber die Worte wollten nicht kommen.

Nur Tränen.

Mir ist eingefallen, wie Dein Vater und Dein Großvater damals meinem Vater und meinen kroatischen Onkeln geholfen haben, unsere orthodoxe Kirche zu bauen, und wie sie zusammen gesungen haben. Und als der Blitz in Eure Moschee eingeschlagen hat, haben wir alle in der Familie gesammelt, um das Dach zu restaurieren. Und an Heiligabend sind wir Kinder immer in die Kirche gekommen, Christen, Orthodoxe und Muslime, und haben im Dämmerlicht der Kerzen und im Weihrauchduft Pater Vladimirs Litaneien gelauscht, der vor der goldenen Ikone stand.

Waren wir damals nicht Brüder? Waren wir nicht alle Jugoslawen? Was ist mit uns passiert? Und was wird nun aus uns werden, Kassim? Was wird aus unserem Kind? Ich habe solche Angst. Verstecke Deine Antwort dort, wo Du diesen Brief gefunden hast. Wenn wir uns schon nicht sehen können, dann sollen sie uns wenigstens nicht daran hindern, dass wir uns schreiben.

Bitte sei vorsichtig.
Ich liebe Dich so.
Nadja

3 Bei Kommissar Benussis erstem Anruf – als es um die Schüsse seines Nachbarn ging – befand sich Elettra Morin im Offenen Haus von Pater Florence.

Dort hatte es einen Notfall gegeben. Eine etwa fünfzig Jahre alte Ausländerin war verprügelt worden. Von dem Täter fehlte jede Spur. Pater Florences Assistent Drago hatte das Opfer um sieben Uhr morgens ohnmächtig aufgefunden, als er die Eingangstür aufschloss.

Inspektorin Morin hatte Nachtdienst und brauchte nicht lange, um vor Ort zu sein. Auf den ersten Blick wirkte die Betroffene nicht wie eine Obdachlose. Sie trug einen gut geschnittenen Regenmantel und Lederschuhe; langes weißes Haar fiel ihr ins blutüberströmte Gesicht. Ausweispapiere trug sie nicht bei sich, und es war kein Wort aus ihr herauszubekommen. Ein junger Rumäne, der im Offenen Haus zu Gast war, sagte aus, durchs Fenster einen Mann gesehen zu haben, der ins Dunkel floh. Er war aber nicht in der Lage, ihn zu beschreiben. Trotz der Bemühungen von Pater Florence und Morin selbst beantwortete die Frau keine ihrer Fragen. Sie weinte nur immer weiter und stammelte: »Nix Krankenhaus, nix Krankenhaus.«

Sie wirkte dabei weniger erschrocken als traurig.

Eine Traurigkeit, gegen die es kein Heilmittel gab.

In Erwartung der Ermittlungen und in Absprache mit Morin erklärte Pater Florence sich dazu bereit, die Frau aufzunehmen, zumal sich deren Verletzungen als oberflächlich erwiesen. Er vertraute sie der liebevollen Fürsorge von Violeta Amado an, einer energischen Brasilianerin, die sich zur Aufgabe gemacht hatte, die Neuankömmlinge aufzunehmen und ihnen zuzuhören. Niemand verstand es wie sie, verborgenen seelischen Wunden Linderung zu verschaffen.

Das Offene Haus von Pater Florence war vor allem ein Auffanglager und eine Durchgangsstation. Die Menschen, die hierherkamen, waren überwiegend illegale Einwanderer, Menschen, die am Leben verzweifelten, gesellschaftliche Außenseiter. Hier bekamen sie etwas zu essen, saubere Kleidung und für einen kurzen Zeitraum auch ein Bett. Dann wurden sie an andere Einrichtungen weitergereicht oder mussten sich wieder auf eigene Faust durchschlagen. In Krisenjahren, wie Italien sie zurzeit durchlebte, konnte man niemandem mehr eine Arbeit und eine Zukunft garantieren, zumal in einer an Chancen so armen Stadt wie Triest. Es war schon einiges wert, wenn es wenigstens an diesem Ort – bei Pater Florence – gelang, eine gewisse Menschlichkeit aufrechtzuerhalten. Dahinter stand die Überzeugung, nur weil jemand in Krieg und Armut aufgewachsen sei, mache ihn das noch nicht zum Verbrecher. Und ebenso war es keine Untat, wenn die Menschen versuchten, in fernen Ländern ein besseres Schicksal für sich zu finden.

Als Elettra nun abermals Benussis Namen auf dem Display sah, holte sie tief Luft und verdrehte die Augen.

»Commissario!«, antwortete sie, ohne ihre Gereiztheit zu verbergen. »Es ist gerade mal neun Uhr morgens. Ich kann in der kurzen Zeit keine Wunder vollbringen!«

Aber ihr Vorgesetzter wollte sich nicht wieder über seinen Nachbarn beschweren. Als Elettra gehört hatte, worum es tatsächlich ging, wurde sie blass.

»Wann? Ist das sicher? Ich schicke sofort Ispettore Gargiulo zu Ihnen. Und komme selbst, sobald ich kann.«

Pater Florence warf ihr einen fragenden Blick zu. Er kannte die junge Polizistin mit dem zierlichen, leicht androgynen Äußeren nun schon lange und schätzte sie nicht nur für ihre Kompetenz und für ihren investigativen Scharfsinn, sondern auch für ihre ungewöhnlich große Sensibilität.

»Was ist passiert?«, erkundigte er sich, als er sie blass werden sah.

»Die Frau von Commissario Benussi …«

»Carla?«

Elettra Morin nickte. »Sie ist gestern Abend um elf von Santa Croce abgefahren, aber nicht zu Hause angekommen. Die Tochter hat den Commissario vor wenigen Minuten verständigt.«

Die Nachricht machte auch den Geistlichen betroffen, der Carla Benussi seit Jahren kannte und als persönliche Freundin betrachtete.

»Hat schon jemand in ihrer Gemeinschaftspraxis nachgefragt?«, fragte er teilnahmsvoll. »Vielleicht wurde sie ja kurzfristig zur Familie irgendeines jungen Burschen gerufen …«

»Das wäre eine Möglichkeit. Wir werden das überprüfen. Jetzt entschuldigen Sie mich bitte, ich muss los. Aber ich komme gleich noch mal vorbei, um das Opfer des gestrigen Angriffs zu befragen. Wenn Sie inzwischen etwas mehr über diesen Mann herausfinden könnten, der gestern Abend gesehen wurde … Und vielleicht auch über die Staatsangehörigkeit des Opfers, dann könnte ich schon mal einen Dolmetscher bestellen.«

»Ja, fahren Sie nur. Ich sehe, was ich tun kann. Aber halten Sie mich auf dem Laufenden.«

»Mache ich.«

»Wie geht es eigentlich Commissario Benussi?«

»Ich habe ihn seit Tagen nicht gesehen, ich lasse ihn nach Möglichkeit in Ruhe. Aber es geht ihm wohl besser, wenigstens bis heute Morgen ...«

»Bestellen Sie ihm schöne Grüße von mir.«

Valerio Gargiulo hatte Kommissar Benussi noch nie so erschüttert gesehen. Der junge Inspektor aus Neapel kannte seinen Vorgesetzten als tatkräftigen, illusionslosen Menschen. Nun sah er bestürzt, wie ihm die Hände zitterten und er ganz blass im Gesicht war.

Auf seine Krücke gestützt, humpelte der Kommissar in der Küche auf und ab und wiederholte zwanghaft: »Ich verstehe das nicht, das ist nicht ihre Art ... Das ist nicht ihre Art ...«

»Bestimmt gibt es eine Erklärung, Commissario.«

Der schüchterne Versuch, ihn zu beruhigen, machte Benussi nur noch wütender. »Kapieren Sie das denn nicht? Das ist nicht ihre Art. Meine Frau würde so etwas nie machen. Einfach so zu verschwinden, ohne ein Wort. Ihr muss etwas zugestoßen sein! Los, Neapolitaner, verständigen Sie sämtliche Einsatzkräfte. Wir müssen den Wagen finden.«

Neapolitaner. Die Bezeichnung störte den diplomatischen jungen Inspektor nicht sonderlich, er hatte sich längst daran gewöhnt.

»Ich habe das Kennzeichen schon herumgeschickt.«

»Und rufen Sie Morin an. Sie braucht nicht herzukommen, das wäre reine Zeitverschwendung. Sagen Sie ihr, sie soll in die Praxis fahren und herausfinden, ob irgendein Irrer hinter meiner Frau her war.«

Draußen hörte man, wie eine Autotür zugeschlagen wurde, und Benussi hinkte hoffnungsvoll ans Fenster. Doch gleich verdüsterte sich sein Gesicht wieder. Es war nur der Nachbar, Marcovaz, der mit einer Einkaufstasche nach Hause kam.

Der Kommissar riss das Fenster auf. »Entschuldigen Sie!«, rief er, aber der Mann schenkte ihm keinerlei Beachtung und zog die Haustür hinter sich zu.

»So ein Idiot!«, schimpfte Benussi. Die Umgangsformen dieses Burschen gingen ihm immer wieder gewaltig gegen den Strich. »Neapolitaner, holen Sie sich auf der Stelle einen Durchsuchungsbeschluss. Vielleicht hat ja mein Nachbar sie entführt ...«

»In Ordnung, Commissario, wie heißt der Mann?«

Benussi hielt ihn zurück: »Nein, warten Sie. Sagen Sie Morin, sie soll das machen. Und Sie bleiben besser hier ... so können wir ihn im Auge behalten. Ein komischer Typ ist das, ein richtiger Misanthrop.«

»Ja, und wie heißt er?«

»Marcovaz, den Vornamen weiß ich nicht. Er wohnt erst seit wenigen Monaten hier. Die Einzige, die mit ihm reden kann, ist meine Frau. Vielleicht hat er sie aufgehalten, als sie gestern Abend aus dem Haus ging ...«

»Ich gehe mal rüber und stelle ihm ein paar Fragen.«

»Nein, lieber nicht. Dieser Halbverrückte würde Ihnen sowieso nicht aufmachen. Besser, Sie kommen gleich mit einem Durchsuchungsbeschluss.«

»Ich kümmere mich sofort darum«, antwortete der junge Inspektor und wählte die Nummer des Polizeipräsidiums.

»Eigentlich glaube ich doch nicht, dass er hinter der Sache steckt. Der Bursche ist ein armer Teufel, fast schon ein Herumtreiber ... Der würde doch in dem Fall nicht hierbleiben, praktisch Wand an Wand mit mir ...«

»Einen Beschluss holen wir uns trotzdem«, sagte Gargiulo.

Der Kommissar nickte und hielt sich eine Hand vor die Augen. So konnte er nicht weitermachen, er musste ein wenig zur Ruhe kommen.

Im Moment gab er einen Befehl nach dem anderen, ohne jede Logik.

Als Gargiulo seinen Anruf beendet hatte, warf er seinem Vorgesetzten einen verständnisvollen Blick zu. Wie konnte er ihn etwas aufmuntern? Er schenkte ihm ein Glas Wasser ein und hielt es ihm hin.

»Überlassen Sie die Sache uns, Commissario. Sie sind zu stark persönlich involviert. Wir brauchen einen Arbeitsplan, koordinierte Ermittlungen. Aber trinken Sie erst mal ein Glas Wasser.«

»Behandeln Sie mich nicht wie einen Idioten, Neapolitaner. Ich bin bestens in der Lage, die Ermittlungen zu koordinieren. Und machen Sie mir lieber einen Kaffee.«

Von der Ruppigkeit seines Vorgesetzten keineswegs beirrt, stellte Valerio Gargiulo sich an den Herd. Benussi saß inzwischen an dem Marmortisch, den Kopf zwischen den Händen, und seufzte. Gargiulo hatte nicht ganz unrecht, er musste versuchen, sich zu beruhigen.

In erster Linie für sie, für Carla.

Wenn sie wirklich in Gefahr schwebte, musste er kühles Blut bewahren.

Die Gemeinschaftspraxis *Cielo Blu*, in der Carla Benussi als Psychologin arbeitete, hatte ihre Räumlichkeiten in einer bescheidenen Wohnung hinter der Piazza Oberdan. Carla war hauptsächlich für Drogenprobleme zuständig und in der Regel tagsüber im Einsatz. Sie betreute Patienten, die sich einem Drogen- oder Alkoholentzug unterzogen. Die Teilhaber – vier an der Zahl, zwei Ärzte, ein Psychiater und sie als Psychologin – boten rund um die Uhr psychologische und klinische Unterstützung. Häufig landeten problematische Fälle zunächst in Pater Florences Einrichtung, wo sie erste unterstützende Maßnahmen erhielten. So hatte Carla den brasilianischen Geistlichen vor Jahren kennengelernt und war mit der Zeit zu einer Freundin und Vertrauten geworden.

Als Elettra Morin klingelte, kam Dr. Roberto Denich an die Tür, ein Arzt im Pensionsalter, der noch immer Seele und Motor der Gemeinschaftspraxis war. Er hatte bereits von Carlas Verschwinden gehört und wirkte ernsthaft besorgt.

»Bitte, kommen Sie herein.«

Elettra ging durch ein Vorzimmer, in dem zwei Mütter mit ihren Teenagern saßen, und betrat das kleine Arbeitszimmer des Arztes, dessen Wände mit Fotos von Patienten aller Altersstufen übersät waren.

»Ich habe schon mit Ettore geredet«, sagte Denich, während er die Tür hinter sich schloss. »Ich sehe es genauso wie er. Es passt nicht zu Carla, einfach so zu verschwinden.«

Elettra Morin versuchte nicht, die Sache kleinzureden: »Wir haben bei allen Krankenhäusern angefragt, ohne Ergebnis. Auch von ihrem Wagen keine Spur. Im Moment versuchen wir es bei ihrem Mobilfunkprovider, aber das wird etwas dauern.«

»Was kann ich für Sie tun?«, fragte der alte Arzt.

»Wir brauchen die Akten der Patienten, mit denen Carla Benussi in letzter Zeit befasst war. Vielleicht ist einer darunter, der sie im Visier hatte, sie bedroht hat …«

Denich schüttelte den Kopf und seufzte.

»Wir haben es hier natürlich mit nicht ganz einfachen

Menschen zu tun, aber Carla hatte – Verzeihung, hat – eine überaus empathische, mütterliche Art. Das heißt, bei ihr stellt sich eher das umgekehrte Problem: Die Patienten würden am liebsten mit zu ihr nach Hause gehen, sich quasi von ihr ›adoptieren‹ lassen, als dass sie sie bedrohen. Sie ist sehr beliebt, müssen Sie wissen. Aber mal sehen ...«

Dr. Denich schaltete Carlas Computer ein – und stieß auf ein erstes Hindernis: »Das Passwort!«

»Haben Sie kein gemeinsames Archiv?«

»Wir bringen unsere zentrale Datenbank immer zum Monatsende auf den aktuellen Stand. Aber über die tägliche Arbeit führt jeder von uns eigenständig Buch, das ist praktischer so.«

Elettra Morin ließ sich nicht entmutigen. »Ich mache mal einen Versuch.»

Sie zog das Telefon aus der Tasche und rief Benussi an.

»Guten Tag, Commissario. Morin hier. Ich bin in der Praxis ... Nein, noch nicht. Ich frage mich, ob Sie zufällig das Passwort zum Computer Ihrer Frau kennen? Nein, das macht gar nichts. Dr. Denich hat so oder so recht aktuelle Daten ... Ja, keine Sorge, wir lassen nichts unversucht. Bis später.«

Elettra Morin setzte sich an den Computer und probierte es mit dem Nächstliegenden: dem Namen der Tochter, dem des Mannes, ihren jeweiligen Initialen, mit Carlas Geburtsjahr und dem ihrer Familienangehörigen, aber sämtliche Versuche schlugen fehl. Sie stand auf und schnaubte ungeduldig.

»Nichts zu machen. Ich schicke nachher einen Kollegen aus der IT-Abteilung her. Sehen wir uns schon mal die archivierten Fälle an ...«

In diesem Moment betrat eine zierliche Frau den Raum,

mit kurzen grauen Haaren und einem Paar blauer Augen, die sich hinter einer runden Harry-Potter-Brille versteckten.

»Roberto ... Ich habe von der Sache mit Carla gehört ...«

Dr. Denich stellte die beiden vor.

»Dr. Cappell – die Dame ist von der Polizei.«

»Ispettore Morin«, sagte Elettra, während sie ihr die Hand reichte.

»Carla ist nicht nach Hause gekommen«, erklärte Roberto Denich seiner Kollegin. »Sie war gestern Abend zum Abendessen bei Ettore oben in Santa Croce. Dann musste sie zurück nach Triest, zu Livia, aber ...«

Dr. Cappells gleichmäßiges, strahlendes Gesicht verfinsterte sich.

»Carla ist zu unvorsichtig. Sie wahrt gegenüber den Patienten nicht genügend Distanz. Ich hatte sie gewarnt, dass sie besser aufpassen sollte ...«

Elettra und Dr. Denich richteten alarmierte Blicke auf sie.

»Aufpassen? Weshalb?«, fragte Elettra.

Dr. Cappell seufzte und schüttelte den Kopf.

»Sie hatte in letzter Zeit drei Fälle zu bearbeiten. Schwierige Fälle. Manchmal habe ich gesehen, dass ihr das Angst machte, auch wenn sie alles tat, um sich nichts anmerken zu lassen.«

»Könnten Sie mir die betreffenden Akten zeigen?«

»Sicher, sie sind allerdings nicht auf dem neuesten Stand. Ich habe nur das, was Carla zu unserer letzten monatlichen Teambesprechung mitgebracht hat.«

Irene Cappell setzte sich an ihren Computer und begann, während er hochfuhr, zu erzählen.

»Der problematischste Fall ist Ondina Brusaferro, eine Fünfzehnjährige ohne Mutter und mit einem arbeitslosen

Vater, der an Depressionen leidet. Sie selbst trinkt, seit sie zwölf ist. Zu uns geschickt hat sie das Jugendamt, gegen den Willen des Vaters, der sie am liebsten unter seiner Fuchtel behalten würde. Carla hat mir anvertraut, dass der Mann sie bedroht hat, wobei er ihrer Ansicht nach zu tief in der Depression steckte, um wirklich gefährlich zu sein.«

Auf dem Computerbildschirm erschien das Foto eines übergewichtigen Mädchens mit glanzlosen Augen, die Augen hinter einer dunklen Mähne versteckt.

Dr. Cappell klickte auf »Drucken« und ging zum zweiten Fall über.

»Dann haben wir Pietro Zorn, einen vierzigjährigen Mann, ebenfalls arbeitslos und trockener Alkoholiker.« Der Bildschirm füllte sich mit dem pausbäckigen, ungesunden Gesicht eines feisten Mannes mit Vollglatze. »Er lebt mit seiner hochbetagten Mutter zusammen, die ihm ständig vorhält, ein Versager zu sein. Sein schwaches Selbstwertgefühl wird dadurch nicht gerade stabiler. Er neigt zu Unbeherrschtheit und Gewaltausbrüchen. Während der Patientengespräche hat er mehr als einmal das Mobiliar beschädigt. Um weiteren Schaden zu vermeiden, empfängt ihn Carla deshalb in einem Zimmer, das bis auf zwei Metallstühle leer steht.«

Elettra hörte konsterniert zu.

»Ist das nicht gefährlich für Sie alle?«

»Das ist nun einmal unsere Arbeit. Jemand muss sich ja um diese Menschen kümmern ... Oder sollten wir es etwa so machen wie die Nazis und alle liquidieren, die den Gesunden im Weg stehen?«

Elettra störte diese Aussage, sie empfand sie als persönlichen Angriff.

»Warum so aggressiv? Falls Ihnen das nicht klar sein

sollte – auch meine Arbeit bringt eine gewisse Nähe zu Personen mit sich, die unsere Gesellschaft nicht gerade sicherer machen.«

Ein bitteres Lächeln zog über das schöne, offene Gesicht von Dr. Cappell. »Tut mir leid, Ispettore. Wissen Sie, uns wird häufig von Leuten vorgeworfen, dass wir versuchen würden, das Meer mit einem Löffel auszuschöpfen …«

Beim Anblick des müden, kraftlosen Gesichtsausdrucks der Ärztin verrauchte Elettras Ärger und wich rasch Verständnis und Anteilnahme.

»Nein, ich muss mich bei Ihnen entschuldigen. Manchmal rede ich, ohne nachzudenken. Commissario Benussi hat mich dafür auch schon gelegentlich getadelt. Fahren wir fort, wenn es Ihnen recht ist.«

Dr. Cappell musterte sie mit einem Blick voller Sympathie.

»Mir sind Leute, die sich noch aufregen können, lieber als solche, die resigniert haben.«

Als Letztes erschien auf dem Bildschirm ein Jugendlicher mit Bürstenhaarschnitt und Pickeln im Gesicht. Er trug eine dunkle Tropfenbrille.

»Und das hier ist Ivan Nonis. Ein achtzehnjähriger Junge aus guter Familie, der nur äußerst widerwillig zu uns kommt, auf Druck der Mutter. Anscheinend hat ihn der Tod seines Bruders aus der Bahn geworfen. Angefangen hat er mit Haschisch, dann hat er zu Kokain gewechselt.«

In Elettra Morins Tasche klingelte das Handy. »Ja? Wo?«

Dr. Denich und Dr. Cappell sahen sie fragend an.

»Ich fahre sofort hin.«

»Hat man sie gefunden?«, fragte Roberto Denich ungeduldig.

»Leider nein, nur das Auto.«

»Und wo?«, wollte Irene Cappell wissen.

»Wenige Schritte von zu Hause, in der Via Belpoggio.«

»Dann muss dort jemand auf sie gewartet haben«, sagte Dr. Denich betrübt.

»Sieht ganz so aus. Ich muss jetzt los. Ich schicke nachher einen Beamten, um den Computer abzuholen. Danke für Ihre Mithilfe.«

Die beiden Ärzte nickten der Inspektorin zu, die eilig den Raum verließ.

Dann sahen sie einander lange an, mit schwerem Herzen. Hoffentlich war ihrer Kollegin und Freundin nichts Schlimmes passiert.

Ettore Benussi hatte nicht an sich halten können und sich von Inspektor Gargiulo in die Stadt fahren lassen. Er wollte den Gang der Ermittlungen persönlich mitverfolgen. In Santa Croce warten zu müssen hätte ihn wahnsinnig gemacht.

Als Elettra Morin in der Via Belpoggio eintraf, war er schon bei den Kollegen von der Spurensicherung. Sie waren damit beschäftigt, die Karosserie des schwarzen Clio auf Fingerabdrücke zu untersuchen. Der Wagen war abgesperrt und stand regulär geparkt an einer der Seitenmauern des Parco delle Forze Armate.

Die junge Polizistin versuchte, sich nichts von ihrer Überraschung anmerken zu lassen, aber Benussi sah stark verändert aus. Auch wenn er in letzter Zeit einige Kilo abgenommen hatte, wirkte er nun mit einem Schlag um Jahre gealtert. So gerne sie ihm ein Kompliment gemacht hätte, sie brachte es nicht über sich zu lügen. Nicht unter diesen Umständen.

»Guten Tag, Commissario.«

»Guten Tag, Morin. Haben Sie etwas herausgefunden?«

»Wir haben drei Personen zu befragen ...«

»Ja? Um wen handelt es sich?«

»Die Patienten, die Ihre Frau zuletzt betreut hat. Ich habe die Akten da.«

Elettra hielt ihm die Unterlagen hin, die sie aus der Praxis mitgenommen hatte, und Benussi schlug sie mit leicht zitternden Händen auf. Beim Anblick der nicht gerade vertrauenerweckenden Gesichter entfuhr ihm ein ärgerlicher Ausruf: »Mensch, Carla! Du mit deinem verdammten Helfersyndrom!«

Er schleuderte die Krücke zu Boden und verlor von dem Schwung das Gleichgewicht. Instinktiv hielt er sich an Elettra Morin fest, der es in ihrer Verblüffung nicht gelang, den Aufprall abzufangen. Ineinander verhakt, kamen sie gerade in dem Augenblick zu Fall, als ein Motorrad in die Straße einbog.

Zum Glück war Valerio Gargiulo geistesgegenwärtig genug, den Fahrer zu stoppen, und die Maschine kam einen Meter vor seinen beiden Kollegen zum Stehen.

Elettra versuchte sich aufzurappeln, aber Benussi lag noch halb auf ihr und machte keine Anstalten, sich zu bewegen. Er stöhnte vor Schmerzen.

»Alles in Ordnung, Commissario?«

»Mein Rücken ...«

Mithilfe eines Beamten von der Spurensicherung gelang es Valerio, Elettra zu befreien und auch Benussi auf die Beine zu helfen.

»Langsam ... ganz vorsichtig ...«, sagte der Kommissar. Seinen Grimassen nach zu urteilen, musste der Schmerz wirklich durchdringend sein.

»Rufen wir einen Krankenwagen«, schlug Elettra besorgt vor.

»Was soll ich mit einem Krankenwagen? Geben Sie mir die Krücke!«

Blass im Gesicht, aber nur noch entschlossener, seine Frau wiederzufinden, stützte sich Benussi an eine Hauswand und sah seine Mitarbeiter an.

»Wir müssen unsere drei Kandidaten so schnell wie möglich vernehmen. Sie, Morin, gehen zu den beiden Jugendlichen. Und Sie, Neapolitaner, übernehmen Botero.«

Gargiulo sah ihn verständnislos an: »Botero?«

Elettra sprang ihm bei.

»Stimmt, Pietro Zorn, der Arbeitslose, er hat wirklich etwas von einer Botero-Figur.«

»Wachen Sie auf, Neapolitaner. Jetzt ist keine Zeit für südländisches Phlegma. Immer ist Ihre Kollegin schneller als Sie.«

Wenn Inspektor Valerio Gargiulo über eine außerordentliche Gabe verfügte, dann war es seine Fähigkeit, nichts krummzunehmen.

»Zu Befehl, Commissario. Aber erst …«

»Was erst? Wir haben keine Zeit zu verlieren!«

»Ich wollte nur rasch fragen … Der Durchsuchungsbeschluss für das Nachbarhaus, wollen Sie den immer noch?«

Benussi winkte ungeduldig ab.

»Ach was, mein Nachbar spielt jetzt keine Rolle mehr. Sehen Sie nicht, dass meine Frau vor unserer Haustür entführt wurde! Konzentrieren wir uns auf konkrete Indizien. Los jetzt, beeilen Sie sich! Ich gehe rasch einen Anruf erledigen.«

Rechts auf seine Krücke und links auf Gargiulos Schulter gestützt, mühte sich Benussi die hundert Meter Steigung hoch, die ihn von seinem Hauseingang trennten.

»Morin, holen Sie mir bitte meine Schlüssel aus der Manteltasche.«

Elettra kramte behutsam in den Taschen des zerknitterten Burberry-Trenchcoats und fand schließlich einen langen eisernen Schlüssel, der eher zu einem Landhaus zu passen schien.

»Ist es der?«, fragte sie zweifelnd.

»Nein, natürlich nicht!«, gab Benussi verärgert zurück. »Sehen Sie nicht, wo der hingehört? Das ist der von Santa Croce. Herrgott, das hat uns noch gefehlt!«

»Wir könnten doch Ihre Tochter fragen«, wagte sich Elettra vor.

»Nein, ich will sie nicht noch mehr beunruhigen. Fahren wir schnell nach Santa Croce, holen die Schlüssel, und dann bringen Sie mich wieder her.«

»Das kann ich auch übernehmen, wenn Sie möchten«, bot Valerio Gargiulo an.

»Und was mache ich in der Zeit, mir den Hintern abfrieren? Nein danke. Morin, holen Sie Ihren Wagen, wir fahren zusammen. Und Sie, Gargiulo, stehen Sie hier nicht herum wie angewurzelt! Schauen Sie, dass Sie Botero finden. Wir sehen uns dann heute Nachmittag um vier wieder hier.«

»Ist gut. Ich helfe Ihnen kurz in den Wagen und bin gleich unterwegs.«

Elettra warf ihm einen komplizenhaften Blick zu. Sie bewunderte seinen Sinn für Diplomatie und seine Geduld. Es war nicht immer leicht, mit Benussi umzugehen. Diesmal aber galten alle nur denkbaren mildernden Umstände für ihren Vorgesetzten.

Wenn Inspektor Valerio Gargiulo etwas von seiner Heimatstadt vermisste, dann war es das Klima. In Neapel konnte man häufig noch kurz vor Weihnachten die »schönen Tage« genießen, über die der Autor Raffaele La Capria so unvergessliche Seiten verfasst hatte. Tage, an denen der Golf, der Vesuv und die Häuser der Stadt in ein klares, strahlendes Licht getaucht waren, sodass im Herzen eine Art Dankbarkeit aufkam, am Leben zu sein, trotz aller Schwierigkeiten. Tage, an denen man Abneigungen weniger stark empfand und Groll weniger schwer wog. Tage, an denen man sich bereit fühlte zu vergeben, glücklich zu sein und an denen selbst ein völlig unmusikalischer Mensch wie er auf einmal Lust hatte zu singen.

Auch Triest kannte sonnige Tage, die sich aber mit denen in Neapel nicht messen konnten. Hier lag immer etwas Kühles in der schimmernden Luft, etwas fast Bedrohliches, das die Leute unruhig und zurückhaltend machte, als erwarteten sie von einem Moment auf den nächsten eine böse Überraschung.

Auch in seiner Beziehung zu Elettra spürte Valerio Gargiulo diese eisige Bedrohung. Zwei Monate zuvor hatten sie sich endlich einmal gehen lassen und sich einem langen Kuss hingegeben, während sie an einer Lagune auf einen Verdächtigen warteten. Seither war die Lage zwischen ihnen relativ kompliziert. Auf Abende von großer Intimität und Freude, die häufig im Bett endeten, folgten Tage der Distanzierung, der unerklärlichen Launen. Der junge Inspektor fühlte sich, als würde er auf einer dünnen Glasfläche wandeln, die jeden Augenblick einbrechen konnte.

Und leider war er außerstande, die Gründe für diese plötzlichen Stimmungswechsel zu verstehen. Manchmal gab er sich selbst die Schuld und sagte sich, dass er einfach zu normal sei, zu simpel gestrickt, um eine intelligente, aber auch schwierige Frau wie Elettra wertschätzen zu können. Andere Male jedoch wurde er wütend. Was war hier nur los? Sie hatten doch alles, um glücklich zu sein, und trotzdem fand sie immer wieder etwas, das den

Frieden störte. Wenn es wenigstens wirklich um etwas gegangen wäre, um eine Affäre oder einen heftigen Streit. Aber nichts dergleichen, die kleinste Kleinigkeit genügte, irgendetwas, das er tat oder sagte – und schon ging alles den Bach hinunter.

Als sie zum letzten Mal in seiner Wohnung miteinander geschlafen hatten, da war es ein flüchtiger Blick auf die SMS gewesen, die Elettras Handy angezeigt hatte, während sie im Bad war. Er hatte sie gar nicht bespitzeln wollen, war nur neugierig gewesen, aber Elettra hatte nicht mit sich reden lassen. Wutschnaubend hatte sie sich angezogen und war in die Nacht hinausgestürmt. Davor hatte sie ihn noch angeschrien, dass sie es nicht ertrage, wenn man ihr nachspioniere.

Und seitdem hatten sie kein Wort mehr miteinander geredet.

Als Valerio Gargiulo an diesem Vormittag vor Pietro Zorns Türe stand, hatte er Mühe, Elettras harte Worte beiseite zu schieben und sich auf die Fragen zu konzentrieren, die er dem Patienten von Carla Benussi stellen wollte. Der Mann wohnte im zweiten Stockwerk eines grauen Gebäudes hinter dem Krankenhaus. Von der dunklen Holztür blätterte der Lack. Gargiulo drückte auf den Klingelknopf, aber niemand antwortete. Er hörte Fernsehlärm aus dem Inneren der Wohnung und versuchte es weiter, klingelte so lange, bis sich die Tür einen Spalt öffnete und hinter einer rostigen Vorhängekette die misstrauischen Augen einer schmächtigen alten Frau hervorblinzelten.

»Was wollen Sie? Ich kaufe nichts.«

Valerio Gargiulo hielt seine Dienstmarke hoch: »Polizei, Signora. Entschuldigen Sie die Störung, ich suche Pietro Zorn.«

»Lassen Sie ihn in Frieden! Er hat nichts verbrochen.«

Aber Valerio ließ sich nicht abschrecken. Er wurde lauter.

»Das zu entscheiden, überlassen Sie mal lieber uns. Öffnen Sie die Tür!«

Murrend löste die Frau die Kette und ließ ihn eintreten.

»Ach, ihr macht ja sowieso, was ihr wollt! Ihr habt vor nichts und niemandem Respekt!«

Gargiulo zog es vor, sich nicht dazu zu äußern. Er kannte die Übellaunigkeit der älteren Triester und hörte in solchen Fällen gar nicht mehr hin.

»Ist Ihr Sohn zu Hause?«

»Wo soll er denn sonst sein? Der hockt doch eh nur vor seiner Kiste und verblödet! Der Teufel sollte den Kerl holen, der sich dieses Zeug ausgedacht hat. Das bringt die Buben noch um den letzten Funken Hirn.«

Aha, dachte Inspektor Gargiulo. Die alte Dame sprach anscheinend von Computern, vom Internet. Und ihr Sohn war für sie noch ein *putel*, ein Bub. Das ließ interessante Rückschlüsse auf die Familienverhältnisse zu.

»Pietrin! Beweg deinen Hintern von dem verdammten Stuhl hoch! Die Polizei ist da!«

Die Frau führte Gargiulo in ein schlauchförmiges, enges Zimmer, in dem ein untersetzter, kahlköpfiger Mann – Kommissar Benussi hatte recht, er ähnelte wirklich einer Botero-Figur – über seinen Computer gebeugt saß und auf den Bildschirm starrte. Dort vergnügten sich zwei Frauen und ein Mann miteinander. Die Kopfhörer, die der Mann trug, schnitten ihn vom Rest der Welt ab. Eine hübsche Szene, dachte der junge Inspektor aus Neapel und musste sich unfreiwillig eingestehen, dass Zorns Mutter mit ihrer Einschätzung nicht völlig falschlag.

Da der Sohn keine Notiz von ihnen zu nehmen schien,

trat seine Mutter neben ihn und riss ihm unsanft die Kopfhörer herunter.

»Immer guckst du diesen Schweinekram, willst du nicht endlich mal damit aufhören? Ich schmeiß dir das Ding noch ins Meer, schmeiß ich dir!«

Pietro Zorn, der offenbar nicht mit ihrem Eintreten gerechnet hatte, fuhr wütend hoch und stieß dabei den Stuhl um. Drohend erhob er den Arm gegen seine Mutter: »Was geht dich das an, du Hexe!« Dann fiel sein Blick auf den Fremden, der neben ihr stand. Er wurde rot und hielt inne.

»Ispettore Gargiulo von der Fahndungspolizei«, stellte Valerio sich vor und hielt dabei die Dienstmarke hoch.

Ein Ausdruck von Verblüffung erschien auf Zorns rosigem, pausbäckigem Gesicht.

»Ich habe nichts ausgefressen. Warum sind Sie hier?«

»Ich wollte Ihnen ein paar Fragen zu Dr. Benussi stellen.«

»Noch nie gehört.«

»Unseren Informationen nach sehen Sie Dr. Benussi zweimal pro Woche, in der Gemeinschaftspraxis *Cielo Blu*.«

»Ach so, da gehe ich hin, ja. Aber nicht zu der, die Sie sagen. Meine heißt Dorigo. Carla Dorigo.«

»Mit Ehenamen Benussi. Das ist dieselbe Person.«

»Und was wollen Sie jetzt von mir? Sie kommen doch wohl nicht wegen der Sache mit den kaputten Stühlen … Die hat mich doch nicht angezeigt?«

»Nein, uns liegt keine Anzeige vor. Können wir uns einen Moment in Ruhe unterhalten?«

»Mama, lass uns mal kurz allein!«

Doch die alte Dame wollte davon nichts hören. Sie funkelte ihn wütend an.

»Was hast du mit der guten Frau gemacht? Ich habe dir

doch gesagt: Pass auf. Das ist keine Frau für dich. Aber du glaubst mir ja nichts!«

»Hören Sie nicht auf sie, Ispettore. Sie ist nur alt und eifersüchtig, wenn mich jemand gern hat.«

Er schob seine Mutter grob aus dem Zimmer und sperrte die Tür hinter ihr ab.

»Nehmen Sie Platz. Sie müssen die Unordnung entschuldigen«, sagte er in freundlicherem Ton, während er das schmale Bett von Zeitschriften und Büchern befreite. »Denken Sie nicht schlecht über mich. Mich regt das einfach auf, mit dieser Verrückten zusammenzuwohnen, und wenn ich mir nicht ein bisschen Erleichterung verschaffe, drehe ich noch selber durch. Was möchten Sie über Dr. Dorigo wissen?«

Gargiulo entging nicht, dass er sie weiter bei ihrem Mädchennamen nannte. »Wann haben Sie sie zum letzten Mal gesehen?«

Pietro Zorn starrte ihn erschrocken an.

»Wieso?«

»Beantworten Sie bitte meine Frage.«

»Vorgestern. Warum fragen Sie das?«

»Sie ist gestern Abend nicht nach Hause zurückgekehrt.«

Ein plötzliches Zucken durchlief den unförmigen, massigen Leib des Mannes. Er packte seinen Stuhl, schleuderte ihn auf den Boden und brüllte: »Nein! Neeeiiin!«

»Beruhigen Sie sich doch«, sagte Gargiulo, seinerseits erschrocken über diese Reaktion. Doch der Auftritt war noch nicht beendet. Pietro Zorn trat ganz nahe an ihn heran und fixierte ihn mit den Augen eines Besessenen. Sein Gesicht überzog sich mit roten Flecken, und die Halsschlagadern traten deutlich hervor.

»Wer? Sagen Sie mir, wer das war! Wenn einer meinem

Engelchen nur ein Haar gekrümmt hat, dann bringe ich ihn um!«

»Jetzt reißen Sie sich mal zusammen«, sagte Gargiulo mit Nachdruck, während er sein Gegenüber sanft, aber bestimmt von sich wegschob. Dann ging er durchs Zimmer und hob den Stuhl auf. »Setzen Sie sich hin.«

Pietro Zorn gehorchte, schüttelte dabei jedoch weiter den Kopf und wiederholte ein ums andere Mal: »Nein, nein, neeeiiin!«

In diesem Moment fiel der Blick des Inspektors auf mehrere Fotos, die mit Reißzwecken neben das Bett gepinnt waren. Sie zeigten eine schöne Frau mit weißen, zu einem Pferdeschwanz zusammengebundenen Haaren – Carla Benussi. Die Aufnahmen mussten heimlich auf der Straße geschossen worden sein. Botero war ganz offensichtlich in seine Therapeutin verliebt.

»Können Sie mir etwas über Ihre Beziehung zu Dr. Dorigo sagen?«

»Nee, nee! Schauen Sie mich bloß nicht so misstrauisch an. Ihr wollt doch immer nur alles versauen. Dr. Dorigo ist die Einzige, die mich gern gehabt hat. Die mich verstanden hat. Die Einzige, die mich nicht wie einen Hund behandelt hat.« Während er sprach, fing er zu weinen an und wischte sich mit dem Handrücken die Tränen vom Gesicht. »Wissen Sie, wie mies einen die Leute behandeln, wenn man seinen Job verliert ... wie einen Aussätzigen. Mein ganzes Leben lang habe ich im Hafen gebuckelt, Tag und Nacht, im Sommer und im Winter.«

»Was haben Sie da gemacht?«

»Ich war Kranfahrer. Das ist eine verantwortungsvolle Arbeit«, antwortete Zorn stolz. »Alle haben mich gemocht, alle. Aber als diese Sache passiert ist ...«

»Was für eine Sache?«, fragte Valerio.

»Dieser Scheißunfall. Es war November und saukalt, es hat geregnet, als hätte Gott alle Schleusen geöffnet. Und da habe ich diesen verdammten chinesischen Container einfach nicht gesehen ... Das Ding war schwarz, so finster wie der Teufel. Ich bin reingerasselt und habe ihn ins Meer geschoben ... Aber das war keine Absicht, ich hab's diesen Mistkerlen gesagt, als sie mich rausgeschmissen haben. Ich hatte noch nicht mal was getrunken ... also, nur ein Schlückchen zum Aufwärmen ... Aber die sind steinhart geblieben. Raus mit dir! Feuern mich nach zwanzig Jahren ehrlichem Dienst ... Und Strafe zahlen musste ich auch noch. Jetzt stehe ich mit leeren Händen da.«

»Und dann haben Sie angefangen zu trinken ...«

»Tja, ja. Was soll ein armer Kerl wie ich schon machen? Was meinen denn Sie? Soll ich zu Hause bleiben und mich den ganzen Tag ausschimpfen lassen wie ein grüner Junge? Da habe ich halt angefangen zu saufen, ständig ... Tag und Nacht, Tag und Nacht ... Wenn sie nicht gewesen wäre, Carla Dorigo, dann wäre ich jetzt schon unter der Erde. Ich schwör's Ihnen, die ist ein Engel, die Frau Doktor! Ein Engel ...«

Es war erschütternd, diesen Schrank von einem Mann zittern und heulen zu sehen wie ein Kind. Inspektor Gargiulo drängte es fast, ihn zu trösten, so verloren wirkte er.

»Wie lange sind Sie schon bei Dr. Dorigo in Behandlung?«

»Seit sechs Monaten. Sie hat so viel Geduld mit mir ... Hat mir immer gut zugeredet und gesagt, dass ich es schaffen kann, dass ich nicht aufgeben soll. Ich wäre doch noch jung ... und mein Leben würde in meiner Hand liegen ... Das sind schöne Worte, die hat mir noch nie jemand gesagt, auch nicht diese Hexe von meiner Mutter, die mir immer bloß mit ihrem Gemecker in den Ohren liegt.«

»Warum haben Sie in der Praxis randaliert, wenn Sie sich so gut mit ihr verstehen?«

Etwas flackerte über Zorns breites, in Tränen gebadetes Gesicht.

»Warum? Warum? Kapieren Sie das nicht? Haben Sie schon gesoffen? Ach, wie sollen Sie's dann kapieren ... Mit dem Trinken aufhören, das ist leicht gesagt, von wegen: Du kannst es schaffen und solche Märchen. Aber wenn du das Zeug im Blut hast und allein bist wie ein Hund, wenn dir kein einziger mieser Freund mehr bleibt und wenn dich sogar die Nutten verarschen ... Dann ist dir nur noch die Flasche treu. Da wird dir dann gleich wärmer, und du bist mit der Welt im Reinen ... Aber das hat sie nicht einsehen wollen! Glauben Sie, die war froh, dass ich sie nicht anlüge? Nein, die hat mich angeschaut, als hätte ich ihr ein Messer in den Rücken gerammt ... Deshalb habe ich alles kurz und klein geschlagen. Mit Worten hatte ich's noch nie ...«

Gargiulo hob die Hand, um ihn zu unterbrechen: »Warum sprechen Sie immer in der Vergangenheit?«

Der Hüne warf ihm einen entrüsteten Blick zu. »Also, nein, Commissario, so nicht!«

»Ich bin nur Ispettore.«

»Ich weiß schon, wie ihr von der Polizei tickt! Jeder ist immer verdächtig. Aber diesmal wird nix draus, da liegen Sie ganz weit daneben ... Ich habe nichts auf dem Kerbholz. Gar nichts! Ich will Dr. Dorigo nur Gutes, das ist nämlich die wichtigste Person in meinem Leben. Ich würde ihr nie was zuleide tun. Niemals!«

Pietro Zorn schlug mit der Faust gegen die Wand und ließ sich dann tränenüberströmt aufs Bett sacken.

Was für eine Einsamkeit und Hilflosigkeit dieser Mann ausstrahlte, dachte Gargiulo, dem Pietro Zorn jetzt vorkam wie ein offenes Buch. Auch wenn vieles gegen ihn sprechen mochte, der Inspektor spürte, dass er nicht log. Carla Benussis Verschwinden war für ihn eine Tragödie. Dennoch beschloss Gargiulo, noch ein letztes Mal nachzuhaken.

»Weiß Dr. Dorigo ... was Sie für sie empfinden? Hat sie Ihnen vielleicht Hoffnungen gemacht?«

Pietro Zorn musterte ihn mit einem Lächeln, das zugleich bitter und sarkastisch war: »Was soll das, wollen Sie mich verarschen? Ich bin vielleicht nicht sehr gebildet, aber blöd bin ich auch nicht. Ich weiß ganz genau, dass ich für die Frau Doktor überhaupt nicht da bin. Ich bin nicht ihr Typ ... Ich bin von niemand der Typ, leider Gottes ...«

Valerio sah ihn lange an. Das war sicher nicht die Antwort, die man von einem Stalker erwartete. Aber die Erfahrung lehrte ihn, seinen eigenen Eindrücken zu misstrauen. Schließlich war ja auch immer mit Affekthandlungen zu rechnen.

»Wo waren Sie gestern um dreiundzwanzig Uhr?«

»Wo soll ich da gewesen sein? Hier, zu Ha...«

Von hinter der Tür meldete sich die Mutter, die das Gespräch offenbar belauscht hatte: »Du Lügner! Du warst gestern draußen!«

Zorn riss wütend die Tür auf: »Red nicht so dummes Zeug! Ich war um halb elf daheim, da hast du schon vor dem Fernseher geschnarcht.«

Kalt erwischt, brummte die alte Frau etwas, das Gargiulo nicht verstehen konnte. Er warf ihr einen scharfen Blick zu und sagte: »Dann frage ich auch Sie. Wo war Ihr Sohn gestern Abend?«

»Er war im Kino, wenigstens hat er das behauptet.«

»Stimmt, aber ich war vor elf wieder daheim. Da hast du schon geschlafen.«

»Wenn du's sagst …«

»Und welchen Film haben Sie gesehen?«

»Ich war am Ende doch nicht im Kino, ich habe nur eine Runde gedreht. Mir wäre sonst die Decke auf den Kopf gefallen …«

»Sind Sie auf dieser Runde irgendjemandem begegnet?«

»Einem Haufen anderer Herumtreiber.«

Das genügt, dachte Valerio Gargiulo. Von diesem deprimierten, in Selbstmitleid versunkenen Mann würde er nichts weiter erfahren. Er gab ihm seine Visitenkarte und wandte sich zum Gehen.

»Ich erwarte Sie heute Nachmittag auf dem Revier zum Unterschreiben Ihrer Aussage.«

Pietro Zorn nickte und wich dem prüfenden Blick seiner Mutter aus, so gut er konnte.

4 Die Mietskaserne, in der Ondina Brusaferro lebte, lag an einer leicht ansteigenden Straße in Roiano. Ein wuchtiges, reizloses Gebäude aus den frühen Sechzigerjahren, wie so viele in diesem einfachen Viertel, das sich ungeordnet zwischen dem Viale Miramare und den Hügeln von Gretta und Scorcola ausgebreitet hatte.

Elettra Morin blickte nach oben, bevor sie auf die Klingel drückte. Auf fast allen Balkonen prangte zwischen Wäscheleinen und Therme eine Satellitenschüssel. Die junge Inspektorin rauchte selten, aber jetzt bekam sie Lust auf eine Zigarette, so erschöpft und besorgt war sie und so runter mit den Nerven.

Der Anruf ihres Vaters ging ihr durch den Sinn, den sie vor wenigen Minuten entgegengenommen hatte. Der Zustand ihrer Adoptivmutter Aurora hatte sich verschlechtert, und sie war ins Krankenhaus eingeliefert worden. Elettra hatte schon lange mit diesem Anruf gerechnet, aber stets gehofft, dass er nicht kommen würde. Ihre erste Regung war, alles stehen und liegen zu lassen und zu ihr zu fahren, aber Claudio, der Vater, hatte ihr das ausgeredet: Aurora ruhe sich jetzt aus, und es sei besser, sie nicht durch einen Überraschungsbesuch aufzuschrecken.

Sie würde Elettra erst abends erwarten, nach Dienstschluss.

Für ein Mal verfluchte die Inspektorin ihr Pflichtgefühl. Niemand hätte ihr Vorwürfe machen können, wenn sie sich einen Tag freigenommen hätte, um sich um ihre Mutter zu kümmern; Valerio Gargiulo hätte ohne Weiteres ihre Aufgaben übernehmen können. Zugleich wurde sie das Gefühl nicht los, Kommissar Benussi nicht im Stich lassen zu dürfen, gerade jetzt. Obwohl sie immer mal wieder aneinandergerieten, hatte sie ihn aufrichtig gern, und sie wusste, was für ein harter Schlag das Verschwinden seiner Frau für ihn war. Nicht nur, weil die beiden seit fast zwanzig Jahren verheiratet waren, sondern auch, weil sich bei Ettore Benussi die Folgen des Unfalls bemerkbar machten. Etwas schien einen Riss bekommen zu haben; er wirkte seitdem zerbrechlicher. Natürlich hatte er sich dazu nicht geäußert – sie sprachen nie über Privatangelegenheiten –, aber Elettra hatte ein Blick in sein Gesicht genügt, um zu sehen, wie Anspannung und Verzweiflung immer mehr von ihm Besitz ergriffen. Lange würde er nicht mehr durchhalten, bevor er zusammenbrach.

Und so versuchte Elettra Morin, den Gedanken an das schöne, eingefallene Gesicht ihrer Mutter von sich fernzuhalten, die sich der Krankheit immer mehr beugte, und klingelte an der Tür. Mit etwas Glück würde sie den arbeitslosen Vater von Carlas Patientin zu Hause antreffen. Die Tochter selbst war um diese Zeit bestimmt in der Schule.

Und dann öffnete doch sie, Ondina Brusaferro: ein übergewichtiges Mädchen, das eher jünger aussah als fünfzehn und barfuß an die Tür kam. Sie wirkte überhaupt nicht überrascht, dass jemand von der Polizei vorbeikam. Im

Gegenteil, beim Anblick der Dienstmarke wiederholte sie wie ein Mantra den müden Satz:

»Mein Vater ist nicht da, und ich weiß auch nicht, wann er wiederkommt.«

Elettra betrachtete sie aufmerksam. Leggings, ein *oversized*-Sweatshirt mit der Aufschrift *Hard Rock Café London*, in den Haaren blaue und gelbe Strähnchen, schwarz lackierte Finger- und Zehennägel und die typische gelangweilte Ausstrahlung.

»Warum bist du nicht in der Schule?«

Damit schien Ondina nicht gerechnet zu haben. Sie sah irritiert weg.

»Was geht Sie das an?«

»Meines Wissens geht man nicht nur dann in die Schule, wenn es einem gerade passt ...«

»Tut man wohl. Was glauben denn Sie, ich bin fünfzehn. Die Mittelschule habe ich hinter mir. Ich habe meinem Vater gesagt, dass ich keinen Bock auf Schule habe, aber er schickt mich trotzdem hin, weil es ihm in den Kram passt ...«

»Auf welcher Schule bist du?«

»Auf der Nordio, ›musisches Gymnasium‹, haha ... In echt ist das bloß ein Sammelbecken für Nieten und Drogies. Wenn Sie hier sind, um mit meinem Vater zu reden – ich hab's schon gesagt, der Arsch ist nicht da.«

Elettra konnte sich einfach nicht daran gewöhnen, wie die Jugendlichen, die sie seit ihrem Eintritt in den Polizeidienst befragte, mit Kraftausdrücken um sich warfen. Als wäre eine unsichtbare Schranke zwischen den Erwachsenen und der Jugend niedergegangen, und zwar zu Lasten der Erwachsenen. Auch wenn ihr bewusst war, dass es sich um eine Abwehrreaktion handelte, konnte sie nicht umhin, sich davon getroffen zu fühlen: Ohne Empathie und Respekt gab es kein konstruktives, gelassenes Miteinander zwischen denen, die gerade erst ins Leben traten, und jenen, die ihre rebellische Phase bereits hinter sich hatten und nun selbst Verantwortung trugen. Elettra dachte an ihre eigene Jugend, die nicht allzu lang zurücklag, und daran, wie düster und misstrauisch sie oft in die Welt geblickt hatte. Aber das hätte sie niemals dazu veranlasst, einem unbekannten Erwachsenen so unfreundlich zu begegnen – schon gar nicht einer Polizeibeamtin –, wie es jetzt dieses unglückliche Mädchen tat, das ohne Mutter aufgewachsen war und wahrscheinlich auch ohne Liebe.

»Ich bin gekommen, um mich mit dir zu unterhalten.«
»Mit mir? Wieso?«
»Ich möchte, dass du mir etwas über dein Verhältnis zu Frau Dr. Dorigo erzählst.«
»Fragen Sie sie doch selbst, sie ist doch die Ärztin ...«
»Ich frage dich.«
»Ich habe keine Lust, darüber zu reden.«
»Dr. Dorigo ist gestern Abend nicht nach Hause gekommen.«

Ondina drehte sich zu ihr um. Sie sah betroffen aus.

»Was hat das mit mir zu tun?«
»Du bist eine der Personen, die bei ihr in Behandlung waren. Vielleicht kannst du uns helfen, herauszufinden, ob es etwas gab, das ihr Sorgen machte, oder ob jemand sie bedroht hat.«
»Ich weiß nichts.«
»Wann hast du sie zum letzten Mal gesehen?«
»Gestern Nachmittag.«
»Was hat sie auf dich für einen Eindruck gemacht?«
»Normal, wie immer.«
»Was verstehst du unter normal?«

Ondina verdrehte die Augen und schnaubte.

»Normal heißt normal. Sie hat Fragen gestellt, und ich habe geantwortet, wenn ich Lust hatte.«

»Hattest du normalerweise Lust?«

»Mal ja, mal nein.«

»Und was ist mit deinem Vater?«

»Wie, mit meinem Vater?«

»Hat er dich in die Praxis geschickt?«

»Ach, Quatsch. Der kann die Dorigo nicht ab! Er sagt, die würde mir nur Flausen in den Kopf setzen ...«

Interessant, dachte Elettra. »Was setzt sie dir denn so in den Kopf?«

Das Mädchen breitete die Arme aus und ließ sie dann auf ihre prallen Schenkel plumpsen.

»Was, was, was ... Das nervt! Können Sie nichts anderes sagen? Was wollen Sie überhaupt von mir?«

»Dr. Dorigo könnte in Gefahr sein. Ist dir das völlig egal?«

Anstatt zu antworten, wandte das Mädchen sich ab und verschwand durch eine Tür.

»Wo gehst du hin?«

»Ich habe Hunger.«

Elettra folgte Ondina in eine winzige, unordentliche Küche.

Das Mädchen öffnete den Kühlschrank und fragte, ohne sich umzudrehen: »Wollen Sie auch was? Viel ist nicht da, ans Einkaufen denkt hier ja keiner ...«

»Nein danke.«

Elettra Morins Blick schweifte von der Spüle, in der sich schmutziges Besteck, Gläser und Teller stapelten, zum Tisch mit seinen leeren Pizzakartons und Coladosen. Dann blieb er bei Ondina hängen, die Schinkenscheiben zusammenrollte und sie sich in den Mund stopfte, als hätte sie seit Tagen nichts gegessen.

»Ich war alkoholabhängig, wussten Sie das?«, sagte sie, mit vollen Backen kauend.

»Ich habe davon gehört.«

»Wenn ich nicht trinken kann, dann esse ich. Ohne was halte ich's nicht aus ...«

»Wann hast du angefangen zu trinken?«

»Mit zwölf.«

»Wie kam das?«

»Das haben alle so gemacht.«

»Wer, alle?«

»Meine Freunde. Wer nicht trinken wollte, war ein Schlaffi.«

»Und wer hat dir das Geld dafür gegeben?«

»Geld ist kein Problem.«

»Wie meinst du das?«

»Geld bekommt man kinderleicht.«

In diesem Moment ging die Wohnungstür auf. Ondinas Gesicht verdunkelte sich bei dem Geräusch, das nichts Gutes zu verheißen schien. Kurz darauf betrat ein Mann in mittleren Jahren die Küche. Er hatte Geheimratsecken und war mager wie ein Stock. Als er Elettra neben dem Vorratsschrank stehen sah, fuhr er sie an: »Wer sind denn Sie? Was haben Sie in meiner Wohnung verloren?«

Ohne eine Antwort abzuwarten, stürzte er auf seine Tochter zu, packte sie am Arm und schüttelte sie.

»Wie oft muss ich dir noch sagen, dass du mir keine von deinen Drogenfreunden ins Haus bringen sollst!«

Elettra zückte die Dienstmarke und hielt sie hoch.

»Ispettore Morin von der Fahndungspolizei Triest. Lassen Sie Ihre Tochter los!«

Der Mann drehte sich mit einem sarkastischen Lächeln um und hob die Hände.

»Oh, da krieg ich ja Angst! Ich kapituliere!«

»Ihre Ausweispapiere, bitte.«

»Wenn Sie hier sind, wissen Sie doch eh schon, wer ich bin, oder?«

Elettra gefiel die Art des Mannes überhaupt nicht, und sie hatte nicht vor, sich durch seinen Ton einschüchtern zu lassen.

»Die Ausweispapiere!«, wiederholte sie, ohne ihn aus den Augen zu lassen.

Betont langsam durchsuchte Rocco Brusaferro sämtliche Taschen seines Anoraks nach seiner Brieftasche und fuhr fort, die Inspektorin zu provozieren.

»Was macht eigentlich so ein hübsches Mädchen wie Sie in einem so undankbaren Job?«

»Das geht Sie nichts an.«

»Vielleicht haben Sie ja ein Problem damit, dass Sie nicht als Mann geboren sind. So wie Sie sich anziehen ...«

Elettra beschloss, auf die neuerliche Provokation nicht zu reagieren. Sie war die Sprüche wegen ihres androgynen Äußeren und der formlosen Kleidung gewöhnt.

Sich darüber aufzuregen war es nicht wert.

Endlich fand Brusaferro in der rückwärtigen Hosentasche seiner Jeans die Brieftasche und hielt sie ihr mit einer kleinen Verbeugung hin, ohne den sarkastischen Blick von ihr zu wenden.

»Bitte schön. Das Foto ist leider nicht sehr vorteilhaft.«

Elettra warf einen prüfenden Blick auf den Personalausweis und stellte fest, dass Ondinas Vater erst vierzig war. Dem Aussehen nach hatte sie ihn auf mindestens zehn Jahre älter geschätzt.

»Wo arbeiten Sie?«

Bei dieser Frage brach der Mann in Gelächter aus.

»Arbeiten? Was für eine Arbeit? Noch nichts von der Krise gehört? Vielleicht kann ich ja für Sie was tun ...«

»Mäßigen Sie Ihren Ton!«

»Entschuldigung, *agente*.«

»Ispettore.«

»Also, das war nicht beleidigend gemeint. Früher habe ich gearbeitet. Als Kellner in der Bar meines Schwagers in San Giacomo. Aber dann gab es Probleme.«

»Was für Probleme?«

»Ich habe Geld gebraucht, und das habe ich mir ... sagen wir mal ... aus der Kasse geliehen, ohne zu fragen. Ich hätte es ihm zurückgezahlt, mit Zinsen, aber er hat mich rausgeworfen.«

»Aber angezeigt hat er Sie nicht?«

»Er ist der Bruder meiner Frau ... der Mutter der Göre hier. Sie war damals gerade erst gestorben, da hat er ein Auge zugedrückt ...«

»Und wovon leben Sie seitdem?«

»Ich schlage mich halt so durch. Das eine oder andere ergibt sich immer, kleinere Sachen halt ... Und ich muss mich ja auch um meine Tochter kümmern.«

»Aber du bist doch nie daheim!«, protestierte das Mädchen.

»Halt den Mund, du blöde Kuh! Und jetzt raus mit dir.«

Elettra ging mit Nachdruck dazwischen.

»Erlauben Sie mal – hier sage jetzt ich, wo es langgeht, und Ihre Tochter bleibt da.«

Rocco Brusaferro hatte ein wenig von seiner hämischen Art eingebüßt. Irgendwie verunsicherte ihn diese Polizistin mit den hellen, durchdringenden Augen, die sich offenbar durch nichts einschüchtern ließ.

»Na, dann lassen Sie mal hören, was Sie hier wollen.«

»Wo waren Sie gestern Abend zwischen dreiundzwanzig Uhr und Mitternacht?«

Zwei schnelle Blicke gingen zwischen Vater und Tochter hin und her, dann antwortete Brusaferro:

»Zu Hause.«

»Das ist nicht wahr!«, sagte Ondina feindselig. »Du bist um zehn aus dem Haus gegangen und kommst jetzt zurück!«

Offensichtlich ging ihr das Verhalten des Vaters gegen den Strich, und sie war froh, sich auf die Seite der Besucherin schlagen zu können.

»Red keinen Blödsinn!«

Statt nachzubohren, eröffnete Elettra lieber eine neue Flanke. Vielleicht gelang es ihr, Brusaferro zu überrumpeln.

»Wie ist Ihr Verhältnis zu Dr. Dorigo?«

»Zu wem?«

»Dr. Dorigo vom *Cielo Blu*.«

»Was soll ich zu der für ein Verhältnis haben! Ich habe sie einmal gesehen, und das hat mir auch gereicht.«

»Ihrer Tochter zufolge waren Sie dagegen, dass sie sich dort behandeln lässt.«

»Natürlich bin ich dagegen! Das ist doch alles nur dummes Weiberzeug! Da haben sich die drei sauber geeinigt – die Sozialarbeiterin, die Ärztin und die Dorigo! Und wozu? Um der Kleinen ihren Schwachsinn in den Kopf zu setzen. Mit dem Ergebnis, dass sie so wird, wie Sie sie jetzt sehen – fett, faul und verlogen!«

»Ich lüge überhaupt nicht!«

»Wollen Sie wissen, warum meine Tochter getrunken hat? Weil sie die Mutter verloren hat, darum. Da war sie erst elf, verdammt! Elf! Ist das so schwer zu verstehen? Da braucht man nicht erst lange mit fremden Leuten über seine Privatangelegenheiten zu reden, damit sie einem so was Simples erklären. Die Mutter kommt davon eh nicht wieder.«

»Soll das heißen, Sie haben lieber in Kauf genommen, dass Ihre Tochter zur Alkoholikerin wird?«

»Ach was, Alkoholikerin! In dem Alter trinken die jungen Leute doch alle. Entweder sie rauchen Hasch oder sie trinken. Das ist eine Phase. Die geht wieder vorbei.«

»Sind Sie sicher?«

»Da können Sie Gift drauf nehmen. Bei mir war das ja auch so. Die hätte ganz von selbst wieder aufgehört. Aber diese Tanten haben ihr eingeredet, dass sie krank wäre, und das war natürlich Wasser auf ihre Mühlen. Seitdem tut sie keinen Strich mehr. Sie geht nicht zur Schule, sie lernt nicht, und zu Hause sauber machen tut sie auch nicht. Sie hockt nur den lieben langen Tag rum und chattet auf diesem Scheißfacebook ...«

»Vielleicht liegt das ja auch daran, dass Sie nie da sind.«

Das ausgezehrte, ungesunde Gesicht verzog sich zu einer unwilligen Grimasse.

»Na klar doch, die Schuld liegt bei mir! Meine Tochter glaubt das leider auch. Komm, sag's der Dame von der Polizei: Ich bin schuld, dass deine Mutter an einem Infarkt gestorben ist. Ich bin schuld, dass ich mich Tag und Nacht abrackern muss, um mit irgendwelchen Gelegenheitsarbeiten Miete, Wasser und Strom bezahlen zu können, sonst setzen sie uns noch auf die Straße. Ich bin schuld, wenn die Sozialarbeiterin kommt, um dich ins Heim zu stecken, während ich im Dreieck springe, um dich bei mir zu behalten, schließlich bin ich dein Vater ...«

In Elettras Tasche klingelte das Handy, und sie ging hinaus, um ungestört reden zu können.

»Mama?«

Aurora wollte ihr nur kurz Hallo sagen. Sie solle sich keine Sorgen machen, sagte sie. Sie erwarte ihren Besuch dann am Abend. Als Elettra zurück in die Küche kam, sahen Vater und Tochter ihr entgegen, als erwarteten sie, ins Vertrauen gezogen zu werden.

Was Elettra selbstverständlich unterließ.

»Ich muss jetzt gehen. Signor Brusaferro, kommen Sie um drei aufs Revier, um Ihre Aussage zu unterschreiben. Und versuchen Sie, sich zu erinnern, wo Sie gestern Abend waren, wenn Sie keine Anzeige wegen Falschaussage riskieren wollen.«

Dann hielt sie Ondina ihre Visitenkarte hin.

»Wenn Dr. Dorigo sich bei dir meldet oder du mir sonst etwas zu sagen hast, hier ist meine Nummer.«

Inzwischen war Mittag, und Inspektor Valerio Gargiulo kribbelte es ein wenig im Magen. Gerade hatte er den Anruf eines Kollegen von der Postpolizei bekommen, der ankündigte, ihm etwas mitteilen zu wollen. Gargiulo hatte versprochen, am Nachmittag bei ihm vorbeizuschauen, bevor er zu Benussi fuhr. Vorher aber wollte er sich ein Tramezzino und einen »Schwarzen« genehmigen – wie die Triester ihren in der Tasse servierten Espresso nennen –, und zwar im *Stella Polare*, einem der historischen Lokale der Stadt, das nahe der Sant'Antonio-Kirche am Kanal lag.

Während er darauf wartete, bedient zu werden, sah er sich ein wenig um. Sämtliche Tischchen waren von »alten Schachteln« besetzt – den Ausdruck hatte er von Kommissar Benussi übernommen –, die sich angeregt unterhielten. Diese Gruppen von zwei oder mehr Freundinnen im mittleren und dritten Lebensalter und mit altmodischen Hüten trafen sich gerne vormittags in der Bar, um einander den neuesten Klatsch zu erzählen oder auch nur gemeinsam die Einsamkeit zu vergessen.

Valerio trank seinen Espresso und betrachtete die alten Damen mit einem gewissen Neid. Seit seiner Versetzung nach Triest war es ihm nicht gelungen, sich einen richtigen Freundeskreis aufzubauen. Ihm fehlte die Möglichkeit, zu einer beliebigen Tages- oder Nachtzeit zum Telefon zu greifen und eine spontane Verabredung treffen zu können, so wie früher mit seinen Freunden in Neapel.

Manchmal fühlte er sich in Triest allein, und er kam nicht drauf, ob das an ihm lag oder an den Einheimischen. Je mehr Zeit verging, desto mehr neigte er jedoch dazu, die Bewohner der Stadt als kompliziert und problematisch einzuschätzen. In ihrem schier krankhaften Misstrauen waren sie stets bereit, andere Menschen als potenzielle Feinde zu betrachten. Aber vielleicht war es auch nur ein angeborener Mangel an Leichtigkeit und Sorglosigkeit. Viele schrieben den schroffen Charakter der Triester der Bora zu. Die Nerven der Leute lagen blank, wenn der Nordwind tagelang mit einer Geschwindigkeit von mehr als hundert Stundenkilometern blies und neben Häusern und Bäumen auch die Gemüter durchschüttelte. Andere erklärten diese Rauheit auch mit dem steinigen Untergrund, auf den die Stadt gebaut war, dem Karst, der den weitgespannten Golf wie eine dürre, raue Krone umgab und aus dessen Höhlen unschuldig vergossenes Blut triefte.

Valerio Gargiulo hatte sich darüber mal einen Abend lang mit Panić unterhalten, einem befreundeten Schriftsteller, der im Gegensatz zu ihm in vollen Zügen zu genießen schien, was Triest und Umgebung alles zu bieten hatten. Als großer Wanderer und Radfahrer und Erzähler einer Unzahl von faszinierenden Geschichten vertrat Panić die Ansicht, dass seine Mitbürger an ihrer Isoliertheit litten. Viele Jahrhunderte lang hatten sie unter verschiedenen Herren gelebt, von Natur aus Kosmopoliten, die sich im Grunde weder als Italiener noch als Österreicher oder Slawen fühlten, auch wenn sie ihre Identität just der Mischung dieser drei Kulturen verdankten.

Das Exil war ihr Maß.

Sie fühlten sich verbannt aus ihrer Zeit, aus der Geschichte, aus der Welt.

Und häufig aus sich selbst.

Auch Gargiulo fühlte sich an diesem Morgen wie ein Verbannter. Die Hochstimmung, mit der er vor drei Jahren seine Versetzung nach Triest angenommen hatte, war längst erschöpft und hatte sich in Resignation verwandelt. Die Stadt schaffte es, ihn gleichzeitig anzuziehen und zurückzustoßen.

Der Inspektor zahlte und verließ das Lokal. Der Blick auf den Kanal mit dem Meer dahinter löste in ihm ein akutes Heimweh nach »seinem« Meer aus, »seinem« Golf, nach den weißen Rauchwolken des Vesuvs in der Ferne.

Ihn überkam die Regung, Elettra anzurufen, einfach um ihre Stimme zu hören, aber dann fiel ihm ein, dass sie es nicht leiden konnte, im Dienst gestört zu werden. Also beließ er es bei einer knappen SMS: *Unterwegs zu einem Kollegen von der Postpolizei. Wir hören uns später.*

Als sie Valerios Nachricht las, verspürte Elettra plötzlich Zärtlichkeit und Reue. Sie wusste, dass sich hinter den wenigen Worten eine andere Botschaft verbarg: *Geht es dir heute besser? Können wir uns am Abend sehen?* In gewisser Weise tat es ihr leid, ihn enttäuschen zu müssen – auch ihr hätte ein ungezwungener, ruhiger Abend gutgetan, aber der Zustand ihrer Mutter ließ das nicht zu. Sie musste zu ihr ins Krankenhaus. Sie nahm sich vor, Valerio gleich anzurufen und ihn zu fragen, ob sie zusammen einen Happen zu Mittag essen wollten, vor ihrem Besuch bei Benussi.

Aber erst musste sie noch mit Ivan Nonis sprechen.

Sie sah zu dem Gebäude in der Via Rossetti hoch, das die Petrarca-Schule beherbergte. Ein Bau aus Marmor und Eisen, kantig und wenig anheimelnd. Elettra hatte überlegt, ob sie nicht besser das Ende des Unterrichts abwarten sollte, lang konnte es nicht mehr dauern. Damit ließen sich unnötiger Wirbel und neugierige Blicke vermeiden. Doch auch wenn sie ein Foto von Nonis hatte, befürchtete sie, ihn in der Menge von Schülern zu verpassen, die gleich die Treppe hinunterstürmen würden.

Sie ging also hinein, zeigte dem Hausmeister ihre Dienstmarke und sagte, sie wolle den Direktor sprechen. Der war auf einem Auswärtstermin. Als Nächstes wandte sie sich an die freundliche Schulsekretärin, die für sie im Computer nachsah, in welche Klasse Nonis ging. Er war im letzten Jahr auf dem altsprachlichen Zweig. Der Hausmeister ging los, um ihn zu holen, kam aber bald mit der Information zurück, der Junge sei heute Morgen nicht gekommen.

Elettra seufzte. Jetzt musste sie zu ihm nach Hause fahren. Aus dem Versöhnungsmittagessen mit Valerio würde also nichts werden. Sie schickte ihm wenigstens eine SMS: *Ruf dich später an.* Eigentlich wollte sie noch das Wörtchen *Küsse* hinzufügen, ließ es dann aber doch bleiben.

Im selben Augenblick klingelte die Glocke, und Elettra eilte zum Ausgang, um nicht von einer lärmenden Woge von Schülern überflutet zu werden. In Menschenmengen hatte sie sich noch nie wohlgefühlt.

5 Als Livia Benussi das Schulgebäude verließ, sah sie sich automatisch nach ihrer Mutter um. Nicht, dass Clara sie regelmäßig abgeholt hätte, aber in den letzten Tagen war ihr das doch wichtig gewesen – sie wollte nicht riskieren, dass ihre Tochter und deren Freundinnen weiteren Drohungen ausgesetzt wären.

Als Livia ihre Mutter nirgends sehen konnte, erschrak sie.

Ihr musste wirklich etwas zugestoßen sein. Sie zog das Handy heraus und wählte ihre Nummer.

Ausgeschaltet.

Als Nächstes versuchte sie es bei ihrem Vater.

»Ist Mama wieder da?«

»Leider nein«, antwortete Benussi, der beim ersten Klingeln abgenommen hatte. »Wir suchen weiter nach ihr … Komm bitte sofort nach Hause.«

»Nach Santa Croce?«

»Nein, ich bin hier in der Stadt.«

»Okay, bis gleich.«

Ein kalter Schweißtropfen lief ihr den Rücken hinunter. Sie spürte, dass etwas passiert war. Und es konnte gut sein, dass die Schuld bei ihr lag. Sie hatte versucht, ihr zu erklären, dass dieses Video auf Facebook nur ein dummer

Scherz war, das Werk eines Trottels, der sich unter einem falschen Benutzernamen amüsierte. Es gab im Netz Tausende solcher Videos, für sie und ihre Freundinnen hatte die Sache keinerlei Bedeutung. Keine ihrer Klassenkameradinnen regte sich darüber auf, auch wenn Livia zugeben musste, dass sie die Sache ausgesprochen geschmacklos fand.

Im Internet ging es nun mal vulgär und ruppig zu. Das Beste war, sich die moralischen Sprüche zu schenken und solchen Blödsinn zu ignorieren.

Aber Carla hatte das nicht einsehen wollen.

Zum ersten Mal im Leben war sie so richtig wütend auf Livia geworden. »Ihr nehmt das zu sehr auf die leichte Schulter! Hat für euch denn gar nichts eine Bedeutung? Ihr zieht euch an, als ob euer Körper eine Ware wäre und nicht das Kostbarste, was ihr habt. Denkt ihr denn auch mal nach?«

Livia hatte darauf nichts zu entgegnen gewusst. Wie sollte sie ihrer Mutter klarmachen, dass sie an dem Abend alle getrunken hatten wie blöd und gar nicht mehr gemerkt hatten, was sie taten?

»Dein Vater darf von dieser ganzen Geschichte nichts erfahren«, hatte Carla ihr schließlich eingeschärft. Als gäbe es auch nur das geringste Risiko, dass sie, Livia, ihm davon erzählen könnte. Sie war auf die Bilder alles andere als stolz. Aber wenn nicht diese dumme Pute Sabina paranoid geworden wäre und ihre Eltern eingeschaltet hätte, dann hätte es keine Anzeige gegeben, und das Ganze wäre in dem Ozean von Müll untergegangen, der das Netz Tag für Tag überspülte.

Als sie die Haustür aufschloss, wurde Livia mit einem Mal klar, dass sie keine Ahnung hatte, wie sie ihrem Vater begegnen sollte. Jetzt fehlte ihr Carla umso mehr, die schon immer als Mittlerin zwischen ihnen gedient hatte. Zum ersten Mal standen sich Vater und Tochter allein gegenüber, und Livia bemerkte, dass das Unbehagen auf beiden Seiten gleich groß war.

»Hat sie sich gemeldet?«, fragte sie, als sie ins Wohnzimmer trat und ihren Rucksack abstellte.

»Noch nicht«, antwortete Ettore, ohne ihr in die Augen zu sehen. Livia sollte nicht sehen, dass er geweint hatte. Trotz all seiner Lebenserfahrung gelang es ihm nicht, die Verzweiflung niederzuringen, die allmählich in jede Faser seines Körpers drang.

Er hatte Angst.

Angst, dass Carla nicht zurückkommen könnte. Angst, nicht mehr leben zu wollen, wenn sich diese schreckliche Möglichkeit bewahrheiten sollte. Angst, als Vater einer Tochter allein dazustehen, die er nicht verstand, ja eigentlich kaum kannte. Oft war sie ihm noch nicht einmal sympathisch.

Aber das alles konnte er ihr natürlich nicht sagen.

»Gestern Abend ist sie rauf nach Santa Croce gefahren, oder?«, fragte Livia.

»Ja, aber sie ist um elf wieder gegangen, um heute Morgen bei dir zu sein. Sie wollte dich nicht allein lassen ...«

»Na toll!«, antwortete die junge Frau, in die Defensive gedrängt. »Soll ich jetzt auch noch schuld sein?«

»Das habe ich nicht gesagt.«

»Aber gedacht.«

Ettore schloss die Augen und atmete tief durch.

»Bitte, Livia ... lass uns nicht so anfangen. Es war wirklich nicht so gemeint.«

Mühsam griff er nach seiner Krücke, stemmte sich hoch und ging Richtung Küche.

»Komm, essen wir einen Bissen, da können wir uns unterhalten.«

»Ich habe keinen Hunger.«

»Du kannst mir ja Gesellschaft leisten.«

Livia folgte ihm, ohne zu widersprechen. Ihr tat es leid, ihn grundlos attackiert zu haben. Es war nicht zu übersehen, dass es ihm schlecht ging, und sie fühlte sich mies.

Benussi öffnete den Kühlschrank und holte etwas Käse heraus. »Glaubst du, wir haben Brot da?«

»Toast schon ... Soll ich dir einen machen?«

»Das wäre lieb, danke.«

Ettore machte sich ein Bier auf, setzte sich hin und sah zu, wie Livia mit dem Rücken zu ihm am Toaster stand. Die junge Frau trug einen Minirock aus Jeansstoff, der ihr kaum über die Hüften reichte, eine schwarze Helanca-Strumpfhose, einen hautengen rosa Kapuzenpulli und schwarze, kniehohe Stiefel. Zum Glück hatte sie wenigstens auf die Ohrclips mit dem Totenkopf verzichtet, stattdessen trug sie ein schlichtes Paar rosa Ohrstecker.

Er hatte noch nie gebilligt, wie seine Tochter sich kleidete, aber er hatte auch nie gewagt, etwas dazu zu sagen. Als er einmal Carla darauf angesprochen hatte, hatte sie die Sache heruntergespielt. »So ziehen sie sich doch alle an. Weißt du, die Mädchen folgen da der Gruppe. Das geht schon wieder vorbei.« Also hatte er nicht weiter nachgehakt. Und jetzt war es zu spät, um die Sache zum Thema zu machen.

Sie hätte sowieso nicht auf ihn gehört.

»Hatte sie Sorgen mit einem ihrer Patienten?«, fragte er, während er auf seinen Toast wartete.

»Über so was hat sie mit mir nie geredet, das weißt du doch.«

»Du könntest ja irgendeinen seltsamen Anruf mitbekommen haben ... irgendeine Auffälligkeit, einen Namen ...«, drang der Vater in sie.

Livia schüttelte den Kopf und versuchte, sich nichts von ihrer inneren Unruhe anmerken zu lassen. Sie wusste, dass sie ihm von der Anzeige hätte erzählen müssen, aber sie konnte nicht. Es ging einfach nicht.

Dann aber drehte sie sich unvermittelt um, und ihr Gesicht hellte sich auf. »Jetzt, wo ich überlege, ja. Da war dieser seltsame Typ ...«

Ettore Benussi musterte sie angespannt.

»Sag schon!«

»Ich weiß nicht, ob das wichtig ist ...«

»Das überlass mal mir.«

»Also, beim Einkaufen kam mal so 'ne Art Zigeuner an, so ein magerer Typ mit Hinkebein. Er hatte irgendwie wilde Augen. Er schien Mama gut zu kennen. Sie war total nett zu ihm.«

»Wo war das?«

»Vor dem Spar. Ich habe gleich gesehen, dass das keiner von den Typen ist, die sonst da rumhängen und Feuerzeuge und Räucherstäbchen verkaufen. Er schien richtig auf Mama zu warten.«

»Bist du sicher? Du weißt ja, deine Mutter hat für jeden ein paar Groschen ...«

»Aber es hat nicht jeder meinen grünen Diesel-Pulli an.«

»Wie meinst du das?«

»Genau so: Er hatte meinen Kapuzenpulli an.«

»Woher weißt du, dass es derselbe war?«

»Wegen dem Flicken am Ärmel, da ist einem Freund von mir mal die Zigarette draufgefallen.«

»Und das hast du deiner Mutter gesagt?«

»Klar!«

»Und sie?«

»Sie hat gesagt, ich soll mich nicht so anstellen, ich hätte den Pulli sowieso aussortiert, und er hätte halt einen gebraucht.«

»Hast du diesen Jungen noch öfter gesehen?«

»Jetzt, wo du's sagst – er stand mal abends unten an der Tür und hat zu unseren Fenstern hochgeschaut.«

»Und davon hast du mir nie was gesagt?«

»Ich habe nicht groß drüber nachgedacht. Du kennst doch Mama ...«

»Könntest du ihn identifizieren, wenn du ihn siehst?«

»Bestimmt, den vergisst man nicht so leicht.«

Ettore Benussi griff in die Tasche und suchte nach seinem Handy. Der Toast lag noch immer unangetastet auf seinem Teller.

»Gargiulo? Rufen Sie Morin an, und kommen Sie auf der Stelle zu mir. Es gibt Neuigkeiten.«

Als der Anruf des Kommissars kam, wartete Gargiulo gerade auf Elettras Rückkehr ins Revier, um dann eine Entscheidung zu treffen.

Bei der Postpolizei hatte er einen vertraulichen Hinweis auf einen jungen Mann bekommen, der sich unter falschem Namen auf Facebook herumtreibe und seit Wochen eine Gruppe von Mädchen aus der Petrarca-Schule belästige, darunter auch Livia Benussi, die Tochter des Kommissars.

Und siehe da – der Junge war kein anderer als Ivan Nonis, ein ehemaliger Kokser und Patient von Dr. Benussi, nach dem Elettra bereits suchte.

Das konnte kaum ein Zufall sein.

Doch bevor er seinen Vorgesetzten verständigte, wollte der Inspektor aus Neapel mit seiner Kollegin sprechen. Kommissar Benussi hatte schon Sorgen genug.

Gargiulo trieb folgende Frage um: Hatte Carla Benussi geahnt, dass der Junge, dem sie zu helfen versuchte, derselbe war, der ihre Tochter und deren Freundinnen auf Facebook mit üblen Andeutungen, peinlichen Fotos und persönlichen Beleidigungen überzog?

War am Ende das der Grund für Carla Benussis Verschwinden? War sie dem Jungen auf die Schliche gekommen, und er hatte auf ihre Vorwürfe reagiert?

Aber wo steckte Ivan Nonis dann?

Elettra Morin hatte ihn auch zu Hause nicht angetroffen. Sein Handy war ausgeschaltet, und seit dem Abend zuvor verzeichnete weder sein Facebook-Account noch der auf Skype irgendwelche Aktivitäten.

Die Antwort konnte sich auf dem Computer von Carla Dorigo Benussi befinden, der endlich geknackt worden war und jetzt vor Gargiulos Augen blinkte. Gerade wollte er beginnen, ihn näher unter die Lupe zu nehmen, da kam Elettra hereingelaufen und setzte sich ungeduldig an den PC.

»Was hast du herausgefunden?«

»Ich hab's mir noch nicht näher angesehen, aber die Kollegen von der Postpolizei haben mir die Datei hier geschickt. Jetzt halt dich fest ...«

Gargiulo drehte sich zu seinem Desktop-Computer um und betätigte eine Taste. Es öffnete sich ein Ordner mit dem Namen »Operation Chatterley«, offensichtlich von D. H. Lawrence inspiriert.

Vor Elettras entsetztem Blick begann eine Folge von Bildern abzulaufen, die halb nackte, ganz offensichtlich betrunkene junge Mädchen zeigten, die irgendein merkwürdiges Spiel mit Kerzen spielten. Darunter liefen Kommentare, die man nur obszön nennen konnte. Wahrscheinlich handelte es sich um Aufnahmen von einem Fest. Die jungen Frauen waren alle maskiert, aber auf einem der Bilder hatten sie die Masken abgenommen.

Elettra stöhnte auf, als sie eine der Teilnehmerinnen erkannte. »Aber das ist doch …«

»Livia, die Tochter von Benussi«, beendete Gargiulo den Satz.

»Armer Commissario, das hat noch gefehlt«, bemerkte Morin.

»Und das ist noch nicht alles. Gepostet wurden die Fotos unter dem Decknamen Oliver Mellors. So heißt bekanntlich der Wildhüter in dem Buch von Lawrence …«

»Das habe ich nie gelesen«, gestand Elettra und errötete gegen ihren Willen.

»Ich schon, mit sechzehn …«

»Weiter«, antwortete Morin, ohne auf seinen verschmitzten Blick einzugehen.

»Der Vater von einem der betroffenen Mädchen hat Anzeige erstattet. Die Postpolizei hat den Wildhüter in spe aufgespürt und … du darfst raten!«

Elettra machte eine ungeduldige Geste.

»Sag schon, wir sind doch hier nicht in einer Quizshow!«

»Der Schmutzfink heißt Ivan Nonis!«

Elettras Verblüffung war offensichtlich. »Der Typ, hinter dem ich her bin?«

»Ganz genau! Wir müssen mit seinen Eltern reden.«

»Da gibt es nur eine Mutter, und die ist zurzeit auf Dienstreise in Afrika«, informierte ihn Elettra, während sie weiter auf die Bilder starrte.

»Was ist sie von Beruf?«

»Irgendwas bei der Weltbank … Das hat mir das Hausmädchen gesagt, eine Filipina. Und der Junge ist heute Nacht nicht nach Hause gekommen.«

Elettra lehnte sich im Stuhl zurück und musterte Gargiulo geistesabwesend.

»Glaubst du, Carla Benussi wusste von den Fotos?«

»Da bin ich ganz sicher. Die Mütter haben bestimmt darüber geredet ...«

Die Anspannung war mit Händen zu greifen. Elettra stand auf und begann, im Zimmer auf und ab zu gehen.

»Signora Benussi ist bestimmt nicht der Typ, der so etwas auf sich beruhen lässt«, schloss sie. »Sie wird ihn direkt darauf angesprochen haben, und dann ...«

»Ich glaube nicht, dass ihr klar war, dass Nonis dahintersteckte. Der Kollege von der Postpolizei hat es erst vor einer Stunde herausgefunden und mich gleich angerufen. Da auch Livia betroffen ist, wollte er als Erstes uns Bescheid sagen. Die Sache betrifft damit ja auch Commissario Benussi.«

»Aber vielleicht hatte Nonis Angst, dass sie ihm auf die Spur kommen könnte, und ...«

Die beiden wechselten erschrockene Blicke. Das war keine schöne Vorstellung.

»Was machen wir jetzt mit Benussi?«

»Dem sagen wir erst mal nur, dass Nonis verschwunden ist und möglicherweise etwas mit Carlas Entführung zu tun haben könnte.«

»Er wird wissen wollen, warum wir das glauben.«

»Na, einfach weil er nicht zu finden ist. Oder ist das etwa kein ausreichender Grund, ihn zu überprüfen?«

»Wenn es das ist, können wir auch den Vater von Ondina Brusaferro nicht ausschließen«, wandte Elettra hartnäckig ein. »Der ist gestern Abend ebenfalls nicht nach Hause gekommen.«

»Und Botero hat angeblich eine Spritztour unternommen, alleine, ohne Zeugen«, schloss Valerio.

»Die haben beide kein Alibi«, überlegte Elettra. »Schauen wir doch mal, was über sie gespeichert ist.«

Gargiulo drückte eine Taste und wartete, dass der Bildschirm aus dem Ruhezustand erwachte.

Just in diesem Moment rief Benussi an, und die zwei Inspektoren beschlossen, Carlas Computer besser mitzunehmen. Was auch immer sie als Nächstes herausfanden, es war das Beste, wenn sie es gleich mit ihrem Vorgesetzten teilen konnten, dem Ehemann der Verschwundenen.

6
Karacici, 10. Mai 1992

Mein Täubchen, mein Herz, gestern Abend habe ich vom Hügel aus gesehen, wie ein Lkw-Konvoi auf unser Dorf zukam. Mein Vater hat gesagt, das sind die Serben aus dem Norden, die kommen, um uns wegzujagen. Warum?, habe ich gefragt. Was haben die gegen uns? Ich weiß nicht, Kassim. Ganz Jugoslawien scheint verrückt zu spielen. Unser schönes Land verzehrt sich in einem Hass, den wir früher nie gekannt haben. Meine Mutter sagt, wir sollten besser gehen, bevor etwas Schlimmes passiert.

Mein Vater sagt, am sichersten wäre es jetzt bei den Großeltern in Srebrenica, weil das eine Sicherheitszone ist und unter dem Schutz der UNO steht. Und wir sollen möglichst bald aufbrechen, sobald wir einen Lkw auftreiben können. Da musste ich ihm von Dir und von dem Kind erzählen. Ich habe gesagt, dass ich Dich nicht verlassen kann und dass ich bleiben würde. Er hat mich angestarrt, als hätte ich ihm ein Messer in den Rücken gerammt. Wie ich das tun konnte? Wir seien ja noch nicht mal verheiratet! Aber wir wollen doch im Sommer heiraten, da fehlen nur wenige Monate, es ist alles ent-

schieden, habe ich geantwortet, und dabei habe ich geweint.

Da hat er mich umarmt. Das stimmt, mein Sohn. Wir leben in schlimmen Zeiten. Ich habe ihn gefragt, ob Du mitkommen könntest. Wir könnten das Kind doch bei den Großeltern kriegen, und wenn alles vorbei ist, dann heiraten wir. Der Krieg wird nicht ewig dauern. Aber mein Vater hat nur den Kopf geschüttelt. Er sagt, Dein Vater würde das nie erlauben. Und dass es zwischen ihnen nicht mehr so ist wie früher, sie könnten sich nicht mal mehr anschauen, ohne dass es Streit gibt. Er sagt, ich soll mich von Dir trennen.

Auf dem Heimweg habe ich den Imam besucht. Ich wollte ihn um Rat fragen. Ich war so durcheinander. Das Gespräch mit ihm hat mir gutgetan. Er hat mir weise Worte gesagt, Worte, die mir das Herz geöffnet haben … Er hat gesagt, ich soll nicht auf die Stimmen des Hasses hören, die von draußen kommen, vom Fernsehen, von Deinem Onkel, von meinem Vater. Wir sollen uns die Ohren zuhalten und in unseren Nachbarn weiter die Brüder sehen, mit denen wir aufgewachsen sind. Er hat gesagt, ich soll nach Srebrenica gehen und Dich mitnehmen, auch wenn unsere Familien dagegen sind.

Ich verstecke Dich in unserem Wagen, unter den Matratzen und dem Bettzeug, da finden sie Dich nicht. Das Wichtigste ist das Kind, in Srebrenica wird es sicher sein. Also, mein Herz, pack Deine Sachen und hab keine Angst. Ich werde bei Dir sein. Immer und für alle Zeit.

Dein Kassim.

7 Als Elettra Morin und Valerio Gargiulo an der Tür des Kommissars an der Salita Promontorio klingelten, öffnete ihnen Livia, blass und mit zerzaustem Haar.

»Gibt's was Neues?«, fragte sie voller Anspannung.

Elettra Morin schüttelte den Kopf und seufzte. »Momentan nicht. Aber wir haben das Passwort für den Computer deiner Mutter.«

»Haben Sie sich schon eingeloggt?«

»Noch nicht«, antwortete Gargiulo. »Wir wollten das zusammen mit dem Commissario tun.«

Livia warf einen schnellen Blick in Richtung des Computers und sah dann zur Wohnzimmertür.

»Es geht ihm nicht besonders. Ich weiß nicht, ob das der richtige Zeitpunkt ist …«

Elettra spürte, dass die junge Frau Angst hatte, und beschloss, sie direkt anzugehen.

»Er weiß nichts davon, oder?«

»Wovon?«, antwortete Livia vorsichtig.

»Von der Anzeige, die die Eltern deiner Freundin erstattet haben.«

Livias Anspannung war zu groß, als dass sie sich weiter hinter einer Lüge hätte verstecken wollen.

»Nein«, gab sie zu.

»Und deine Mutter?«

»Die schon, Sabinas Mutter hat sie angerufen.«

»Hat sie auch das Video gesehen?«

»Ja.«

Elettra wollte nicht zu hart nachfassen, das Unbehagen und die Angst des Mädchens waren mit Händen zu greifen. Offenbar fühlte Livia sich irgendwie verantwortlich. Die Inspektorin beschloss, darauf zu setzen, dass sie auf derselben Seite standen. So würde sie bestimmt mehr aus der jungen Frau herausbekommen.

»Wir sagen ihm erst einmal nichts. Wir schauen uns den Computer alleine an. Aber versprich uns, dass du uns über alles informierst, was du herausfinden kannst.«

Livia nickte.

»Morin? Neapolitaner? Seid ihr das? Was zum Teufel macht ihr da drüben?«, rief Benussi aus dem Wohnzimmer.

»Wir kommen schon, Commissario«, antwortete Gargiulo und versteckte den Rucksack mit dem Computer im Gang unter seiner Winterjacke.

Als sie das großzügige Wohnzimmer betraten, das auf einen begrünten Innenhof hinausging, fanden sie ihren Vorgesetzten auf dem Sofa. Er machte einen erschöpften Eindruck.

»Also?«, fragte Benussi ungeduldig. »Was habt ihr herausbekommen?«

Elettra setzte sich ihm gegenüber auf einen Stuhl und berichtete von ihrem Besuch bei Ondina Brusaferro, von der abweisenden Art des Mädchens und vor allem von dem arbeitslosen Vater. Der habe alles andere als begeistert davon gewirkt, dass Carla seiner Tochter zu helfen versuchte. Und er habe kein Alibi.

Anschließend war es an Gargiulo, Benussi von dem Sonderling Pietro Zorn zu erzählen. Der ehemalige Hafenarbeiter habe angefangen zu trinken, nachdem er aufgrund einer Unachtsamkeit die Stelle verloren habe. Er lebe mit seiner hochbetagten Mutter zusammen, die er schlecht behandle, ohne sich jedoch von ihr lösen zu können. Auch Zorn hatte für den fraglichen Abend kein Alibi, aber nach Valerios Eindruck hätte er seiner Therapeutin niemals ein Haar gekrümmt.

»Was bringt Sie darauf?«, fragte der Kommissar skeptisch.

»Die Tatsache, dass mehrere Fotos Ihrer Frau über seinem Bett hängen. Er ist ganz offensichtlich in Dr. Benussi verliebt.«

»Und das hat Sie beruhigt, Neapolitaner? Ich muss mich über Sie wundern.«

»Er ist weder von der Psychologie noch vom Verhalten her ein Stalker. Das ist meine Meinung, ich kann mich natürlich täuschen.«

Aus Kommissar Benussis Blick sprachen so viele Zweifel und Herablassung, dass Gargiulo sich vorkam wie der letzte Idiot. Die abschließende Bemerkung hätte er sich wohl besser gespart.

»Und der dritte Kandidat?«

»Ivan Nonis, ein kokainabhängiger Jugendlicher, den ich noch nicht ausfindig machen konnte. Er war heute nicht in der Schule und ist auch gestern Abend nicht nach Hause gekommen.«

Ettore Benussi musterte Elettra sichtlich aufgewühlt.

»Was ist mit seinen Eltern?«

»Der Vater ist schon lange tot und die Mutter auf Dienstreise in Afrika.«

»Er wird sich kaum in Luft aufgelöst haben«, brummte Benussi. »Er hat ja wohl ein Handy, einen Facebook-Account, Freunde ...«

»Das Handy ist ausgeschaltet, und auf Facebook war er seit drei Tagen nicht mehr. Wir hatten vor, nach unserer Besprechung mit seinen Klassenkameraden zu reden.«

Ettore Benussi schloss erschöpft die Augen. Sein Kopf drehte sich wie verrückt. Er brauchte jetzt einen Drink, und zwar etwas Hochprozentiges.

»Morin, holen Sie mir bitte die Flasche Grappa aus dem Schrank.«

Elettra stand auf und ging zu dem oval geformten Möbelstück im Ethnolook, das mehrere Flaschen Schnaps enthielt. Sie zog den Grappa hervor und brachte ihn dem Commissario zusammen mit einem Gläschen, das sie von der Konsole genommen hatte.

»Auch einen Schluck?«, fragte Benussi die zwei Inspektoren.

»Nein danke«, antwortete Gargiulo für beide.

»Sie sprachen von Neuigkeiten«, sagte Elettra. »Worum geht es denn?«

Ettore Benussi kippte hastig drei Gläschen Grappa hinunter, bevor er leise antwortete. »Fragen Sie Livia.«

Die zwei Inspektoren wechselten erstaunte Blicke. Sollte das heißen, der Kommissar wusste schon etwas? Sie drehten sich um und sahen hinter sich die junge Frau, die am Türrahmen stand und gedankenverloren auf ihrem Handy herumtippte.

»Jetzt hör doch mal mit dem Chatten auf, verdammt!«, rief Benussi entnervt. »Deine Mutter ist in Gefahr, und du hast nichts Besseres zu tun, als irgendwelchen Blödsinn zu verzapfen. Erzähl lieber meinen Mitarbeitern, was du mir vorher gesagt hast.«

Empfindlich getroffen, holte Livia Luft und antwortete dann unwillig: »Kannst das nicht du machen?«

»Nein, ich will es noch mal von dir hören. Auf geht's!«

»Musst du mich eigentlich immer wie eine Bekloppte behandeln?«

»Livia, bitte!«

»Erzähl uns, was du gesehen hast«, ermunterte Elettra sie und unterbrach damit die nutzlose Diskussion.

»Na gut«, antwortete die junge Frau. »Ich habe meinem Vater erzählt, dass neulich beim Einkaufen so ein komischer Typ aufgetaucht ist. Er sah aus wie ein Zigeuner und hatte meinen Kapuzenpulli an ...«

»Ein Zigeuner, der deinen Kapuzenpulli anhatte?«, wiederholte Elettra ungläubig.

»Ja, und er hatte ein Hinkebein. So ein dünner Typ mit langen Haaren. Er stand vor dem Spar und schien auf meine Mutter zu warten. Die kannten sich, jede Wette. Mama hatte ihm meinen alten Kapuzenpulli geschenkt und ...«

Gargiulo sah hinüber zum Kommissar, um zu sehen, ob er diese Geschichte glaubte. Das hörte sich doch etwas unwahrscheinlich an.

»Wie alt war der Bursche?«

»Nicht besonders alt. Achtzehn, zwanzig ... Er war ziemlich jung und ziemlich abgerissen.«

»Würdest du ihn wiedererkennen, wenn du ihn siehst?«, fragte Valerio.

»Ich glaube schon. Ich habe ihn vor ein paar Tagen noch mal gesehen, da war er unten vor dem Haus und hat zu uns hochgeschaut.«

»Könntest du mit aufs Revier kommen, damit wir ein Phantombild anfertigen lassen?«

»Was sollen wir denn damit? Es kann doch wohl nicht so schwer sein, in diesem Kaff einen zwanzigjährigen Roma mit Hinkebein zu finden!«, fuhr Benussi auf. »Verschwenden wir nicht noch mehr Zeit. Sie, Neapolitaner, gehen diesen Typ suchen, und Sie, Morin, kümmern sich um den jungen Nonis. Aber vorher sorgen Sie dafür, dass Pitacco und ein weiterer Kollege die beiden anderen Verdächtigen im Auge behalten.«

»In Ordnung, Commissario, Sie können sich auf uns verlassen«, sagte Elettra und ging zur Tür.

»Ich könnte mir in der Zwischenzeit den Computer meiner Frau ansehen, falls inzwischen das Passwort geknackt ist. Livia hilft mir bestimmt dabei.«

Der entsetzte Blick der jungen Frau veranlasste Gargiulo zu einer Notlüge.

»Noch nicht. Wir arbeiten daran.«

»Ja, wie lange dauert das denn noch? Rufen Sie die Kollegen von der Technik an, verflixt und zugenäht ...«

Die Lage wurde allmählich kritisch. »Wahrscheinlich sind sie jetzt schon so weit«, besänftigte ihn Elettra. »Ich hole den Computer und bringe ihn persönlich her, bevor ich weiter nach Nonis suche. Machen Sie sich keine Sorgen.«

Dieses »Machen Sie sich keine Sorgen« richtete sich stillschweigend auch an Livia. Wenn sie etwas Kompromittierendes fanden, würden sie es einfach auf einen anderen Computer übertragen. Das war zwar, wie Elettra wusste, nicht legal, aber sie durften den Kommissar wirklich nicht noch zusätzlich belasten.

Es würde sich noch früh genug eine Gelegenheit finden, für die Folgen geradezustehen.

Welche es auch sein mochten.

Violeta Amado stand in der Küche und befreite eine große Kupferpfanne von den Resten der Polenta, die mittags in Pater Florences Speisesaal serviert worden war. Dabei dachte sie noch einmal über die Frau nach, die am Abend zuvor angegriffen worden war, und über ihr seltsames Verhalten. Violeta hatte die Nacht mit ihr auf einem Zimmer verbracht, und die Frau hatte sie mit ihren Albträumen wach gehalten. Sie schrie im Schlaf, wälzte sich herum. Einmal fiel sie sogar buchstäblich aus dem Bett. Violeta hatte sie gefragt, woher sie denn komme und was ihr solchen Kummer bereite, aber die Frau hatte immer nur den Kopf geschüttelt und geweint.

Violeta war mehreren seelisch verletzten Menschen begegnet, seit sie ihre Tätigkeit als Altenpflegerin aufgegeben hatte, um eine feste Stelle im Offenen Haus anzunehmen.

Ihre letzte Erfahrung als Pflegerin bei einer jüdischen alten Dame war traumatisch verlaufen. Eines Morgens im September war ihre Arbeitgeberin tot aufgefunden worden. Was zu Beginn wie ein Unfall ausgesehen hatte, hatte sich schließlich als Mord herausgestellt.

Aber jetzt wollte sie nicht mehr an diese Episode denken, bei der sie sich gezwungen gesehen hatte, die schrecklichen Erfahrungen ihrer Adoptivmutter noch einmal zu durchleben.

Violeta Amado hatte ihre Adoptiveltern, die sie aus einem jämmerlichen Dasein in einem Elendsviertel von Rio de Janeiro befreit hatten, von ganzem Herzen geliebt. Etty Brunner, die Mutter, war in Triest geboren, mitsamt ihrer Familie jedoch aufgrund der schrecklichen Rassengesetze von dort verstoßen worden. Als Auschwitzüberlebende war sie zu Verwandten nach Brasilien geflohen und hatte das Land später nie mehr verlassen wollen. Fünfzehn Jahre war es nun her, dass sie in ihrem schönen Haus am Meer verstorben war, unter dem Schleier einer tödlichen Melancholie, der selbst die Hingabe ihres brasilianischen Mannes und die Fröhlichkeit ihrer Tochter sie nicht hatten entreißen können.

Und so hatte Violeta Amado nach dem Tod des Vaters beschlossen, nach Triest zu gehen. Sie wollte die Umgebung kennenlernen, in der ihre Mutter aufgewachsen war und aus der sie der Wahnsinn ihrer Mitmenschen vertrieben hatte. Da sie die Gesellschaft älterer Leute sehr schätzte, hatte es für sie nahegelegen, sich ihren Unterhalt als Pflegerin zu verdienen.

So weit, so gut. Bis sie im Keller ihrer letzten Arbeitgeberin etwas entdeckt hatte, das sie zutiefst erschüttert hatte. Seither war ihr die Lust vergangen, sich um alte Menschen zu kümmern.

Jedenfalls in einem privaten Umfeld.

Für andere da sein wollte sie jedoch weiterhin. Und so engagierte sie sich seither in dem von Pater Florence gegründeten Zentrum für Flüchtlinge und andere Menschen in Nöten. Pater Florence war ein Mitbruder ihres Landsmanns Pater Johan, des Geistlichen, der Violeta als Kind in ihrem Elendsviertel von Rio betreut und viele Jahre später zu ihm geschickt hatte. Ihre ausgesprochen wertvolle, ja einzigartige Aufgabe bestand darin, anderen zuzuhören, sie zu trösten und ihnen wieder die Hoffnung zu geben, die sie verloren hatten. Denn all diese Menschen benötigten nicht etwa nur Nahrung, Kleider und Arbeit, wenn sie nach ihren erniedrigenden, unmenschlichen »Reisen der Hoffnung« in dem Offenen Haus strandeten, sie benötigten Aufmerksamkeit und Verständnis, und nicht jeder brachte dafür Zeit und Geduld auf.

Während Violeta die große Pfanne zurück auf das Stahlbord stellte, sah sie, wie die Frau, die sie in ihrem Zimmer beherbergt hatte, in den Speisesaal kam und offenbar nach ihr Ausschau hielt. Sie winkte sie zu sich herüber.

»Hier bin ich!«

»Störe ich?«

Anscheinend hatte sie sich in den vergangenen Stunden und durch das Ausruhen etwas beruhigt. Sie wirkte weniger erschrocken und eher bereit, sich helfen zu lassen. Denn Hilfe brauchte sie ganz offensichtlich.

»Machen wir uns einen ordentlichen Kaffee?«, fragte Violeta, während sie sich die Hände abtrocknete.

Die Frau nickte und setzte sich an einen der langen blassblauen Resopaltische, an denen die Mahlzeiten eingenommen wurden. Sie hatte sich gewaschen und gekämmt und sah ein wenig erholt aus. Ein Rest früherer Schönheit lag noch auf ihrem vom Leben gezeichneten, leidgeprüften Gesicht. Bestimmt war sie nicht älter als fünfzig, dachte Violeta, obwohl man sie wegen der grauen Haare und zahlreichen Falten leicht auf sechzig geschätzt hätte. Aber die Augen logen nicht.

Die Augen waren noch jung, strahlend, intelligent. Und rastlos.

Violeta Amado nahm die Kaffeekanne aus ihrer Halterung und trat mit zwei Tassen an den Tisch. Sie holte eine Zuckerdose, zwei Kaffeelöffel und etwas Milch, setzte sich dann auf einen Stuhl und sah ihr ins Gesicht.

»Ich bin Violeta.«

»Luka Furlan«, antwortete die Frau und wandte den Blick ab.

»Sie sind keine Italienerin?«

»Ich stamme aus Sarajevo.«

»Sarajevo. Ich kenne einen Mann, der von dort kommt. Er hat die Decke in der Kapelle restauriert, er heißt Zoran ...«

»Zoran ist ein serbischer Name, ich bin Kroatin.«

Sie sagte das mit einem Stolz und in einem Ton, dass es Violeta kalt den Rücken herunterlief. Sie ging jedoch nicht darauf ein. Pater Florence hatte ihr von der angespannten Situation im nahen Exjugoslawien erzählt, wo der Krieg vor gut zwanzig Jahren die Erde mit Blut getränkt hatte.

Luka zog ein knitteriges Foto aus ihrer Handtasche und reichte es über den Tisch.

»Mein Enkel, Igor.«

Violeta betrachtete das hagere Gesicht eines Jungen, der Geige spielte; ein schwarzer Haarschopf fiel ihm in die Stirn. Sie wandte sich wieder Luka zu und sah sie fragend an.

»Ist er Geiger?«

»Ja. Ein richtig guter.«

»Und was ist mit ihm?«

»Von zu Hause weggelaufen.«

»Wie alt ist er?«

»Fast zwanzig, aber es geht ihm nicht gut.«

»Und Sie denken, dass er nach Triest gekommen ist?«

»Ja.«

»Haben Sie hier Verwandte oder Freunde?«

Die Frau zögerte einen Moment.

»Er glaubt, ja. Deshalb ist er hier ...«

»*Er glaubt, ja*? Das verstehe ich nicht ... Wen sucht er denn?«

»Das ist eine lange, schlimme Geschichte.«

Violeta wurde klar, dass Luka sich große Sorgen machte, aber zugleich auch Angst vor etwas hatte. Da kam ihr ein plötzlicher Gedanke.

»War er das, der Sie gestern Abend geschlagen hat?«

Lukas dunkle Augen füllten sich mit Tränen.

»Er wollte mir nicht wehtun ...«

»Und deshalb wollten Sie nicht ins Krankenhaus?«

»Es ist nicht seine Schuld.«

»Möchten Sie mir vielleicht davon erzählen?«

In diesem Augenblick kam Drago mit einem Sack Kartoffeln herein, gefolgt von zwei Männern, die kistenweise Pasta trugen.

»Machen wir doch einen Spaziergang, einverstanden?«

Violeta stand auf und ging die zwei Tassen abspülen. Dann machte sie Luka ein Zeichen, ihr zu folgen. Die beiden verließen das Haus und gingen zur Bar *Neri* in der Via Combi.

Dort würden sie ihre Ruhe haben. Vielleicht schüttete Luka ihr dann ihr Herz aus.

8 Ettore Benussi konnte nicht einschlafen.

Livia hatte darauf bestanden, in Santa Croce zu übernachten. Sie wollte nicht länger in der Wohnung an der Salita Promontorio bleiben. Sie sagte, sie habe Angst vor dem jungen Zigeuner. Und außerdem sei es dort ohne ihre Mutter sowieso nicht auszuhalten.

Zum Glück hatten inzwischen die Weihnachtsferien begonnen. Livia hatte keine Lust, ihren Schulkameraden zu begegnen und ihnen alle möglichen Fragen beantworten zu müssen. Dem konnte Ettore nichts entgegensetzen. Auch er fühlte sich nicht in der Lage, sich in jenen Räumen aufzuhalten, wo ihn alles an Carla erinnerte. Dort hatte er erlebt, wie zugleich mit der Tochter auch die Müdigkeit und die Fremdheit größer wurden, die ihn und seine Frau über Jahre voneinander fernhielten. Zu vieles, was ihm leidtat, zu viele Schuldgefühle, zu viel Ungesagtes, an das er nicht denken wollte. Auch für Ettore war es besser, einen Ort ohne all diese gemeinsamen Erinnerungen aufzusuchen, einen Ort, wo er frei sein würde, mit klarem Kopf die Ermittlungen zu leiten, ohne von seinen Emotionen überwältigt zu werden.

So waren die beiden in ein Taxi gestiegen und vor dem Abendessen in dem kleinen, aber gemütlichen Häuschen auf der Hochebene angekommen. Alenka, die zweimal pro Woche sauber machen kam, hatte ihnen auf einen kurzen Anruf hin eine warme Mahlzeit bereitgestellt.

Allerdings hatte Livia nichts zu sich nehmen wollen, sondern sich sofort in ihrem Zimmer eingeschlossen. Ettore hingegen hatte noch im Stehen die zehn Hackfleischbällchen und fünf Salzkartoffeln heruntergeschlungen, die ihnen die slowenische Zugehfrau so freundlich in den warmen Backofen gestellt hatte. Unmittelbar danach begann er sich zu schämen, als ihm Carlas Worte einfielen: »Wenn du so weitermachst, bist du bald wieder da, wo du angefangen hast ...«

Tatsächlich hätte er an diesem Abend alles dafür gegeben, wieder da zu sein, wo er angefangen hatte. Nicht im Hinblick auf den Abbau überzähliger Pfunde – er sehnte sich danach, die leicht rauchige Stimme seiner Frau wieder zu hören, den amüsierten Gesichtsausdruck zu sehen, den sie bekam, wenn sie ihn wegen seiner Unbeholfenheit neckte, und ihren warmen, ihm zugewandten Körper neben sich im Bett zu spüren.

»Wo bist du, Liebling?«, seufzte er, während er das Licht einschaltete. »Was haben sie mit dir gemacht? Wo du auch sein magst, bitte halt durch.«

Als der Kommissar ein Geräusch aus der Küche hörte, stand er auf und ging nachsehen.

Livia stand barfuß und in eine Decke gehüllt vor dem offenen Kühlschrank. »Hast du alles aufgegessen?«, raunzte sie ihn an, als er eintrat. Dann wandte sie den Blick ab, damit er ihre geröteten Augen nicht sah.

»Viel war ja nicht da«, antwortete Benussi mit schlechtem Gewissen. »Wenn du magst, koche ich dir ein paar Spaghetti ...«

Seine Tochter zog die Schultern hoch, und Ettore erkannte, dass sie geweint hatte. Wie dumm von ihm! Er hatte sie einfach auf ihr Zimmer gehen lassen, ohne sich um sie zu kümmern. Benussi trat näher und versuchte, ihr über den Kopf zu streichen, doch die junge Frau rückte von ihm weg.

»Hast du Nutella?«

»Leider nein.«

»Brot? Kekse?«

»Tut mir leid. Nur Diät-Cracker. Deine Mutter und ich wollten einkaufen fahren, aber …«

Bei der Erwähnung Carlas brach Livia erneut in Tränen aus, und Ettore fühlte sich noch schlechter als zuvor. Verdammt, konnte er nicht besser aufpassen?

»Ach, wein doch nicht …«

Als Antwort kam ein verzweifelter Blick aus den Augen des Mädchens. »Was kann ihr nur passiert sein?«

Ettore hätte am liebsten »Ich weiß es nicht« gesagt. Aber er sah es als seine Pflicht, Livia aufzumuntern. »Du wirst schon sehen, es wird alles gut.«

»Woher willst du das wissen?«

»Wenn ihr etwas zugestoßen wäre, hätten wir davon erfahren. Schlechte Nachrichten bekommt man schnell.«

»Wer kann etwas gegen sie gehabt haben? Sie ist doch immer so … so …«

»Es gibt auch Verrückte, Livia. Leute, für deren Handlungen es keinen richtigen Grund gibt.«

»Hattet ihr vielleicht Streit?«

Auf Benussis Gesicht breitete sich ehrliche Verblüffung aus. »Streit? Aber nein! Im Gegenteil. Es war ein ganz wundervoller Abend und …«

Seine Tochter machte eine Handbewegung, um ihn zu unterbrechen. Auf die Einzelheiten konnte sie gut verzichten.

Um die peinliche Situation zu überspielen, trat Ettore an den Kühlschrank, den Livia offen gelassen hatte, und fragte, ob sie noch Hunger habe.

»Und wie.«

Ettore hielt mit einem einladenden Lächeln zwei Eier hoch. »Wie wäre es mit einem schönen Omelett?«

»Ich bin auf Eier allergisch.«

Seufzend ging Benussi zur Anrichte, nahm eine Packung Cracker heraus und hielt sie ihr hin. Dabei vermied er, ihr in die Augen zu sehen.

»Dann iss erst mal das hier. Ich mache schnell das Wasser im Wasserkocher heiß, damit's nicht so lang dauert. Keine sieben Minuten, und du bekommst einen schönen Teller Spaghetti mit Butter und Salbei ...«

»Ich hasse Salbei!«

Ettore tat sein Bestes, um nicht die Nerven zu verlieren. Er durfte sich jetzt nicht aufregen. In geduldigem, zugewandtem Ton machte er ihr ein neues Angebot: »Na, dann eben mit Butter und Parmesan. Tut mir leid, was anderes habe ich nicht da. Soll ich?«

Livia nickte und wischte sich mit dem Handrücken die Tränen ab. In diesem Moment sah sie ihrer Mutter sehr ähnlich, und Ettore spürte, wie ihm das Herz eng wurde.

»Darf man erfahren, was es bei Alenka Leckeres gab?«, fragte seine Tochter, als sie ihn mit der Pfanne hantieren sah.

»Hackfleischbällchen ...«

»Und da konntest du mir nicht ein paar übrig lassen?« Aber das klang schon weniger hart, und Ettore tat seine Gefräßigkeit doppelt leid.

»Es waren nur vier, fünf Stück, so ganz kleine ...«, versuchte er die Sache herunterzuspielen und setzte dazu den

Hundeblick auf, der seine Tochter als Kind immer so zum Lachen gebracht hatte.

»Du Lügner«, protestierte Livia. »Du bist unverbesserlich.«

Als er später im Wohnzimmer saß und Livia auf dem Sofa neben sich schlafen sah, bekam Ettore Benussi noch einmal Gewissensbisse. Carla hatte schon recht: Er hatte sich nie so richtig als Vater gesehen, hatte nie so recht gewusst, wie er sich Livia gegenüber verhalten, was er zu ihr sagen sollte. Er hatte sie immer lieber auf die Schippe genommen, als den Versuch zu wagen, sie zu verstehen. Aber in dieser langen Nacht, nachdem er ihr die Spaghetti gekocht und sich neben sie aufs Sofa gesetzt hatte, um sie mit ihren Befürchtungen nicht allein zu lassen, wurde ihm klar, dass seine Verlegenheit ihr gegenüber eigentlich Angst war: Angst, nicht so geliebt zu werden wie Carla, Angst, von dieser Tochter, die er so wenig kannte, verurteilt zu werden, sich durch ihre Augen zu sehen, sie zu enttäuschen.

Livia war trotz ihrer Schminke, ihrer Provokationen und ihrer extravaganten Kleidung nur ein Mädchen, das wie alle Heranwachsenden Geborgenheit, Führung und Sicherheit suchte. Und diesmal war er an der Reihe, er konnte die Aufgabe nicht an seine Frau delegieren, wie er es bisher immer getan hatte. Sein Sarkasmus nützte nun wenig, und ohnehin hatte er sich dahinter schon viel zu lange versteckt.

Ettore deckte die Lampe mit einem roten Schal ab, um das Licht zu dämpfen. Dann blieb er sitzen und wachte lange Zeit über den unruhigen Schlaf seiner Tochter.

Der ferne Klang einer Geige riss ihn aus seinen Gedanken. Es war kalt im Haus, die Heizung schon seit Stunden abgeschaltet. Er trat hinaus in den kleinen Garten und sah sich um, die Winterjacke fest um sich geschlungen. Woher mochte diese wehmütige Musik kommen, von der man glatt eine Gänsehaut bekam?

Jemand musste irgendwo ein Radio laufen haben.

Vielleicht der Nachbar?

Nein, die Melodie kam von etwas weiter weg, aus dem Wald, und Marcovaz' Bruchbude lag noch im Dunkeln. Der Alte schlief, belagert von seinen Gespenstern. Auch er selbst könnte so ein jämmerliches Dasein führen, ging Benussi durch den Sinn, dazu brauchte es nicht viel. Ohne seine Arbeit als Kommissar, die eine ständige Hinwendung zur Außenwelt erforderte, und vor allem ohne die Liebe Carlas hätte er sich mit Sicherheit gehen lassen und wäre mit den Jahren zu einem der Herumtreiber geworden, die beim Shoppingcenter Silos hausten, resigniert gegenüber dem Leben und seinen Gesetzen. Eine grundlegende Unordnung hätte von ihm Besitz ergriffen, so wie von seinem störrischen Nachbarn.

Ringsum wurde es langsam hell.

Der geheimnisvolle Geiger hatte aufgehört zu spielen.

Ettore fröstelte es. Er ging zurück ins Haus.

Auch Elettra Morin hatte in dieser Nacht nicht schlafen können. Von dem unbequemen kleinen Kunstledersessel im Krankenhaus aus hatte sie ihre Mutter lange angesehen. Sie war gegen acht dort eingetroffen, und Aurora hatte als Erstes Wert darauf gelegt, das Nachthemd gewechselt zu bekommen. Sie hatte beim Abendessen etwas von der faden Suppe verkleckert, und sie konnte es nicht ausstehen, wenn ihr Auftreten zu wünschen übrig ließ.

Also hatte Elettra ihr hinter dem dünnen Paravent, der sie von den übrigen drei Patientinnen trennte, das geblümte Nachthemd ausgezogen und ihr geholfen, ein neues anzulegen. Claudio hatte es eigens in einem nahe gelegenen Geschäft gekauft, doch Aurora hatte es nur als »deprimierend« bezeichnet. In der Tat war ihr Vater nicht sonderlich wählerisch gewesen, sondern hatte zum erstbesten Stück gegriffen, ohne sich an dem mausgrauen Stoff oder dem hässlichen schwarzen Rautendesign auf der Vorderseite zu stören. Doch konnte man ihm das verdenken? In seiner Erschütterung über den raschen Verfall seiner Frau lagen ihm ästhetische Erwägungen fern.

Als Elettra ihr beim Umziehen half, spürte sie, wie sich ihr Herz zusammenschnürte. Mager war sie geworden! Die früher so gelassen blühende Aurora war nur noch Haut und Knochen. Unter der durchscheinenden, von kleinen Blutergüssen überzogenen Haut zeichnete sich das Skelett unverkennbar ab. Auf dem Kopf wuchsen wenige weiße Haare nach, und die Venen an den Händen traten so deutlich hervor, dass sie einem bläulichen Gitter glichen.

Elettras Mutter lächelte, als sie ihren Blick auffing.

»Ich habe das bessere Los gezogen«, hauchte sie.

Ihre Tochter sah sie verständnislos an.

»Du warst ein Kind, als ich dich anziehen musste. Süß und weich. Und du hast nach Brot und Keksen geduftet …«

Elettra konnte nicht anders, als ebenfalls zu lächeln. Liebe, sanfte Aurora, selbst jetzt, da sie im Sterben lag, vermochte sie noch zu scherzen.

»Dafür bist du viel folgsamer und lieber als ich.«

Nachdem das Nachthemd gewechselt war, ließ sich Aurora auf ihr Kissen sinken und schloss die Augen. Schon dieser einfache Vorgang hatte sie erschöpft. »Hast du etwas dagegen, wenn ich ein Nickerchen mache?«, fragte sie und drückte ihr schwach die Hand.

Und so setzte Elettra sich neben sie und sah ihr beim Schlafen zu. Claudio ging nach Hause, um die Katzen zu füttern und sich ein wenig auszuruhen.

Er würde am nächsten Morgen wiederkommen, um Elettra abzulösen.

In den folgenden langen Stunden hatte sie Gelegenheit, vieles zu überdenken. Sie erinnerte sich an verschiedene Momente aus ihrem gemeinsamen Leben. Ihre erste Begegnung mit Aurora hatte in dem traurigen Empfangszimmer im Heim stattgefunden. Es war Sommer, es war heiß, und das Lächeln dieser in Blau gekleideten Frau strahlte gleich etwas Einladendes aus, aber Elettra traute der Sache nicht.

Sie konnte nicht vertrauen.

Sie war damals bereits sechs Jahre alt, sechs Jahre, die sie in dem kalten, von Nonnen geleiteten Heim verbracht hatte; mit Ausnahme der zwei kurzen Zwischenzeiten, in denen man sie »zur Probe« in eine Familie geschickt hatte. Aber ihr abweisendes Verhalten hatte dazu geführt, dass sie die Probezeit nicht bestand. Sie weigerte sich schlichtweg, zu essen oder zu reden. Nur zwei Menschen hatten Geduld mit ihr gehabt – Aurora und Claudio Morin. Sie hatten sich nicht abschrecken lassen von dem Schweigen, dem Eigensinn, den unvermittelten Wutausbrüchen. Sie hatten verstanden, dass sich hinter diesen Unmutsäußerungen Wunden verbargen, die nicht so leicht zu heilen waren.

Die Anfangszeit ihres neuen Lebens in dem weißen Häuschen in Monfalcone war Elettra als Albtraum im Gedächtnis geblieben. Sie wollte da nicht sein, sie wollte nicht, dass die Dame und der Herr so freundlich zu ihr waren, sie traute weder ihrem Lächeln noch ihren Umarmungen. Bestimmt würden auch diese Leute genug von ihr bekommen und sie zurück ins Heim schicken, so wie immer. Viele Nachmittage und viele Abende versteckte sie sich unter dem Bett und verweigerte jedes Essen.

Doch eines Sonntags im Mai, während Aurora die Rosen im Garten düngte, veränderte sich etwas in der kleinen Elettra. Sie war gerade in der Küche, um ein Glas Milch zu trinken, da »sah« sie zum ersten Mal die Seele ihrer Mutter. Aurora kauerte im Blumenbeet und sprach mit ihren Rosen, als handelte es sich um Freundinnen. Elettra fand es wundervoll, dass eine Erwachsene mit den Blumen sprechen konnte, und vor allem, dass sie es mit so einer Natürlichkeit tat. Sie führte ja selbst ein ständiges Gespräch mit ihrem Plüschkaninchen Tobia. Dass diese freundliche, geduldige Frau zu einem Verhalten imstande war, das viele für kindisch gehalten hätten, brachte alle Mauern zum Einsturz. Elettra lief hinaus in den Garten und hockte sich neben sie. Aurora drehte sich um und lächelte sie an.

Und in diesem Moment setzte sich ein Marienkäfer auf ihre Hand.

»Gott sei Dank, ich bin erhört worden!«, rief Aurora strahlend. »Ich habe gebetet, dass meine Rosen von Blattläusen verschont bleiben, und jetzt kommst du mit einem Marienkäfer! Danke, mein Schatz!«

Die kleine Elettra starrte sie an, ohne zu begreifen.

Doch Aurora erklärte es ihr: »Marienkäfer fressen diese kleinen weißen Insekten, die meine Rosen kaputt machen. Aber ich hatte noch nie welche in meinem Garten. Die hast du hergerufen! Du bist mein Glücksbringer!«

An diesem Tag hatte ihr zweites Leben begonnen. Ein Leben, das nicht immer einfach gewesen war, weil das

Misstrauen und die Angst sie nie ganz verließen. Und auch ihr schroffer Charakter begleitete sie weiterhin. Aber sie hatte nun endlich eine Familie.

Und einen Platz in der Welt.

Jetzt aber war wieder alles dabei, sich zu verändern. Aurora lag im Sterben, und sie, Elettra, würde bald keine Mutter mehr haben, keinen Menschen, der an sie dachte und stets bereit war, sie zu trösten und zu verstehen. So wie erst vor einem Monat, als Elettra durch ihre Prüfung zur Kommissarin gefallen war, auf die sie sich monatelang vorbereitet hatte, oft auch bis spät in die Nacht.

»Nimm's nicht zu schwer, Schatz«, hatte Aurora gesagt, als ihre Tochter bedrückt und niedergeschlagen heimkam. »Diese staatlichen Stellenausschreibungen sind ein Lotteriespiel, das weißt du doch. Bestimmt hast du die Fragen alle super beantwortet, aber mit diesen verflixten Multiple-Choice-Tests ist es halt so eine Sache. Die machen aus unserem ganzen Leben ein Quiz. Das geht schon bei den Kindern in der Grundschule los, und danach hört es nicht mehr auf! Keiner will sich mehr anstrengen. Aber beim nächsten Mal schaffst du's, verlier nur nicht den Mut!«

Das war das Schöne an Aurora: Für sie war das Glas immer halb voll. Es gab keine Erfahrung, kein Missgeschick oder Hindernis, von dem sie sich hätte zurückschrecken oder entmutigen lassen. Als wäre sie schon mit einem Licht zur Welt gekommen, das immer in ihr brannte.

Doch leider war dieses Licht jetzt dabei zu erlöschen.

Elettra würde erneut allein sein.

Zu Claudio hatte sie nicht dasselbe Vertrauensverhältnis. Sie hatte ihren Vater gern, aber sie würde es nie schaffen, die Leere zu füllen, die Auroras Verschwinden in ihrem Herzen hinterlassen würde. Die Ehe der beiden war eine symbiotische Beziehung gewesen. Elettra fürchtete, dass Claudio sich gehen lassen könnte, wenn er alleine blieb, und das machte ihr Angst. Sie wusste, dass sie selbst weder besonders gutherzig noch geduldig war. Sie würden einander befangen begegnen und sich dadurch bald entfremden, auch wenn sie »förmlich« in Kontakt blieben. Der Zauber, den Aurora in ihrer beider Leben gebracht hatte, würde nie wiederkehren. Aber sie wollte nicht an die Zukunft denken. Noch lebte ihre Mutter und brauchte sie. Und Elettra würde alles tun, um so gut wie möglich für sie da zu sein.

Als Claudio Morin um halb sieben zurückkam, schlief Aurora noch. Sie hatte in der Nacht starke Schmerzen gehabt und daraufhin ein Schmerzmittel verabreicht bekommen.

»Ich schaue, dass ich am Nachmittag wieder da bin«, sagte Elettra leise und strich ihm über die Wange.

»Wenn etwas passiert, gebe ich dir Bescheid«, antwortete ihr Vater, der blass und müde aussah.

»Kopf hoch, Papa.«

»Ich versuch's.«

Elettra trat an Auroras Bett, küsste sie auf die Stirn und legte in einer leichten Liebkosung die Hand an das bleiche Gesicht. Dann verließ sie das Zimmer, die Tränen unterdrückend, so gut sie konnte.

9

Pale, 10. Juni 1992

Ich weiß nicht mehr, wohin ich Dir schreiben, wie ich Dich überhaupt finden soll, mein Kassim. Seit dieser schrecklichen Nacht habe ich nichts mehr von Dir gehört. Das Einzige, das mich tröstet, ist, dass Du rechtzeitig fliehen konntest und dass sie Euch nicht gefunden haben. Die Freunde meines Onkels sind ganz plötzlich gekommen, mitten in der Nacht. Sie haben alles zerstört, die Moschee, Euer Haus, den Stall. Sie haben die Kuh umgebracht und auch den süßen Zorro, der sich die Seele aus dem Leib gebellt hat, um sie aufzuhalten. Meine Mutter und ich sind plötzlich aufgewacht und haben durchs Küchenfenster alles gesehen. Sie waren wie Dämonen. Sie haben nicht nur Euer Haus niedergebrannt, sondern das ganze Dorf verwüstet. Sie haben Kinder, Frauen und Alte gnadenlos umgebracht. Es war furchtbar.

Jetzt wohnen wir in Pale bei meinem Onkel. Meine Mutter wollte nicht herkommen, aber mein Vater hat sie dazu gezwungen. Wir wären im Dorf nicht mehr in Sicherheit gewesen, man fürchtete eine Racheaktion der »Türken«. So nennt Euch mein Onkel, als ob Ihr Unmenschen wärt und unsere Feinde. Er ist ein schrecklicher Mann, ständig betrunken, er stopft das Essen nur so in sich hinein, trinkt den ganzen Tag rakija und raucht wie ein Schlot. Mich behandelt er, als ob ich auch zu den Feinden gehören würde. Immer wieder sagt er, wenn das Kind zur Welt kommt, bringt er es eigenhändig um. Er werde nicht zulassen, dass der Sohn eines Türken sein Haus verseucht. Es sei ja schon viel, dass er eine kroatische Ustascha – damit meint er meine liebe, arme Mutter – unter seinem Dach leben lässt. Und mein Vater sagt nichts, er sitzt still daneben und tut nichts, um sie zu verteidigen. Neulich abends war der Onkel noch besoffener als sonst, und da zog er über die Kroaten her: Die würden von Natur aus zum Genozid neigen, die Serben dagegen seien eine reine, überlegene Rasse, Abkömmlinge des mythischen Königs Lazar. Die Muslime nannte er Schurken und Verräter. Seine Frau Lilijana hat versucht, ihn zu beruhigen, sie ist freundlicher zu uns und nimmt uns in Schutz, so gut sie kann, aber an dem Abend war er nicht zu bremsen. Auch Tante Lilijana hat Angst vor ihm, jetzt, wo er die Miliziuniform trägt. Mama weint nur den ganzen Tag, sie würde am liebsten mit mir weggehen, damit das Kind in einem Land zur Welt kommt, wo Friede herrscht. Aber mein Vater hat Angst und sagt, das sei nicht sicher. Wir würden unser Leben riskieren. Als ob wir das nicht auch hier schon jeden Tag machen würden, wo dauernd Bomben über den Hügeln niedergehen. Gestern ist mein Cousin Milo aus Sarajevo gekommen, und er sagt, da hätte es ein Massaker gegeben und die bosniakischen Scharfschützen würden sich in den Hochhäusern verstecken und Frauen und Kinder auf der Straße niederschießen, aus Rache für die Belagerung, die jetzt schon seit Monaten anhält. Aber das sind nicht die Einzigen, die Leute umbringen, habe ich geschrien, unsere Miliz schießt auch auf Sarajevo. Ich habe sie selbst gesehen, drüben auf dem jüdischen Friedhof. Alle schießen auf alle. Milo ist wütend geworden, er sagt, ich würde überhaupt nichts kapieren, die balija *hätten uns als Erste angegriffen und wir würden uns nur verteidigen. Wir Serben würden den Krieg ja nicht wollen. Er redet wie sein Vater, es hat keinen Sinn, mit ihm zu streiten.*

Ich hoffe nur, dass Du und Deine Familie in Sicherheit seid, Liebster. Ich schreibe dieses Tagebuch für Dich und unser Kind. Wenn wir uns wiederfinden, falls wir uns je wiederfinden nach dem Krieg, dann wirst Du sehen, dass es keinen Tag gegeben hat, keine Minute, keine Sekunde, in der ich nicht an Dich gedacht hätte, Kassim, mein Licht, mein Herz.

10 Valerio Gargiulo stand unter der heißen Dusche. In der vergangenen Nacht hatte er die halbe Stadt nach dem hinkenden Roma abgesucht, von dem Livia Benussi ihm erzählt hatte.

Nicht, dass er der Geschichte sonderlich viel Glauben geschenkt hätte; er hielt sie für einen plumpen Versuch, die Aufmerksamkeit des Kommissars von den Fotos und den Facebook-Kommentaren abzulenken. Aber es war seine Pflicht als Polizist, sämtlichen Hinweisen nachzugehen, und das hatte er auch getan, im Anschluss an einen traurigen Kebab, den er allein verspeist hatte: Elettra hatte zu ihrer Mutter fahren müssen.

Sie hatte angerufen, um Bescheid zu sagen, und ihre Stimme war freundlich und liebevoll gewesen. Das hatte ausgereicht, um Valerio in gute Laune zu versetzen.

Sein Weg hatte ihn zuerst in das Nomadenlager in der Via Pietraferrata geführt, wo er einen Informanten hatte. Zu dieser abendlichen Stunde hatten sich viele der Bewohner bereits in die wenigen Wohnwagen zurückgezogen. Die Dezemberkälte ging einem bis ins Mark. Strohfiguren, Girlanden und anderer Schmuck hingen ungeordnet von windschiefen Halterungen herab – das ganze Lager war für das nahende Weihnachtsfest dekoriert. Bei aller Ärmlichkeit strahlte der Ort doch eine freudige Wärme aus.

Sofort machte er Doson in der kleinen Gruppe von Männern aus, die noch um ein Lagerfeuer saßen, das in einem Kohlebecken brannte. Sie tranken und rauchten. Er winkte seinen Informanten zu sich. Der Roma stand auf und kam widerstrebend herüber. Dann schob er ihn auf eine dunklere Ecke des Lagers zu.

»Warum kommen Sie hierher, Chef?«

Valerio beruhigte ihn. Diesmal gehe es nicht um einen heißen Tipp. Er wolle nur wissen, ob sich in dem Lager vielleicht ein Junge mit Hinkebein aufhalte. Das letzte Mal sei er mit einem grünen Diesel-Kapuzenpullover gesehen worden.

»Hat er was ausgefressen?«

»Ich habe dich was gefragt. Hast du ihn gesehen?«

Der Roma schüttelte entschieden den Kopf, warf seinen Zigarettenstummel auf den Boden und trat ihn mit dem Absatz aus.

»Hier gibt's keinen Jungen mit Hinkebein ... Wir haben eine hinkende Frau und einen alten Mann, dem ein Bein fehlt. Aber ein Junge, nein.«

Für Valerios Gefühl kam die Antwort ein wenig zu hastig, das machte ihn misstrauisch. »Pass auf, wenn ich herausfinde, dass du mir etwas verschweigst, dann komme ich morgen mit einem Durchsuchungsbeschluss und stelle hier alles auf den Kopf. Das würde dir definitiv keinen Spaß machen!«

Auf dem Gesicht des Roma breitete sich ein zahnloses Lächeln aus, während er dem Inspektor freundschaftlich auf die Schulter klopfte.

»Ich schwindle Sie nicht an, Chef, Ehrenwort. Wir sind doch Freunde, oder? Eine Hand wäscht die andere. Wenn ein Junge hier wäre, auf den Ihre Beschreibung passt, dann würde ich's Ihnen sagen.«

»Vielleicht ist es ja auch einer, der nur so tut, als ob er hinken würde. Wäre nicht das erste Mal.«

»Wir kennen unsere jungen Leute ganz genau, und da hinkt keiner. Weder in echt noch in falsch. Die Jungs sind faule Stricke. Wenn die was vorschützen müssen, werden sie gleich müde, nicht so wie wir in dem Alter. Die haben's gern gemütlich.«

»Wie steht's mit einem, der von woanders kommt?«

»Wer weiß? Es kommen schon immer wieder welche aus Rumänien oder aus Serbien herüber, aber nicht zu uns. Ich schwöre es.«

»Schon gut, ich glaube dir. Aber halt die Augen offen. Und wenn du einen siehst, auf den die Beschreibung passt, meldest du dich, ja?«

»In Ordnung, Chef. Frohe Weihnachten für Sie und Ihre Familie.«

»Dir auch frohe Weihnachten, Doson. Und sauber bleiben!«

Seit die Sitzbänke von der Piazza Venezia entfernt worden waren und man die wenigen, die noch im Inneren des Hauptbahnhofs standen, durch ein Modell mit Armlehnen ersetzt hatte, wussten die Triester Obdachlosen nicht mehr, wo sie die Nacht verbringen sollten. Die Handvoll von ihnen, die noch der Kälte trotzten, suchten Zuflucht unter den baufälligen Arkaden der Geisterstadt im Alten Hafen. Die Mehrzahl jedoch fand Schutz in der Vorhalle des Kurierbahnhofs, der in den Nachtstunden zu einem Biwak der Tippelbrüder wurde. Nebenbei fungierte er als Treffpunkt für allerlei zwielichtige Gestalten.

Inspektor Valerio Gargiulo hatte seit jeher eine gewisse

Scheu, den Bahnhof alleine zu betreten. Lieber wäre er mit Pitacco oder einem anderen Kollegen dorthin gegangen. Nachts wurden die Verzweifelten manchmal gefährlich, vor allem unter Alkoholeinfluss. Stets auf Geld aus, stürzten sie sich auf die wenigen Reisenden, die noch unterwegs waren, und ließen sich Uhren und Brieftaschen aushändigen, indem sie drohend verseuchte Spritzen oder Messer vorzeigten.

Valerio hatte das vor einiger Zeit schon selbst erlebt und nicht als angenehme Erfahrung verbucht, auch wenn er kaltblütig genug gewesen war, den Angreifer am Handgelenk zu packen und zu Boden zu bringen. Aber er hatte nicht die geringste Lust, so etwas noch einmal zu erleben. Den Rambo zu spielen war noch nie sein Ding gewesen.

Er setzte die Kapuze seines Anoraks auf, betrat entschlossenen Schrittes den Bahnhof und sah sich zwischen den Leuten, die dort herumsaßen, nach einem jungen Roma mit einem grünen Kapuzenpulli um. Dabei war ihm eines klar: Selbst wenn es diesen Typen wirklich gab und es sich nicht nur um eine Erfindung Livia Benussis handelte, konnte er sich umgezogen oder ein wärmeres Kleidungsstück übergeworfen haben. Trotzdem war es einen Versuch wert.

Die Kälte hatte ganze Familien dazu getrieben, sich einen Platz an den roten Ziegelmauern der ehemaligen Getreidespeicher zu suchen, die an der Piazza Libertà standen. Um diese Uhrzeit gingen nicht mehr viele Züge ab, und fast alle fuhren Richtung Osten. Valerio wich einer kleinen Gruppe betrunkener Slawen aus, die um eine Flasche Wodka stritten, und sah sich um, während er auf die Schalter zuging.

»Sie sind Polizist, stimmt's?«, fragte ihn plötzlich ein

verloren wirkender Mann um die fünfzig, der ihm mit schwankenden Schritten entgegenkam. Seine Stimme klang unsicher. Valerio drehte sich alarmiert zu ihm. Er sah nicht aus wie ein Bettler. Er trug einen guten Mantel und Markenschuhe, auch wenn sein langer Bart und die ungesund hagere Statur davon kündeten, dass er es im Leben nicht leicht hatte.

»Kennen wir uns?«, fragte er.

»Ich war mal wegen einer Anzeige bei Ihnen, ist schon länger her ...«

»Ich fürchte, ich weiß nicht mehr, was ...«

»Es ging um meine Exfrau ... eine Anzeige wegen Stalking.«

In Valerios Kopf glühte ein Lämpchen auf.

Jetzt fiel es ihm wieder ein. Die traurige Geschichte einer unguten Trennung, wie sie so häufig vorkam. Der Mann, ein gewisser Ruggero Paisan, hatte seine Arbeit verloren, bevor er das Rentenalter erreichte. Er war eines der Opfer des Fornero-Gesetzes, einer »Reform mit der Axt«, die ohne ausreichende Übergangsregelung Frühverrentungen außer Kraft gesetzt hatte. Und als ob das nicht genügte, hatte ihn auch noch seine Frau vor die Tür gesetzt. Die Tatsache, dass die Wohnung, deren Schloss sie kurzerhand austauschen ließ, eigentlich ihm gehörte, hatte ihm vor Gericht wenig geholfen – das Recht, dorthin zurückzukehren, wurde ihm nicht zuerkannt. Er und seine Frau hatten zwei gemeinsame Kinder, und in solchen Fällen wurde die Wohnung dem Elternteil überlassen, der das Sorgerecht ausübte. Und das, so lautete die Entscheidung, war hier die Mutter. Seit einem Jahr wohnte Ruggero Paisan daher in seinem Auto und schlug sich mit Gelegenheitsarbeiten durch, die ihm gerade mal das Nötigste zum Leben einbrachten. Die Unterhaltszahlungen, die seine Frau unbeirrt von ihm einforderte, konnte er allerdings nicht leisten.

Aufs Revier war er vor einigen Monaten gekommen, um sich gegen eine absurde Anzeige wegen Stalkings zu verteidigen. Seine Exfrau verlangte tatsächlich, dass er sie nicht mehr anrufen und auch mit den Kindern nicht in Kontakt treten solle. Er sollte die beiden noch nicht einmal von der Schule abholen dürfen, solange er mit den Unterhaltszahlungen im Rückstand war.

Valerio lächelte und schüttelte ihm die Hand.

»Natürlich erinnere ich mich an Sie. Signor Paisan, stimmt's? Wie geht es Ihnen?«

»Wie soll's mir schon gehen? Ich schlafe immer noch im Auto ...«

»Hat es mit der Arbeitssuche nicht geklappt?«

»Hier in unserer Traumstadt?«, antwortete der Mann ironisch. »Wenn ich mich nicht umgebracht habe, dann nur wegen der Kinder.«

»Das tut mir leid«, sagte Valerio, und er meinte es auch so. Es waren schwierige Zeiten. Die Wirtschaftskrise, die nun schon über fünf Jahre lang andauerte, hatte die wenigen Ersparnisse der ehrlichen Leute aufgezehrt, und über ihrer Zukunft hing eine vage Wolke von Verzweiflung. Vor allen Dingen fehlte es an Hoffnung.

»Kann ich etwas für Sie tun? Sie auf einen Kaffee einladen?«, fragte Valerio und schämte sich noch im selben Moment dafür.

Der Mann zögerte und sah zu Boden.

»Na kommen Sie, nur heraus mit der Sprache«, redete Gargiulo ihm zu.

»Also ... hätten Sie vielleicht ... Nein, das ist mir zu peinlich.«

»Sagen Sie's doch.«

»Hätten Sie vielleicht zwanzig Euro? Ich würde meinen Kindern so gern was zu Weihnachten schenken …«

Ohne es sich zweimal zu überlegen, griff Valerio in die Brieftasche und zog einen Geldschein heraus, sorgfältig darauf bedacht, dass keiner der Umstehenden es sah.

»Danke, Ispettore. Und frohe Weihnachten«, sagte Paisan leise, steckte den Schein hastig in die Innentasche seines Mantels und schlurfte zum Ausgang.

»Ebenfalls«, erwiderte Valerio. Während er ihm hinterhersah, versuchte er, die Traurigkeit abzuschütteln, die die Begegnung in ihm ausgelöst hatte.

Er seufzte.

Genug für heute. Am besten, er ging jetzt nach Hause und versuchte, ein paar Stunden zu schlafen. Kommissar Benussi hatte für neun Uhr eine Besprechung anberaumt, und er wollte dafür halbwegs frisch sein. Der morgige Tag konnte noch härter werden als der, der gerade zu Ende ging.

Gerade als der Inspektor aus Neapel auf seinen Wagen zusteuerte, gellte der Schrei einer Frau durch die Dunkelheit. Gargiulo rannte in die Richtung los, aus der er den Schrei gehört hatte – und wurde plötzlich zu Boden geschleudert, ohne zu wissen, wie ihm geschah. Ein Mann hatte ihn im Weglaufen umgerissen und nahm nun schon wieder Tempo auf.

»Halt! Stehen bleiben! Polizei!«, rief Valerio, während er sich hochrappelte, aber der Schatten verlor sich bereits in der Dunkelheit. Und der Inspektor war nicht rechtzeitig hochgekommen, um das Gesicht des Mannes zu sehen.

Das anhaltende Jammern der Frau brachte ihn dazu, einen stechenden Schmerz im Fußgelenk zu ignorieren. Er humpelte los und sah sich nach der Verletzten um. Schließlich fand er sie hinter einem Lkw kauernd. Es handelte sich um eine alte Frau, und sie weinte und drückte sich einen Arm an die Brust.

»Sind Sie verletzt? Soll ich einen Krankenwagen rufen?«

»Nein, nein, es geht schon, danke«, presste die Frau hervor. In ihren Augen stand Angst. Sie hatte langes, zu einem Pferdeschwanz zusammengebundenes weißes Haar und trug einen hellen Regenmantel.

Valerio zeigte ihr seine Dienstmarke. »Ich bin von der Polizei, Ispettore Gargiulo. Kannten Sie den Mann?«

Die Frau nickte und versuchte, wieder auf die Beine zu kommen. Valerio beugte sich zu ihr, um ihr aufzuhelfen.

»Kommen Sie. Ich begleite Sie aufs Revier.«

»Nein, nein. Das ist nicht nötig.«

»Wollen Sie keine Anzeige erstatten?«

»Nein.«

»Aber Sie wurden tätlich angegriffen!«

»Ich bin selbst schuld.«

Valerio musterte die Frau und überlegte, wie er vorgehen sollte. Die Unbekannte ertrug mit einer wirklich beeindruckenden Willenskraft den Schmerz, der beträchtlich sein musste. Und nicht nur körperlich.

»Sie kennen ihn?«

Die Frau senkte den Kopf, ohne noch ein Wort zu sagen. Offensichtlich wollte sie den Täter decken.

»Lassen Sie sich wenigstens von mir nach Hause fahren.«

»Machen Sie sich keine Umstände. Ich nehme den Bus.«

Das genügte jetzt. Gargiulo beschloss, sich durchzusetzen.

»Nein, es ist spät, es ist kalt, und Sie sind verletzt. Wenn Sie nicht ins Krankenhaus wollen, wozu ich Ihnen raten würde, dann erlauben Sie mir wenigstens, dass ich Sie nach Hause bringe. Triest ist um diese Uhrzeit kein sicherer Ort. Kommen Sie, mein Wagen steht da drüben.«

Er fasste die Frau sanft an ihrem unverletzten Arm und humpelte auf sein Auto zu, das er unabgeschlossen hatte stehen lassen.

»War es Ihr Mann?«, versuchte es Valerio.

»Mein Mann ist tot.«

»Ihr Sohn?«

»Es war mein Enkel, der Sohn meiner Tochter.«

»Ein Minderjähriger?«

»Er ist zwanzig.«

»Da sollten Sie uns unbedingt helfen, ihn zu finden. Er könnte noch anderen Menschen Schaden zufügen.«

»Den hat man ihm zugefügt, vor langer Zeit.«

Valerio war entschieden zu müde, um weiter nachzuhaken. Und da die Frau keine Anzeige erstatten wollte, blieb ihm nichts anderes übrig, als sie nach Hause zu fahren und dann endlich schlafen zu gehen.

»Wo wohnen Sie?«

»Bei Pater Florence.«

Violeta Amado wurde an diesem Morgen früh wach. Die Erzählung, die sie von Luka Furlan gehört hatte, hatte sie erschüttert.

Sie wusste nicht, wie sie sich verhalten sollte. Auf der einen Seite fühlte sie sich verpflichtet, den Willen der Kroatin zu respektieren, die sie gebeten hatte, nicht die Polizei einzuschalten; auf der anderen konnte sie nicht darüber hinweggehen, dass irgendwo dort draußen zwei Menschen in großer Gefahr schwebten.

Was tun?

Luka war gestern spät zurückgekommen und schlief jetzt unruhig in dem Bett neben dem ihren. Violeta sah sie lange bedrückt an, ihr war das Herz schwer. Dann beschloss sie, sich Pater Florence anzuvertrauen. Schweigend suchte sie Kleidung und Schuhe zusammen und ging ins Bad, um sich fertig zu machen. Es war noch früh, aber sie wusste, dass sie ihn um diese Stunde in der Kapelle finden würde, beim Beten.

Wie erwartet kniete Pater Florence in der ersten Bank.

Violeta wartete, bis er so weit war. Als sie ihn aufstehen sah, nickte sie ihm zu. »Hättest du einen Moment?«

Der Geistliche breitete die Arme aus und lächelte. »Was ist das für eine Frage? Komm, trinken wir erst mal einen schönen Kaffee.«

Er bat sie in den Raum, der ihm als Arbeitszimmer diente. Es wimmelte darin von Büchern und Briefen, die Wände waren mit Fotos übersät, und überall klebten Haftnotizen. In einem Eck, unter einer schönen Porträtaufnahme des Papstes, stand eine kleine Espressomaschine. Pater Florence griff in den Behälter mit den Kapseln und ließ zwei Tassen durchlaufen.

Violeta Amado befreite einen Stuhl von einem Stapel Briefe und nahm Platz. Der Geistliche reichte ihr die Tasse und sah sie fragend an.

»Du wirkst beunruhigt. Ist etwas vorgefallen?«

»Fragst du dich manchmal, warum Gott den Menschen erschaffen hat?«

Zur Antwort kam ein belustigter Blick. »Wie meinst du das?«

»Also, die Natur enthält so viel Schönheit und Harmonie, wozu dann noch ein Wesen schaffen, das so grausam und unvollkommen ist?«

Pater Florence setzte sich zu ihr und schmunzelte. »Ich glaube eigentlich nicht, dass das Gottes Absicht war.«

»Du siehst mich an, als ob ich verrückt wäre, aber ich habe heute Nacht kein Auge zugetan. Seit Kain und Abel ist die stärkste Regung im Menschen eindeutig nicht die Liebe, sondern der Hass. Der Mensch hat seinen Nächsten schon immer auf den Tod gehasst.«

»Da täuschst du dich. Der Mensch neigt dazu, denjenigen zu hassen, der ihm anders erscheint, und nicht seinen Nächsten.«

»Aber warum? Was sieht er denn so anderes? Sind nicht alle aus einer Frau und einem Mann geboren? Brauchen nicht alle Nahrung und Liebe? Ist nicht allen bestimmt, dass sie sterben müssen?«

Pater Florence musterte sie wortlos, bevor er weitersprach: »Oft hasst der Mensch im anderen einen Teil seiner selbst, den er sich weigert anzunehmen und anzuerkennen. Das kommt von einer Unreife des Herzens. Niemand lebt hasserfüllt, der in einem guten Verhältnis zu sich selber steht.«

Violeta seufzte. »Das sind schöne Worte, aber sie helfen leider nicht viel.«

»Aber ohne Worte wären wir nur wilde Tiere, die blutdürstig durch die Welt ziehen.«

»Du hast recht. Und deshalb bin ich zu dir gekommen.«

Pater Florence verstummte. Er überlegte, warum Violeta so mit ihm sprach. Sie hatte das noch nie getan. Es musste etwas sehr Schmerzliches dahinterstecken, etwas, das sie in tiefe Verwirrung stürzte. Er wartete ab, in welche Richtung sie das Gespräch lenken würde.

»Ich habe gestern lange mit Luka Furlan geredet.«
»Mit wem?«

»Der Kroatin, die vorgestern Abend verprügelt wurde.«
»Ach ja. Und weiter?«
»Sie hat mir eine schreckliche Geschichte erzählt.«
»Na, dann erzähl sie doch auch mir.«

11 »Commissario? Sind Sie da?«
Ein anhaltendes Klingeln an der Tür, gefolgt von der Stimme Elettra Morins, ließ Benussi vom Sofa hochschrecken, auf dem er eingeschlafen war. Es war neun Uhr morgens.

»Ja, Morin«, antwortete er und strich sich rasch die Kleidung glatt. »Ich bin da. Kommen Sie ruhig herein, die Tür steht offen.«

Inspektorin Morin trat ins Haus, Carlas Computer unter dem Arm. Sie sah besorgt drein.

»Bin ich zu früh?«

»Nein, nein. Ich bin einfach auf dem Sofa eingenickt. Ich habe heute Nacht kaum ein Auge zugetan.«

»Das tut mir leid. Wie fühlen Sie sich jetzt? Soll ich Ihnen einen Espresso machen?«

»Das wäre nett. Ich bin noch ganz duselig.«

Bevor sie in die Küche ging, stellte Elettra den Computer auf den Tisch.

»Tut mir leid, dass ich Sie warten lassen musste, aber da war ein Virus auf dem Rechner, und dadurch hat alles etwas länger gedauert.«

»Und, haben Sie etwas Interessantes gefunden?«

Elettra legte Schal und Jacke ab.

»Nichts, was wir nicht schon gewusst hätten. Jetzt gehe ich erst mal Kaffee kochen, und dann erzähle ich Ihnen die Einzelheiten ...«

Benussi griff nach der Stuhllehne und stemmte sich mühsam vom Sofa hoch. Auf unsicheren Beinen erreichte er den Esstisch, damit sie sich unterhalten konnten.

Ihm drehte sich der Kopf, und er fühlte sich überhaupt nicht gut. Er hatte am Vorabend zu viel getrunken und machte sich jetzt Vorwürfe. Und als ob das nicht genügte, hatte Elettra ihn aus einem Albtraum gerissen, der ihn nicht loslassen wollte. In dem Traum ging er auf einer hohen Klippe und stürzte plötzlich in den Abgrund: ein endloses Fallen, das mit einem heftigen Aufprall gegen die Äste eines Dornbaums endete. Benussi wurde am ganzen Leib zerstochen, und ihm tat alles weh; blutend schaffte er es dennoch zurück bis zum Rand der Klippe. Da stand er mit einem Mal vor einer hohen Schilfwand, hinter der er Carla verzweifelt rufen hörte; mit einem Satz durchbrach er das Hindernis und lief zu ihr, aber da waren erneut ein Abgrund und nur Leere unter ihm. Genau in diesem Moment rettete ihn die Klingel vor einem weiteren fürchterlichen Sturz.

Es klingelte erneut an der Tür.

»Das muss Gargiulo sein«, sagte Elettra aus der Küche. »Ich mache schon auf, Commissario.«

Der junge Ispettore sah nicht gut aus, er war bleich und hatte tiefe Augenringe. Nicht einmal der rebellische blonde Schopf konnte über seinen niedergeschlagenen, traurigen Ausdruck hinwegtäuschen.

Elettra ließ ihn eintreten und sah ihn fragend an. Aber Valerio zuckte nur mit den Schultern und lächelte schwach, wie um zu sagen: »Alles okay, mach dir keine Sorgen.«

»Neapolitaner, sind Sie das?«, fragte Benussi aus dem Wohnzimmer.

»Ja, Commissario. Guten Morgen.«

»Guten Morgen. Morin macht gerade einen Espresso, der wird uns guttun. Ich wasche mir schnell das Gesicht, dann bin ich bei Ihnen.«

Gargiulo folgte Elettra wortlos in die Küche. Er wusste nicht, wo er anfangen sollte. Wie immer hatte er Angst, etwas Falsches zu sagen. Also fragte er nur beiläufig: »Wie geht es deiner Mutter?«

Elettra sah ihn nicht an. »Ich weiß nicht, wie lange sie noch durchhalten wird. Heute Vormittag war sie sehr schwach.«

»Das tut mir leid.«

»Wir wussten, dass der Moment kommen würde ...«

»Ja, schon, aber man ist doch nie bereit.«

»Fährst du heute noch nach Neapel? Es ist Heiligabend.«

Valerio seufzte und fuhr sich durchs Haar. »Meine Eltern erwarten mich, aber ich weiß nicht ... Ich möchte den Commissario jetzt ungern allein lassen.« Dann sah er ihr ins Gesicht und fügte hinzu: »Und nicht nur ihn ...«

»Das ist lieb, Valerio. Aber wenn du an mich denkst, mach dir mal keine Gedanken. Mein Vater ist ja auch da, ich bin nicht allein.«

»Trotzdem. Ich wäre einfach gerne bei dir.«

Elettra stellte drei Espressotassen auf ein Tablett.

»Schaust du mal nach dem Zucker?«

Valerio fand die Zuckerdose auf einem Wandbord und reichte sie ihr.

Aus dem anderen Zimmer kam Benussis Stimme:

»Was ist jetzt mit dem Espresso?«

»Kommt sofort«, antworteten Elettra und Gargiulo wie aus einem Mund und grinsten.

Der Kommissar saß bereits am Tisch und sah die Dateien auf dem Computer durch.

Elettra stellte seine Tasse ab, setzte sich neben ihn und erklärte ihm, welche Dokumente jeweils vorlagen.

»Das hier sind die Patientenakten, die Aufzeichnungen Ihrer Frau. Dieser Ordner enthält diverse Artikel aus dem Internet …«

»Zu welchem Thema?«

»Vor allem zu verschiedenen medizinischen Maßnahmen bei Abhängigkeit. Das sind ziemlich technische, zum Teil auch unverständliche Texte auf Englisch, auf Spanisch, ein paar sogar auf Deutsch. Also nichts, dem wir groß etwas entnehmen könnten.«

»Und die Mails?«

»Ihre Frau scheint nicht viele E-Mails zu schreiben. Die zahlreichen Anfragen von Hilfesuchenden beantwortet sie mit einem Terminangebot oder leitet sie an andere Einrichtungen weiter. Dazu kommt eine Menge Spam, den sie nicht löscht. Aber keinerlei private Korrespondenz.«

»Das wundert mich nicht. Carla ist tatsächlich kein Freund von digitaler Kommunikation. Sie telefoniert lieber oder trifft Leute persönlich. Seit einiger Zeit schreibt sie auch SMS. Haben Sie inzwischen die Daten vom Handyprovider?«

»Pitacco ist an der Sache dran. Er müsste sich jeden Moment melden.«

Elettra öffnete den Desktop-Computer und zeigte auf ein Symbol mit der Bezeichnung *Privat*.

»Das Dokument hier haben wir noch nicht geöffnet. Wir dachten, das überlassen wir besser Ihnen.«

Benussi musterte sie mit seltsam unbehaglichem Gesichtsausdruck, dann nickte er.

»Gut. Ich schaue mir das nachher an. Gibt es sonst Neues?«

Valerio ergriff als Erster das Wort und erzählte von seiner fruchtlosen nächtlichen Suche nach dem hinkenden Roma.

»Ich gehe der Sache weiter nach. Aber sehr optimistisch bin ich nicht. Ich habe bei den Kollegen in der Region angefragt und auch bei den Slowenen und Kroaten. Vielleicht hat er die Stadt ja schon wieder verlassen.«

»Wie sieht es mit den Alibis der übrigen Verdächtigen aus?«

»Wir wollten nach unserer Besprechung mal bei Pietro Zorns Exkollegen vorbeischauen«, antwortete Gargiulo. »Was den Vater von Ondina Brusaferro betrifft, da hat Pitacco mich vorher angerufen: Gegen ihn liegt eine Anzeige wegen Diebstahls vor, und zwar für den Abend, an dem Ihre Frau verschwunden ist. Er soll einer Prostituierten die Tageseinnahmen gestohlen haben. Vom zeitlichen Ablauf her kommt er für uns nicht infrage.«

»Was ist mit dem Jungen, diesem Nonis?«

Nun war es an Elettra zu antworten: »Ich war heute Morgen bei ihm zu Hause.«

Sie überging geflissentlich, dass sie selbst auf dem Präsidium gewesen war. Tatsächlich hatten die Kollegen von der Postpolizei Nonis in einem Dorf in den Bergen gefunden und ihn wegen der Videos in die Mangel genommen, die er unter dem Namen Oliver Mellors im Internet verbreitet hatte.

»Was hat er gesagt?«

»Er will an dem Abend, an dem Ihre Frau verschwunden ist, mit Freunden in Tarvisio gewesen sein. Seine Mutter ist ja verreist, und da hat er sich einen außerplanmäßigen Skiausflug gegönnt.«

»Haben Sie sein Alibi überprüft?«

»Einer der Kollegen in Tarvisio ist dabei. Im Lauf des Vormittags erfahren wir mehr.«

»Was ist das überhaupt für ein Typ?«

»Er kommt ganz schön großspurig daher, hat aber wohl ziemliche Komplexe. Äußerlich ist er nicht gerade von der Natur begünstigt. Klein, stämmig, dicke Brillengläser. Sicher keiner, nach dem sich die Mädchen umdrehen. Also versteckt er sich hinter einer arroganten Pose, um seine Unsicherheit zu überdecken.«

»In welchem Verhältnis stand er zu Carla?«

»Er ging anscheinend nur widerwillig zu ihr, auf Druck seiner Mutter. ›Das bringt doch sowieso nichts‹, hat er zu mir gesagt.«

»Glauben Sie, er könnte etwas mit der Entführung zu tun haben?«

Elettra warf Valerio einen raschen Blick zu, bevor sie antwortete.

»Ein komischer Typ ist er schon, aber uns fehlen noch ein paar Informationen.«

Benussi ließ sich gegen die Stuhllehne sacken und seufzte.

»Hier vergehen Tage, und wir haben noch nichts erreicht. Morin, holen Sie mir bitte den Grappa. Ich brauche einen Schluck.«

Elettra versuchte, ihm das auszureden: »Commissario, finden Sie das wirklich vernünftig? Es ist neun Uhr morgens.«

»Nein, ich finde es nicht vernünftig«, knurrte Benussi. »Ich weiß, dass das nicht gut für mich ist, ich weiß, ich weiß, ich weiß! Aber ich halte es sonst nicht aus, verstanden? Ich kann nicht mehr. Machen Sie mir nicht noch zusätzlich das Leben schwer!«

Valerio gab ihr einen verstohlenen Wink. Benussi hatte ein wenig Verständnis verdient.

Elettra brachte die Flasche und ein Glas. Dann ging sie ihren Anorak und den Schal holen und machte sich ans Gehen.

»Wenn sonst nichts anliegt, würden wir dann mal aufbrechen.«

Benussi winkte ungeduldig ab, während er sich den Grappa einschenkte.

»Aber ja, geht nur. Geht! Was steht ihr da noch rum und starrt mich an! Meine Frau ist in Gefahr, und ihr quatscht hier nur rum. Unternehmt was, Herrgott noch mal! Sie kann sich doch nicht in Luft aufgelöst haben! Bewegt endlich den Hintern!«

Inspektor Gargiulo sprang auf und nahm den Anorak von der Rücklehne seines Stuhls.

»Wir werden sie finden, Commissario. Ganz bestimmt.«

Benussi tat sein Ausbruch schon wieder leid, und er machte eine Bewegung, als wolle er sich entschuldigen, ohne es jedoch zu schaffen. Stattdessen schenkte er sich noch ein Glas Grappa ein.

Als sie das Haus des Kommissars verließ, wunderte sich Elettra Morin, dass nicht der Dienstwagen vor der Tür stand, ein Alfa Romeo 159. Sie hatte gedacht, Gargiulo sei damit gekommen. In dem Fall hätte sie ihr Auto vor dem Revier stehen lassen können, bevor es mit den Ermittlungen des Tages weiterging.

Valerio bemerkte ihre Verwunderung und zog bedauernd die Schultern hoch.

»Pitacco hat mich vorher hier abgesetzt. Die Mistkarre

wollte nicht anspringen. Wir müssen leider wieder deinen Wagen nehmen.«

Inspektorin Morin verdrehte die Augen. Sie mussten so oft ihre Privatfahrzeuge benutzen, dass das Privileg, einen Dienstwagen zur Verfügung zu haben, eigentlich nur auf dem Papier stand.

»Gib mir die Schlüssel, ich fahre«, sagte Valerio und ging auf Elettras Fiat 600 zu.

»Besser nicht, so wie du aussiehst. Wie viele Stunden hast du heute Nacht geschlafen?«

»Wir neapolitanischen Jungs sind nicht totzukriegen. Darauf kannst du dich verlassen.«

Elettra betätigte die Funkverriegelung und reichte ihm den Schlüssel. Dann stieg sie auf der Beifahrerseite ein und tastete nach dem Gurt.

»Ist dir das schon mal aufgefallen – in den Montalbano-Filmen schnallt sich nie jemand an? Und ich meine jetzt nicht den Kommissar, der kann ja aus Dienstgründen davon befreit sein, aber noch nicht mal die Mitfahrer.«

»Also, ich verstehe das schon! Wäre doch schade um das Dekolleté der schönen Verdächtigen …«, scherzte Valerio, der mit einem Mal wieder gute Laune bekam.

Aber Elettra war nicht zu Scherzen aufgelegt. »Damit wird ein völlig falsches Signal ausgesendet. Ich finde das nicht in Ordnung. Derrick und Klein schnallen sich immer an.«

»Derrick!« Valerio Gargiulo ließ einen Schreckensschrei los. »Meine Fresse, den fand ich ja nicht zum Aushalten! Meine Mutter hat sich das immer angeschaut. Ich konnte den Typ nicht ausstehen mit seiner dicken Brille, dem Trenchcoat, dem kackbraun tapezierten Büro … Das war einfach nur deprimierend. Und dann der Schauspieler, der diesen Klein spielte, mit seinen fettigen Haaren bis zum Kragen – *mamma mia*! Der arme Kerl, erst ist er der Geliebte der Berenson in *Cabaret*, und dann sinkt er zum unglücklichen Assistenten dieses Pferdegesichts herab. Der Mann war ja sogar in der SS!«

Elettra brach in Gelächter aus. Sie konnte ihm nicht ganz widersprechen, ästhetisch war die Angelegenheit wirklich deprimierend, aber sie liebte die Geschichten um Inspektor Derrick, die sie erst vor Kurzem für sich entdeckt hatte. Ein Sender hatte begonnen, die Serie neu auszustrahlen, und wenn Elettra konnte, ließ sie sich keine Folge entgehen.

»Du machst Witze, aber wenn im Fernsehen öfter mal einer ein schlechtes Gewissen hätte so wie damals bei Derrick, dann würden nicht so viele dreiste Erpresser herumlaufen. In der Serie kommt immer ein Täter vor, der unter der Last seiner Schuld zusammenbricht und reuig gesteht.«

Valerio lachte.

»Hui, bist du altmodisch, meine liebe Elettra! Gewissensbisse, dass es das noch gibt!« Manchmal machte sich Gargiulo einen Spaß daraus, seine Kollegin zu provozieren oder auf die Schippe zu nehmen. »Glaub mir, Gewissen ist nicht mehr in, auch nicht beim Fernsehen. Das macht keine Quooo-teee.«

Valerio dehnte die Vokale genussvoll in die Länge, passend zu dem neapolitanischen Singsang, der Elettra immer wieder lächeln ließ.

»Und was bleibt dann uns beiden noch übrig?«, fragte sie gut gelaunt.

»Na, jemand wird die Guten spielen müssen. Die Rollen der Bösen sind ja schon alle vergeben, oder?«

»Dann ist unser ganzes Stück eine Farce?«

»Tja, was meinst denn du? Abends verhaften wir einen

Einbrecher auf frischer Tat, und am Morgen lässt ihn der Staatsanwalt laufen, und die ganze Mühe war umsonst. Ich würde das weniger eine Farce nennen als eine Verarschung.«

»Da hast du nicht ganz unrecht«, lachte Elettra.

Als sie auf die Landstraße zurück nach Triest einbogen, schlug Gargiulo vor: »Wie wär's mit einem leckeren kleinen *maritozzo*, bevor wir loslegen?«

»Sag mal, denkst du immer nur ans Essen?«

»Bei mir geht um die Zeit der Blutzucker runter.«

»Du bist schon ein ganz besonders Süßer«, scherzte Elettra.

Zwischen ihnen hatte sich wieder eine entspannte Stimmung eingestellt, und keiner der beiden riskierte es, sie aufs Spiel zu setzen, indem er an vergangene Unstimmigkeiten rührte. Das war der Vorteil daran, dass sie Kollegen waren. Sie hatten ständig miteinander zu tun, und das hinderte sie daran, sich mit unangenehmen Schwingungen aufzuhalten. Besser, sie warteten, bis sich dergleichen von selbst auflöste.

Elettra strich Valerio über den Nacken und verfluchte für einen Moment ihr Pflichtbewusstsein. Am liebsten wäre sie mit ihm zusammen nach Hause gefahren, um die verlorene Zeit wiedergutzumachen.

Ein Gedanke, den sicherlich auch Gargiulo in diesem Moment teilte.

Pater Florence sah Violeta lange an, um sie zum Reden zu ermutigen.

Die Brasilianerin trank ihren Espresso aus, seufzte tief und begann. Vor zwanzig Jahren, erzählte sie, habe Luka mit ansehen müssen, wie ihre Tochter, die gerade erst ein Kind zur Welt gebracht hatte, brutal ermordet wurde.

»Nadja war gerade einmal siebzehn Jahre alt. Ein Heckenschütze hat sie umgebracht. Das Kind ist mit dem Leben davongekommen, weil sie es noch im Sterben mit ihrem eigenen Körper beschützt hat.«

Violeta berichtete weiter, dass Luka noch in derselben Nacht in einem Lkw des Roten Kreuzes geflohen war, unter Artilleriebeschuss von beiden Seiten. Dann hatte sie das Glück gehabt, auf einen Hilfskonvoi zu stoßen, der sie aufgenommen und heimlich nach Italien gebracht hatte. Dort war Nadjas Kind in dem Glauben aufgewachsen, Luka sei seine Mutter. Von seiner Vergangenheit und dem blutigen Krieg in seinem Heimatland hatte sie ihm nie erzählt. Igor, der Enkel, wusste, dass er Kroate war, weil Luka ihn in dieser Sprache aufgezogen hatte. Ansonsten glaubte er ihrer Version der Ereignisse: dass sein Vater bei einem Autounfall gestorben sei, als er kaum ein Jahr alt war.

»Aber das entspricht nicht der Wahrheit?«

»Nein. Und genau deshalb ist er durchgedreht.«

»Das verstehe ich nicht …«

»Die beiden wohnten in Udine. Eines Tages kam ein Brief aus Sarajevo. Er war von der anderen Großmutter, Leijla.«

»Moment mal, ich komme nicht mehr mit. Was für eine andere Großmutter?«

»Ja, die Mutter des Vaters. In dem Brief stand, dass Nadja sich damals in einen jungen Mann verliebt hatte, in Bosnien, wo sie geboren war. Das war der Vater des Jungen. Dann wurden sie durch den Krieg getrennt.«

»Wie hat diese andere Großmutter sie nach all den Jahren gefunden?«

»Sie hatte nie aufgehört, nach ihrem Enkel zu suchen. Sie bewahrte ein Tagebuch für ihn auf, das sein Vater geschrieben hatte. Nach dessen Tod war es auf wundersame Weise aus Srebrenica zu ihr gelangt.«

»Moment – Igors Vater war einer der achttausend Toten bei dem Massaker 1995?«

»Ganz genau.«

Violeta hielt einen Moment inne, bevor sie weitersprach. Ihr war wichtig, die Geschichte so wiederzugeben, wie sie sie von Luka gehört hatte, und dabei nichts auszulassen. Ihre Kehle war ganz ausgedörrt, und ihr Herz schlug schneller als sonst.

Pater Florence schenkte ein Glas Wasser ein und hielt es ihr hin.

Als Violeta fortfuhr, war ihre Stimme sehr leise.

»Nach dem Genozid gelang es einem Freund von Kassim – Igors Vater –, der Großmutter ein schwarzes Heft zukommen zu lassen, das er in Srebrenica geschrieben hatte. Sie war zu der Zeit in einem Flüchtlingslager, zusammen mit anderen muslimischen Müttern und Witwen. Das Heft sollte sie dem Kind geben, das Nadja geboren hatte. Aber sie hatte keine Ahnung, wie sie das Kind finden sollte.«

»Was hat sie dann getan?«, fragte Pater Florence, während er sich selbst ein Glas Wasser einschenkte.

»Nach Kriegsende wusste Leijla nicht, wohin sie sich wenden sollte, und da nahm sie die Gastfreundschaft einer Bekannten in Sarajevo an. Dort erfuhr sie, dass Luka nach dem Tod ihres Mannes und ihrer Tochter aus Pale geflohen war, mit dem gerade erst geborenen Kind.«

»Wer hat ihr davon erzählt?«

»Eine entfernte Verwandte von Luka, die in der Stadt lebte. Aber mehr wusste sie leider auch nicht. Wo konnten sie hingegangen sein? Es war die sprichwörtliche Suche nach der Nadel im Heuhaufen. Ihr war klar, dass sie weiter nach den beiden suchen musste, aber sie war krank und schwach. Die Jahre der Belagerung in Srebrenica hatten sie gesundheitlich und emotional sehr mitgenommen, und lange Zeit sah sie sich nicht in der Lage, die Nachforschungen fortzusetzen.«

»Das alles hat Luka aus dem Brief der anderen Großmutter erfahren?«

»Ja. Ich hätte ihn gern selbst gelesen, aber er ist auf Serbisch geschrieben.«

»Wenn du eine Kopie bekommen kannst, könnte ich ihn übersetzen lassen. Ein Freund von mir, der Autor und Journalist ist, würde sich für die Geschichte bestimmt interessieren.«

»Ich frage mal.«

»Wie hat diese Leijla dann herausgefunden, wo Luka und der Junge leben?«, wollte Pater Florence wissen.

»Sie hat wohl gespürt, dass sie nicht mehr lange zu leben hatte. Und da hat sie irgendwann im vergangenen Frühjahr beschlossen, endlich das Versprechen einzulösen, das sie ihrem Sohn gegeben hatte, und dem Enkel das Tagebuch zukommen zu lassen. Aber sie wusste immer noch nicht, wie sie ihn finden sollte. Da kam ihr die Idee, in das kleine bosnische Bergdorf zu fahren, in dem sie, ihre Eltern und Großeltern aufgewachsen waren. Sie hatten dort neben Luka und ihrer Familie gelebt, bis zu jener schrecklichen Nacht im Jahr 1992. Vielleicht wusste ja da jemand etwas von Luka.«

Pater Florence lauschte aufmerksam Violetas Erzählung. Er staunte darüber, wie seine brasilianische Freundin, selbst mit einer schmerzlichen Vergangenheit behaftet, in die Geschichte dieser Frau eintauchte, die von den Kriegswirren auf dem Balkan so tief gezeichnet worden war. Manche Menschen sind zu einer unmittelbaren

Empathie begabt, dachte er und sah sie mit großer Zuneigung an.

»Luka hat das alles so erzählt«, sprach die Brasilianerin weiter, »als ob es ihre eigene Geschichte wäre und nicht die von Leijla. Als wäre sie durch das Lesen dieses langen Briefs in ihr Dorf zurückgekehrt, als hätte sie selbst ihr Haus gesehen, das inzwischen eine Tankstelle ist. Das Haus ihrer früheren Nachbarin ist neu gestrichen, und darin wohnen jetzt Unbekannte.«

»Halt, jetzt bin ich durcheinandergekommen«, unterbrach Pater Florence sie verwirrt. »Wem gehörte das Haus, das jetzt eine Tankstelle ist? Luka oder Leijla?«

»Leijla, Luka ist diejenige, die mir davon erzählt hat, als hätte sie das alles selbst erlebt. Am Ende hat ihr die alte Dorfwirtin Lukas Adresse in Italien gegeben. Die beiden kannten sich aus Schulzeiten und hatten Kontakt gehalten. Leijla fuhr also nach Sarajevo zurück und schrieb dort ihren Brief an Luka. Sie bat sie auch, ihr ein Foto des Enkels zu schicken. Das Heft ihres Sohnes aus Srebrenica legte sie bei. Es war ein Tagebuch, gewidmet der jungen Frau, die er verloren hatte, und dem Kind, von dem er nicht wusste, ob es jemals zur Welt kommen würde. Und ob er die beiden wiederfinden würde. Neben dem Brief und dem Tagebuch hat sie Luka übrigens auch eine Geige geschickt.«

»Der arme Junge. Was muss das für ein Schock gewesen sein«, warf Pater Florence ein.

Violeta nickte und wischte sich ein paar Tränen aus den Augen. »Umso mehr, da Igor den Brief vor Luka gelesen hat. Sie war noch in der Arbeit. Der Junge hatte sich seit einiger Zeit fast schon obsessiv mit dem Balkankrieg beschäftigt. Und da hat ihn die Briefmarke aus Sarajevo neugierig gemacht, und er hat den Brief geöffnet, ohne lange zu überlegen. Offenbar fühlte er sich auf eine geheimnisvolle Weise mit dem Balkankonflikt verbunden. Was er da las, war ein schrecklicher Schlag für ihn. Er lief von zu Hause weg, und Luka hörte drei Monate lang nichts mehr von ihm. Sie hat ihn überall gesucht, sogar über die Fernsehshow *Chi l'ha visto*. Und als sie schon alle Hoffnung aufgegeben hatte, tauchte Igor wieder auf. Aber er war nicht mehr derselbe. In seinen Augen glomm ein mörderischer Funke, und Luka bekam es mit der Angst zu tun.«

»Wo war er denn gewesen, hat er ihr das gesagt?«

»Auf einer Art Pilgerfahrt zu den Orten seiner Eltern. Erst in ihrem Heimatdorf, dann in Srebrenica und am Ende in Pale und Sarajevo. Aber er hatte nichts darüber in Erfahrung bringen können, wer seine Eltern auf dem Gewissen hatte.«

»Wirklich eine schreckliche Geschichte, da hattest du recht«, sagte Pater Florence mit einem Seufzen.

»Das ist noch nicht alles. Leider. Luka zufolge war ihr Enkel wie rasend, er hat sie sogar mit einem Messer bedroht. Er ging so weit, sie in ein Zimmer zu sperren, um sie zum Reden zu bringen. So war sie schließlich gezwungen, ihm alles zu erzählen und ihm auch den Namen des Tschetniks zu verraten, der den Angriff auf ihr Dorf angeführt und wahrscheinlich seine Mutter umgebracht hatte. Von Bekannten wusste sie, dass er davongekommen war und sich in Triest versteckt hielt. Eigentlich hatte sie ihm nichts davon sagen wollen.«

»Warum?«

»Es war sein Großonkel, der Bruder ihres Vaters.«

»Gütiger Himmel! Hat Luka dir den Namen dieses Mannes genannt?«

Violeta griff in die Tasche und zog einen Zettel hervor.

»Ich habe ihn mir aufgeschrieben, um ihn auch sicher nicht zu vergessen. Da ist er ... Radovan Jović.«

»Und sie weiß, wo sich dieser Radovan Jović versteckt hält?«

»Leider nein.«

12

Nachdem seine Mitarbeiter gegangen waren, saß Ettore Benussi alleine in seinem Häuschen in Santa Croce und starrte lange auf das Symbol auf dem Computerbildschirm seiner Frau.

Privat.

Seine erste Regung hatte darin bestanden, die Datei zu öffnen, doch gleichzeitig verspürte er auch eine seltsame Furcht, als wäre er im Begriff, Carlas Intimsphäre zu verletzen. Ihre Verbindung hatte auch deshalb so lange gehalten, weil es zwischen ihnen seit jeher einen klar abgegrenzten Bereich gab, in den nicht eingegriffen wurde, einen grundsätzlichen Respekt vor dem Raum des anderen. Jeder hatte sein eigenes Leben, seine Arbeit, seine eigenen Freunde, und darauf gründete das manchmal prekäre Gleichgewicht ihrer Ehe. Es kam nicht darauf an, dass sie alles billigten, was der andere tat.

Gewiss hatte es in diesen zwanzig Jahren auch Krisen gegeben, Phasen der Müdigkeit, der Enttäuschung, zuweilen mochten sie die Versuchung verspürt haben, Schluss zu machen. Dann aber hatte das Schiff ihrer Ehe es immer geschafft, an den Untiefen vorbeizusteuern, in denen es zu stranden drohte.

Doch nun wurden der Schmerz und die Anspannung in

Ettore immer stärker. Hier ging es ja nicht darum, in Carlas Privatkorrespondenz zu schnüffeln. Er wollte nur herausfinden, ob sie vielleicht Feinde hatte, ob es jemanden gab, der hinter ihr her war und so weit gegangen sein könnte, sie zu entführen.

Zu viel Zeit war seit ihrem Verschwinden vergangen.

Inzwischen war Heiligabend, und es würde seit Livias Geburt das erste Weihnachten ohne Baum sein, ohne Kerzen, ohne all den hübschen Weihnachtsschmuck, der ihre Wohnung in der Stadt zierte; seine Frau hatte darauf immer eine geradezu irrwitzige Sorgfalt verwendet. Diesmal hatte der Umstand, dass Ettore sein Lager in Santa Croce aufgeschlagen hatte, Carla ein wenig in ihrem kreativen Schwung gebremst, durchaus zu Ettores Bedauern. »Keine Sorge. Ich bereite das alles an Heiligabend vor, wenn ich endlich Urlaub habe«, hatte sie ihm versichert. Aber nein ...

Es war kurz nach zehn Uhr vormittags.

Livia schlief noch in ihrem Zimmer. In anderen Zeiten hätte ihn das irritiert. Ettore hatte es noch nie gutgeheißen, dass seine Tochter an freien Tagen bis mittags im Bett blieb. Er sah das als einen Mangel an Selbstdisziplin, eine fruchtlose Faulenzerei, die ihr nicht guttun konnte. Carla war da liberaler. Sie hatten sich häufig über diese Frage gestritten. Für Carla war es kein Problem, wenn Livia sich an den Tagen, an denen sie nicht in die Schule musste, nach Herzenslust ausschlief; Termine und Deadlines würde es in ihrem Leben noch genug geben. Das Wichtigste war, ihr nicht zu sehr auf die Pelle zu rücken, sie nicht unter Druck zu setzen, ihr etwas Vertrauen entgegenzubringen.

Ist ja gut, Carla, ich werde ihr etwas Vertrauen entgegenbringen und sie schlafen lassen, dachte Benussi, während er das Foto seiner lächelnden Frau ansah, das auf dem Schreibtisch stand. Dann habe ich mehr Zeit für dich. Er schob den Cursor auf *Privat* und klickte darauf.

Das Dokument wurde geöffnet.

Es ist merkwürdig, was ich mit E. gerade erlebe. Ich dachte, ich würde nichts mehr für ihn empfinden, und unser Verhältnis würde sich langsam und unausweichlich in eine geschwisterliche Richtung entwickeln: Man kennt einander genau, und selbst wenn man den anderen nicht ausstehen kann, fühlt man sich doch zwangsläufig mit ihm verbunden – aber dann kam der Unfall und hat alles verändert. Es ist, als sähe ich E. zum ersten Mal, als würden wir wieder von vorne beginnen. Natürlich nicht so wie vor zwanzig Jahren, als ich mich in seine Verletzlichkeit verliebt habe, in seine Unsicherheiten und verborgenen Wunden. Damals wollte ich ihn vor der Vergangenheit beschützen, indem ich ihm ein ruhiges, sicheres Leben bot, fernab von seinen Traumata. Er war wie ein schutzloses, noch ungeformtes Wesen, das mir verzaubert und verliebt ins Gesicht sah, und ich machte mir einen Spaß daraus, ihn zu verblüffen, ihn aus der Fassung zu bringen und zu provozieren. Er hielt sich für einen langweiligen Menschen, aber das stimmte nicht. Er hatte eine Gabe, die ich sonst bei fast keinem Mann gefunden habe: Er konnte zuhören. Ich war zu der Zeit überaus narzisstisch, vielleicht auch einen Tick exhibitionistisch, und es kam mir sehr entgegen, ein Publikum zu haben, das mir applaudierte. Das war er, mein Publikum. Und mir gefiel, dass er sein Licht stets unter den

Scheffel stellte, dass er dem Rampenlicht entfloh. Da stand ja auch schon ich und nahm die ganze Bühne ein.
Was für eine unerträgliche Frau muss ich damals gewesen sein! Ich wollte keine Kinder, ich wollte keine Verantwortung, ich wollte nur von allem kosten, was mir das Leben zu bieten hatte. Ich wollte frei sein, glücklich, geliebt, und das gab er mir. Dafür habe ich ihn geheiratet.
Liebe! Welch schillerndes und unvollkommenes Wort. Es gibt so viele Arten von Liebe, und alle sind voneinander so verschieden, dass sie sich eigentlich nicht unter einen Begriff subsumieren lassen. Die Liebe, die ich ihm heute entgegenbringe, ist so anders als das, was ich zu empfinden glaubte, als wir anfingen, miteinander auszugehen. Damals war ich vor allem in die Liebe verliebt, die er für mich empfand. Jetzt bin ich in die Liebe verliebt, die ich in mir für ihn entdeckt habe. Als würde ich ihn erst jetzt verstehen, als würde ich erst jetzt so richtig seine Seele erkennen. Wie viele Jahre habe ich damit verbracht, Pflöcke einzuschlagen, Positionen zu beziehen, mich als Herrin über die Gefühle aufzuspielen. Und dann hat eine einzige Geste ausgereicht, um an jenem Abend vor zwei Monaten einen Vulkan in uns zum Ausbruch zu bringen, von dem wir nicht einmal wussten, dass es ihn gab.

Ettore sah vom Computer auf, verwirrt und verlegen. Es erstaunte ihn, dass seine Frau das Bedürfnis hatte, sich einer Computerdatei anzuvertrauen wie ein junges Mädchen seinem Tagebuch.

Was hatte sie dazu bewegt? Bei dem Gedanken, dass Livia diese Zeilen hätte lesen können, wurde ihm ganz anders.

Um Sex geht es dabei nicht, E. ist noch so mitgenommen, dass wir es noch nicht einmal versuchen, wir verhalten uns wie zwei unbeholfene Teenager. Es geht um etwas anderes. Das Gefühl, dass man zu jemandem gehört? Kein schöner Ausdruck. Eine Symbiose? Auch das klingt nicht richtig. Symbiotische Beziehungen hatten für mich schon immer etwas Krankhaftes, um sich selbst Kreisendes. Nein, was ich für E. jetzt empfinde, ist eine außerordentliche Dankbarkeit dafür, dass er mich nicht verlassen hat, dass er über all die Jahre Geduld mit mir hatte, auch wenn ich hysterisch und unerträglich war, dass er immer wieder versucht hat, sich zu versöhnen, abends vor dem Einschlafen und ohne Worte, auch wenn ich nicht wollte, auch wenn ich ihn am liebsten zurückgestoßen hätte. Dankbarkeit dafür, dass er mich eines hat verstehen lassen: um wie viel schöner es ist, durchzuhalten und miteinander zu wachsen, um dann zurückblicken und sehen zu können, welchen Weg man zurückgelegt hat, anstatt ständig mit einer anderen Person neu anzufangen, in der falschen Hoffnung auf ein Glück, das es nicht gibt. Unsere Fehltritte, unsere Verletzungen, unsere Momente von Erschöpfung und Wut – daraus ist die Liebe gemacht, jetzt wird mir das klar. Liebe ist ein langer, geduldiger Weg, nicht die Erregung eines Augenblicks. Liebe heißt, im rechten Moment schweigen zu können und dann zu sprechen, wenn es angezeigt ist. Liebe heißt, dass zwei Unterschiedlichkeiten zusammenfinden oder aufeinanderprallen, die sich gegenseitig ergänzen und jeden Tag erneuern. Und das hat E. stets für mich getan.

Himmel, wenn ich jetzt lese, was ich da geschrieben habe, dann muss ich mich fast schämen, ich rede ja wie die Heldin einer Seifenoper. Ich habe mich wohl etwas mitreißen lassen von den Emotionen. Ich weiß schon, dass E. kein Heiliger ist, ganz und gar nicht. Eigentlich ist er kaum auszuhalten, ein träger, pessimistischer Mensch voller Fehler und Selbstmitleid und gefräßig noch dazu, aber er hat eine Fähigkeit, über die kein anderer Mann verfügt. Er kann über sich lachen. Noch jetzt, nach zwanzig Jahren. Und das finde ich wundervoll.

13

Im Alten Hafen war nicht viel los.

An Heiligabend hatten viele der Arbeiter schon frei, und die wenigen Container standen verlassen in einer Ecke des Piers. Ein Wetterumschwung zeichnete sich ab, der bleierne Himmel kündigte Regen oder vielleicht auch Schnee an. Plastiktüten und leere Dosen wurden über die Schieferplatten der Gehsteige geweht – die Bora hatte angefangen zu blasen.

Die Temperaturen sanken rapide, und Elettra zog ihren Militäranorak fester um sich. Sie bereute es, keinen Hut aufgesetzt zu haben. Normalerweise trug sie keine Kopfbedeckung, obwohl ihre Mutter häufig versucht hatte, ihr die nicht wenigen Vorteile von Hüten nahezubringen. *Denk dran, Ely, das Geheimnis, gut durch den Winter zu kommen, besteht darin, Füße, Hände und Kopf warm zu halten.* Wie immer hatte Aurora recht. Mit kalten Füßen und kaltem Kopf fühlte Elettra sich an diesem faszinierenden, geisterhaften, halb verlassenen Ort wie gelähmt.

Als hätte er ihre Gedanken gelesen, zog Valerio eine blaue Wollmütze aus der Tasche und streifte sie ihr über.

»Danke«, sagte Elettra. »Schau mal, da drüben sind Leute, gehen wir die mal fragen.«

Drei Männer waren dabei, einen Container auszuräumen. Sie wirkten müde und unterbrachen immer wieder die Arbeit, um sich aufzuwärmen. Tatsächlich waren nur zwei am Ausladen, der Dritte sah zu und rauchte eine Zigarette.

Valerio trat näher und hielt die Dienstmarke hoch.

»Guten Tag. Ispettore Gargiulo von der Fahndungspolizei. Das ist Ispettore Morin. Können wir Ihnen ein paar Fragen stellen?«

Der Raucher antwortete als Erster. Es war ein massiger Typ mit einer verkehrt herum aufgesetzten Baseballmütze und einem Tattoo, das sich über den Hals zur Wange hochschlängelte. Es glich dem Fangarm eines Polypen.

»Wir haben nichts zu verbergen. Aber machen Sie's kurz, wir müssen arbeiten.«

Vom Akzent her stammte er nicht aus Triest. Wohl eher aus dem Osten, vielleicht vom Balkan.

Valerio hätte am liebsten sofort die Kisten überprüft, die da abgeladen wurden – die arrogante Haltung des Tätowierten kam ihm verdächtig vor. Aber er hielt sich zurück. Dazu waren sie nicht gekommen.

»Sagt Ihnen der Name Pietro Zorn etwas?«

Ein Ausdruck von Erleichterung zog über die von Misstrauen und Verdruss gezeichneten Gesichter.

»Wieso, hat er was ausgefressen?«

»Wir stellen hier die Fragen.«

»Na gut, und wenn?«

Elettra schaltete sich ein und wurde laut. Sie verlor allmählich die Geduld.

»Kennen Sie ihn jetzt oder nicht?«

Der Dünnste der drei trat vor, ein haarloser Mann mit Adlernase. Elettra fiel auf, dass er noch nicht einmal Augenbrauen hatte.

»Ja, von der Arbeit.«

Der Dritte im Bunde steckte sich eine Zigarette an und sah zu, was passierte. Er war der Jüngste von den dreien, bestimmt nicht über zwanzig.

»Und was ist mit Ihnen?«, erkundigte sich Gargiulo, dem seine Unsicherheit nicht entgangen war. »Kennen Sie ihn?«

»Der Junge arbeitet noch nicht lange hier«, mischte sich der Tätowierte ein. »Fragen Sie mich, ich kenne ihn auch.«

»Ist Pietro in Schwierigkeiten?«, fing der Haarlose wieder an.

»Das wissen wir noch nicht. Was ist er für ein Typ?«

»Der ist in Ordnung. Könnte keiner Fliege was zuleide tun.«

»Ein armer Trottel«, bestätigte der Tätowierte. »Der hat Angst vor seinem eigenen Schatten.«

»Angeblich hat er auch ein Alkoholproblem.«

»Das glaube ich gern! Bei der Mutter, mit der er sich rumschlagen muss.«

»Haben Sie ihn in letzter Zeit gesehen?«

Der Haarlose nickte. »Ja, vor ein paar Tagen abends auf dem Viale. Er stand in der Schlange vor dem Kino.«

Valerio warf Elettra einen Blick zu. Das konnte ein Alibi sein.

»Wissen Sie noch, wann genau das war?«

»Lassen Sie mich mal nachdenken. Vielleicht am Mittwoch oder Donnerstag.«

»Was von beidem?«, bohrte Gargiulo nach. »Es ist wichtig.«

»Donnerstag. Ja, Donnerstag.«

Am Donnerstag war Carla Benussi verschwunden.

»Und um wie viel Uhr?«, fragte Elettra aufatmend.

»Gegen zwanzig nach zehn ...«

»War er mit jemandem zusammen?«

»Der arme Teufel doch nicht! Der war allein wie ein Hund. Stand rum und wusste nicht, ob er reingehen soll oder nicht. Ich kam gerade auf der anderen Seite raus. Ich habe ihn gerufen, aber er hat's nicht mitbekommen. Er hört ziemlich schlecht.«

Der junge Kerl wurde inzwischen immer nervöser unter dem aufmerksamen Blick Gargiulos.

»Was ist eigentlich in diesen Kisten?«

»Irgendwelches Zeug aus China. Töpfe und so. Nichts Wichtiges«, antwortete der Tätowierte in aggressivem Ton.

»Darf ich mal einen Blick reinwerfen?«

»Dafür bräuchten Sie einen Beschluss. Haben Sie den?«

In diesem Moment ließ ein Donnerschlag sie alle zusammenzucken, und wenige Sekunden später ging ein Wolkenbruch nieder, der sie dazu zwang, in Deckung zu gehen. Elettra rannte zu ihrem Fiat 600, und Valerio folgte ihr.

»Bei denen ist was faul«, sagte Gargiulo, während er schon ziemlich durchnässt in den Wagen stieg.

»Wir melden das auf dem Revier. Aber jetzt gehen wir erst mal zu mir und ziehen uns was Trockenes über. Ich kann dir was leihen.«

»Eine hervorragende Idee, Ispettore Morin!«

Der Regenguss überraschte Pater Florence nahe der Piazza della Borsa, wo er mit seinem Freund Martin Panić verabredet war. Der slowenische Journalist und Schriftsteller wusste eine Menge über den Balkankrieg.

Aufgrund von Violetas Erzählung hatte der Geistliche die feste Absicht, die Polizei einzuschalten. Zuvor wollte er aber noch ein paar zusätzliche Informationen einholen, um nicht zu riskieren, dass die Anzeige ins Leere ging.

Panić, ein stämmiger Mann um die fünfzig mit fröhlichen, wachen Augen, erwartete ihn fröstelnd und ohne Schirm unter dem Torbogen, der ins ehemalige Getto führte. Kaum hatte er seinen Freund erblickt, winkte er ihn zu sich und ging gleich los. Kurz darauf fanden sie Zuflucht im *Genuino*.

Panić hatte Pater Florence schon seit Längerem in dieses Lokal führen wollen, das Freunde von ihm in der Via delle Beccherie eröffnet hatten. Ganz entgegen dem Trend, dass schon seit Jahren fast täglich traditionsreiche Restaurants, Geschäfte und Buchhandlungen schlossen. Das Besondere am *Genuino* war das Konzept Fast-Food-aus-der-Region. Es gab dort ausschließlich frische saisonale Speisen, deren Zutaten im Umland produziert wurden, und die Triester wussten das offenbar zu schätzen: Zu den Stoßzeiten war es völlig unmöglich, einen Platz zu bekommen.

Jetzt aber – es war noch nicht einmal zwölf – fanden sie das Lokal halb leer vor. In der engen Küche wurden Vorbereitungen für das Mittagessen getroffen. Tropfnass und vor Kälte bibbernd traten die beiden Freunde ein.

»So ein Sauwetter!«, bemerkte Panić.

»Ich habe meinen Schirm auch vergessen!«

»Zieh dir mal lieber die Jacke aus …«

Kopfschüttelnd legte Pater Florence Winterjacke und Hut ab.

»Ein paar Regentropfen haben noch keinen umgebracht.«

»Was nimmst du?«

»Wasser wäre recht.«

»Was willst du denn damit! Das selbst gebraute Bier musst du probieren, das bringt dich wieder auf Trab.«

»Zu früh für mich. Aber trink du ruhig eins.«

»Also, wenn ich dir einen Tipp geben darf, dann nimm

den heißen Apfelsaft mit Gewürzen, das ist eine Spezialität des Hauses.«

»Einverstanden.«

Der Journalist trocknete sich mit dem Schal das Gesicht ab und winkte seinem Freund, der hinter dem Tresen stand.

»Stefano, bringst du uns ein helles Bier und einen heißen Apfelsaft?«

Sie setzten sich ans Fenster. In der geschichtsträchtigen Fußgängerstraße, die allerlei Antiquitätengeschäfte beherbergte, peitschte der Regen aufs Pflaster. Ein beeindruckendes Schauspiel.

Die beiden Freunde waren froh, es nach drinnen geschafft zu haben.

»Du hast am Telefon gesagt, dass du mit mir über ein Balkanthema sprechen willst.«

»Ja. Weißt du noch, was du mir mal von den ›Wochenend-Scharfschützen‹ erzählt hast – ganz normalen Bürgern, die während des Krieges in die Hügel um Sarajevo gingen, um von dort aus Zivilisten zu beschießen?«

»Sicher doch. Eine von vielen verrückten Geschichten aus der Zeit. Warum interessierst du dich dafür?«

»Was glaubst du, wurden diese Leute identifiziert und bestraft?«

»Nur wenige. Zugegeben hat sowieso niemand etwas. Wer hinter Gitter kam, den traf es wegen anderer Verbrechen. Die Sache konnte niemandem nachgewiesen werden.«

»Könnte es sein, dass sie untereinander in Kontakt geblieben sind?«

»Ich weiß nicht. Möglich ist es.«

»Gibt es einen Ort, eine Bar, wo sie vielleicht zusammenkommen?«

Panić sah ihn aus neugierigen Schriftstelleraugen an.
»Warum? Weißt du etwas, das ich nicht weiß?«

Pater Florence schlürfte nachdenklich an seinem heißen Getränk.

»Sagt dir der Name Radovan Jović etwas?«

Panić wurde blass. Er starrte Pater Florence ungläubig an.

»Aber natürlich. Das ist einer der blutrünstigsten Mörder des Balkankriegs! Ein Unmensch, der Tausende auf dem Gewissen hat. Er war auch unter Mladić in Srebrenica. Ein wahres Monster! Nach ihm wird seit Jahren gefahndet. Der ist doch nicht etwa hier in Triest?«

»Es sieht ganz so aus.«

Martin Panić erhob sich spontan und fuhr sich durchs Haar. Die Nachricht war für ihn bestürzend und aufregend zugleich.

»Ich fasse es nicht! Von wem hast du das?«

»Von einer Kroatin bei mir im Haus. Sie war mit seinem Bruder verheiratet.«

»Der war Serbe.«

»Ja, der war Serbe. Und sie hat einen Enkel voller Hass, dessen Vater in Srebrenica umgebracht wurde.«

»Einen Muslim.«

»Ganz genau.«

»Ein perfektes Beispiel für *komšiluk* …«

»Und das wäre?«

»Das heißt ›Nachbarschaft‹, bezeichnete in Bosnien aber auch ein ungeschriebenes Gesetz. Wie erkläre ich dir das am besten? Vor dem Krieg wurden die Unterschiede zwischen Serben, Kroaten und Muslimen als eine Frage der Mentalität gesehen und nicht ethnisch aufgeladen. Und sie galten keineswegs als Hindernis für Freundschaften oder Heiraten untereinander.«

»Was heute undenkbar wäre, nicht wahr?«

»Dazu gibt es einen schönen Spruch des Erzbischofs von Sarajevo: ›Es ist leichter, Häuser und Kirchen wiederaufzubauen, als Herzen zu heilen, die verwundet sind vom Hass und von so vielen Kreuzen.‹«

»Wer könnte ihm da widersprechen?« Pater Florence seufzte.

»Aber ich verstehe nicht, warum diese Frau zu dir gegangen ist und nicht zur Polizei.«

»Aus Angst. Sie weiß nicht, wo Jović sich versteckt hält. Sie ist noch nicht einmal sicher, dass die Nachricht stimmt. Sie hat es von Bekannten gehört, aber selbst nie mehr Kontakt mit ihm gehabt. Jetzt fürchtet sie, dass er sie umbringen könnte, so wie damals ihren Mann und ihre Tochter.«

»Ein Grund mehr, mit der Polizei zu reden. Wenn Jović sich wirklich in Triest versteckt hält, muss er der Justiz zugeführt werden. Er darf nicht ungeschoren davonkommen. Du hast doch das Buch von Azra Nuhefendić gelesen, oder?«

»Ja, habe ich. Du hast sie mir auch mal vorgestellt. Eine außergewöhnliche Frau.«

»Also, was sie von dem Monster von Grbavica erzählt, ist zum Fürchten. Er hat sich vor laufender Fernsehkamera damit gebrüstet, Hunderte von Muslimen umgebracht zu haben.«

»Das war dieser Batko, stimmt's?«

»Ja, Batko, ein mordlustiger, ungebildeter Exboxer, der seinen stumpfen Sadismus an jedem Nicht-Serben ausließ, der ihm vor die Kanone kam. Er hat vergewaltigt, gefoltert und geraubt, Angst und Schrecken verbreitet, Menschen abgeschlachtet und auch noch öffentlich mit seinen Verbrechen geprahlt. Weißt du, was er als sein Motto verkündete? ›Es ist alles erlaubt, was nicht verboten ist. Und nichts ist verboten.‹ Wo hält sich die Frau denn jetzt auf? Sie könnte in ernster Gefahr schweben.«

»Leider ist sie verschwunden. Sie sollte eigentlich ein paar Tage bei uns bleiben, aber als ich heute Vormittag nach ihr geschaut habe, war sie nicht mehr da.«

Panić wollte die ganze Geschichte hören, und Pater Florence erzählte sie ihm, ohne etwas zu verschweigen. Am Ende wirkten die Augenringe, die das müde Gesicht des Schriftstellers zeichneten, noch tiefer als zuvor. Er sah auf die Sturzflut hinaus, die sich über Triest ergoss, von einer starken, böigen Bora gepeitscht, und schüttelte den Kopf. Wie viel Schmerz, wie viel sinnloses Grauen hatten dieses so nahe Nachbarland getroffen.

»Der Balkan wird immer als Schauplatz ethnischer Konflikte dargestellt, aber so war das nicht. Wenigstens nicht am Anfang. Der Hass zwischen Serben, Kroaten und Muslimen schwelte zwar immer weiter, war aber durch Titos Charisma besänftigt oder verwässert worden: Im Namen des gemeinsamen Vaterlandes Jugoslawien lebten die Leute zivilisiert zusammen.«

»Und was war dann der Auslöser für den Krieg?«

»Vor allem wirtschaftliche Motive. Als die Bosnier, in ihrer Mehrheit Muslime, die Unabhängigkeitskarte auszuspielen versuchten, so wie es vor ihnen schon Slowenen und Kroaten getan hatten, da bekamen die früheren kommunistischen Kader Angst, ihre Macht zu verlieren. Sie inszenierten daher eine heftige Hetzkampagne, insbesondere über die Medien. Den Leuten wurde eingeredet, die ›Türken‹ – so nannten sie jetzt die Muslime – wollten sämtliche bosnischen Serben umbringen, unter Mitwirkung des kroatischen Erzfeinds. Und so loderte das Feuer, das unter der Asche geglüht hatte, wieder gewaltig auf.«

»Schwer zu glauben, dass so viele manipuliert werden konnten.«

»Und doch war es so, glaub mir. Wenn du dich genauer informierst, wirst du erfahren, dass die Militärs und Bürokraten sich nicht etwa selbst die Hände schmutzig gemacht haben, o nein! Die ungebildete Bevölkerung wurde aufgewiegelt, die Bauern, die Leute aus den Bergen, all jene, die am Rand der Zivilisation lebten. Und dann wurden sie wie ein außer Kontrolle geratenes Waffenarsenal auf die Dörfer losgelassen, auf kleinere und größere Städte, um dort zu zerstören, zu morden und zu vergewaltigen. Es war ein Krieg des blinden Fanatismus gegen das fortschrittliche, tolerante Bürgertum. In der Belagerung Sarajevos fand er seinen Höhepunkt. Deren wahres Ziel bestand darin, alles auszuradieren, was effizient, modern und kultiviert war.«

Pater Florence hörte aufmerksam zu. Sein Freund Panić hatte eine interessante These formuliert. Umso mehr, als sie eine private Theorie von ihm stützte, derzufolge schon seit Jahrzehnten eine »Balkanisierung« der Welt ablief. Darunter verstand er den – oft leider erfolgreichen – Versuch, durch Gewalt, Unterdrückung, Fanatismus und Paranoia Jahrhunderte von Zivilisation, Kultur, Vielfalt und Erinnerung auszulöschen.

Aber das war nicht der Moment, sich in fruchtloser historischer Rekonstruktion zu verlieren. Ein erbarmungsloser Mörder hielt sich in der Stadt versteckt, und ein von Hass gequälter junger Mann schwebte in ernster Gefahr.

Sie mussten etwas unternehmen. Und zwar rasch.

Pater Florence sah aus dem Fenster. Zu Wind und Regen hatte sich jetzt auch noch ein leichtes Schneetreiben gesellt.

Sie mussten sich beeilen.

14

Etwa um ein Uhr mittags an diesem 24. Dezember kam es zu einem Temperatursturz, und der Regen wurde von Schneefall abgelöst. Bald bedeckte eine dichte weiße Decke den Karst und die Stadt unten am Meer.

Seit über fünfzig Jahren hatte es in der Provinz Triest nicht mehr so heftig geschneit. Da zudem ein starker Nordwind blies, war die Stadt binnen weniger Stunden lahmgelegt. Zahlreiche Buslinien waren unterbrochen, und die wenigen Autos, die noch fuhren, schlitterten gefährlich über die Fahrbahn, denn der Niederschlag wurde zu Glatteis, sobald er den Boden berührte.

Das meteorologische Phänomen, bei dem unterkühlter Regen sämtliche an der Luft liegenden Oberflächen mit einer mehr oder minder dünnen Eisschicht überzieht, wird im Fachjargon als »Klareis« bezeichnet. In Frankreich spricht man von *verglas*, also Glaseis.

Und genau so kam es den Bewohnern Triests und der Hochebene am folgenden Morgen vor, nach einer Nacht, in der Wind, Regen und Schnee unablässig getobt hatten.

Jedes Ding schien zu Glas verwandelt: die Häuserwände, die Äste an den Bäumen, die Autos, die Zeitungsstände, die Straßen. Als wäre ein Zauber darüber gekommen und hätte zu Weihnachten alles in eine schillernde Kristallwelt gesperrt.

Valerio Gargiulo hatte sein Lebtag nichts Vergleichbares gesehen, und er war ehrlich beeindruckt. Am Morgen des 25. Dezember strahlte die Sonne wieder zaghaft über der Stadt. Der Inspektor öffnete vorsichtig das Fenster, um die Eisschicht anzufassen, die sich über die raue Hauswand gelegt hatte und sie nun völlig glatt erscheinen ließ. Die Straße war menschenleer, die Autos standen still, noch ganz mit Schnee bedeckt wie auch der Gehsteig. Die Äste der großen Platane vor Elettras Haus formten in der Luft weiße Arabesken. Valerio drehte sich um, weil er seiner Freundin dieses unglaubliche Schauspiel zeigen wollte, doch sie schlief noch. Aufwecken würde er sie auf keinen Fall, nicht nach der schwierigen Nacht, die sie durchstanden hatten. Auf Zehenspitzen ging er ins Bad.

Als sie am Vortag in die Wohnung gekommen waren, um sich nach dem Wolkenbruch umzuziehen, hatten der Schneesturm und die Bora, die über die Stadt fegte, sie dort festgehalten. Damit hatte sich auch die Frage erledigt, ob Valerio am Nachmittag nach Neapel reisen sollte. Bei diesem Wetter ging das weder mit dem Flugzeug noch mit dem Zug. Er brauchte also kein schlechtes Gewissen gegenüber seiner Familie zu haben, konnte vielmehr das unerwartete Geschenk genießen, Heiligabend mit Elettra zu verbringen.

Aber leider lief es dann nicht so, wie es sich der junge Inspektor erhofft hatte. Als sie gerade dabei waren, sich etwas zum Mittagessen zu kochen, bekam Elettra einen Anruf von Claudio. Aurora, erzählte er, sei gegen den Willen der Ärzte aus dem Krankenhaus entlassen worden. Sie habe ihr letztes Weihnachten unbedingt zu Hause verbringen wollen. Elettra möge trotz des Unwetters alles tun, um nach Monfalcone zu kommen. Ihrer Mutter und ihm selbst sei das wirklich wichtig.

Angesichts des Zustands, in dem sich Elettras Mutter befand, zeigten sich die Vorgesetzten, einschließlich Benussi persönlich, verständnisvoll. Die Inspektorin bekam zwei Tage Sonderurlaub. Gargiulos regulärer Urlaub, der ihm eigentlich zustand, wurde vor diesem Hintergrund gestrichen. Einer von beiden musste im Dienst bleiben und die Suche nach Carla Benussi fortsetzen.

Valerio erhob keinerlei Einwände und bat lediglich darum, Inspektorin Morin nach Monfalcone fahren zu dürfen. Er hätte kein gutes Gefühl gehabt, wenn er seine Kollegin unter solchen Umständen ans Steuer gelassen hätte, zumal bei diesen Witterungsverhältnissen. Die Erlaubnis wurde ihm ohne Weiteres erteilt.

Die beiden verließen also das Haus und gelangten durch Schneegestöber und heftige Bora-Böen hindurch zum Wagen. Doch wenige Meter vom Haus entfernt hatte ein Lkw einen Lieferwagen gerammt und versperrte die Fahrbahn. Und als wäre das nicht genug, prasselten Hagelkörner auf den Fiat 600 nieder und trafen wie verirrte Kugeln die Karosserie.

Es war zum Fürchten.

Valerio fragte sich, ob es wirklich ratsam war, unter diesen Bedingungen loszufahren, aber Elettra ließ nicht mit sich reden. Sie durfte ihre Mutter nicht enttäuschen. Also betätigte Gargiulo die Zündung, entschlossen, dem Unwetter zu trotzen und seine Kollegin wohlbehalten nach Monfalcone zu bringen. Doch schon nach wenigen Metern kam der kleine Pkw unkontrolliert ins Rutschen, und sie wären beinahe gegen einen Autobus geprallt, der auf der Gegenfahrbahn dahinschlingerte.

Schweren Herzens sahen sie sich genötigt, von ihrem Vorhaben abzulassen.

Zurück in der Wohnung, rief Elettra sofort ihren Vater an, erzählte ihm von dem Fehlschlag und versprach zu kommen, sobald das Unwetter vorüber wäre. Spätestens zum Mittagessen am ersten Weihnachtsfeiertag. Anschließend bestand sie darauf, mit Aurora zu sprechen; ihr krampfte es das Herz zusammen ob der Enttäuschung, die sie ihr bereiten musste. Doch ihre geliebte Mutter zeigte sich ein weiteres Mal in der Lage, sie zu überraschen. »Ich habe nicht die Absicht, vor morgen zu sterben. Keine Sorge, Schatz ... Ich warte hier auf dich.«

In den darauffolgenden langen Stunden fühlten Elettra und Valerio sich so hilflos wie zwei Schiffbrüchige auf einem stürmischen Meer. Auch Elettras Katze, Perla, sah beunruhigt zu, wie der Wind an den Fenstern rüttelte und düster hinter den Scheiben heulte, die er fast einzudrücken schien.

Am frühen Nachmittag beschlossen die beiden, etwas Nützliches zu tun und so die steigende Anspannung zu überwinden, die immer mehr Besitz von ihnen ergriff: Sie führten ihre Ermittlungen telefonisch fort. Elettra rief den Kollegen aus Tarvisio an, um herauszufinden, ob Nonis' Alibi sich bestätigt habe, erfuhr aber nichts Eindeutiges. Das Haus sei eingeschneit, sagte der Kollege, und er habe noch nicht mit der Haushälterin sprechen können; die sei im Krankenhaus, wo ihr Mann im Sterben liege. Er hoffe, am nächsten Tag eine Gelegenheit zu finden, und werde sich dann umgehend melden.

Gargiulo erkundigte sich bei Pitacco nach den Verbindungsdaten von Carlas Handyanbieter, die inzwischen eigentlich vorliegen mussten. Aber auch die Informationen des Kollegen halfen ihnen nicht viel weiter. Carlas Handy war ausgeschaltet und ließ sich nicht orten. Die letzten Anrufe waren am Tag ihres Verschwindens geführt worden, und zwar alle mit derselben Verbindung: Livias Nummer.

Valerio und Elettra fühlten sich unruhig und machtlos.

Es gab an dieser ganzen Sache etwas, das sie nicht zu fassen bekamen. Etwas, das ihnen hätte auffallen müssen, das ihnen aber entging.

Vielleicht hatte doch dieser Nonis mit Carlas Verschwinden zu tun, überlegte Elettra laut, doch Valerio war nicht überzeugt. Warum sollte er Livias Mutter entführen, zu welchem Zweck? Was sollte ihm das bringen? Das ergab doch keinen Sinn. Wenn Nonis befürchtete, als Urheber seiner zweifelhaften Glanztaten auf Facebook enttarnt zu werden, dann war eine Entführung sicher nicht der geeignete Weg, um sich zu schützen. Im Gegenteil, damit konnte er doch nur zusätzliche Aufmerksamkeit auf sich lenken.

Blieb die Tatsache, dass die letzten Anrufe allesamt an Carlas Tochter gegangen waren. Anscheinend hatte sie ihr etwas mitteilen wollen. Aber sie hatte sie nicht erreicht.

Warum?

Wo war Livia an diesem Abend gewesen?

Was hatte sie gehindert zu antworten?

Sie kamen zu dem Schluss, dass Livia Benussi etwas vor ihnen verbarg. Warum hatte sie überhaupt solche Angst davor, dass ihr Vater das Video zu sehen bekam? Das sah ihr nicht ähnlich, bei anderen Gelegenheiten hatte sie keine solchen Hemmungen an den Tag gelegt. Im Allgemeinen schien sie sich dem Vater gegenüber nicht sonderlich befangen zu verhalten, eher im Gegenteil.

Sie mussten baldmöglichst mit ihr reden.

Gargiulo schickte ein Stoßgebet zum Himmel, dass die Tochter des Kommissars nicht in irgendeiner Weise für das Verschwinden ihrer Mutter verantwortlich wäre.

Die Nacht verbrachten Elettra und er Arm in Arm auf dem Sofa, ohne sich ins Bett zu wagen. Keiner der beiden war in der rechten Stimmung für mehr Intimität und Hingabe. Und Elettra wollte wach bleiben, falls ihr Vater anrief.

Also redeten sie, während das Unwetter vor der kleinen Wohnung im San-Vito-Viertel langsam nachließ, über Gott und die Welt. Über ihre Kindheit, darüber, was sie gespielt hatten, als sie klein waren, welche Bücher sie während der Ferien hatten lesen müssen, was sie beide gehasst hatten. Im Fall von Valerio war das *Der kleine Prinz* gewesen (»Ich verstand nur Bahnhof. Und das soll ein Kinderbuch sein!«), bei Elettra *Betty und ihre Schwestern*. (»Ich konnte diese Schwestern nicht ausstehen. Die Einzige, die noch ging, war Jo.«) Hin und wieder wurden Elettras Augen plötzlich feucht, wenn sie an Aurora denken musste, und Valerio küsste sie und strich ihr über die Wange, um ihre Tränen zu trocknen.

Nun schien die Sonne wieder über Triest, und Valerio Gargiulo war bereit, aufs Revier zurückzukehren. Er betrachtete Elettra liebevoll, die noch auf dem Sofa schlief, und legte ihr einen Zettel aufs Kissen, bevor er die Wohnung verließ.

»Frohe Weihnachten, Schatz.«

Wenn Triest von einer Eisschicht bedeckt worden war, die den Ort wie eine Geisterstadt aussehen ließ, so wirkte der Karst geradezu versteinert. Der Schneesturm und die Bora hatten Wälder, Häuser und Straßen in einen eisigen, weißbedeckten Sarkophag eingeschlossen, der im ersten Morgenlicht unter den lauen Sonnenstrahlen schimmerte. Die Windböen hatten Bäume und Strommasten gefällt und damit Hunderte von Häusern ins Dunkel gestürzt.

Auch Kommissar Benussis Häuschen in Santa Croce war seit Stunden ohne Strom, und die Aussichten auf baldige Reparatur standen nicht zum Besten.

Ohne Strom hatte auch der Heizkessel den Geist aufgegeben, und es war bitterkalt im Haus. Zu allem Überfluss hatte der Schnee vor der Tür eine undurchdringliche Eismauer errichtet.

Die Haushälterin Alenka, die das Mittagessen für das Fest hätte bringen sollen, konnte ihr Haus ebenso wenig verlassen.

Ohne Strom lief auch der Computer nicht, und das versetzte die *digital native* Livia Benussi in einen Zustand erheblicher Gereiztheit, zumal sie vergessen hatte, ihren Handyakku aufzuladen.

Die Vorstellung, von der Welt abgeschnitten zu sein, noch nicht einmal eine SMS schicken oder auf Facebook chatten zu können, machte sie ganz hilflos. Seit sie denken konnte, hatten ihre Augen bewegte Bilder gesehen, und in ihren Ohren klangen ständig Musik oder die Stimmen ihrer Freunde.

Stille war ein unbekannter Feind, mit dem sie nicht umzugehen wusste. Und das machte ihr Angst.

»Na super! Wirklich ein tolles Weihnachten!«, maulte die junge Frau, als sie in Daunenjacke und Skimütze in die Küche kam. »Wir hocken in diesem Scheißkaff und sind von allem abgeschnitten!«

Ihr Vater warf ihr einen strengen Blick zu.

»Es gibt Schlimmeres im Leben«, bemerkte er dann müde.

»Und was? Hä?«

»Zum Beispiel, dass deine Mutter verschwunden ist.«

Livia knallte das Glas, das sie gerade in der Hand hatte, gegen die Wand und schrie:

»Jetzt reicht's mir aber! Ich halte es nicht mehr aus! Du glaubst, dass ich schuld bin, stimmt's? Dann sag's halt endlich! Sag's, wenn du dich traust!«

Livias Wutausbruch traf Ettore völlig unvorbereitet. Warum führte sie sich bloß so auf?

»Wie kommst du darauf, Livia? Warum sollte ich so etwas denken?«

Anstatt einer Antwort brach die junge Frau in Tränen aus und ließ sich schluchzend zu Boden sinken, den Kopf zwischen den Händen.

Ettore ging zaghaft zu ihr. Mit einer solchen Situation hatte er noch nie umzugehen gewusst. Er fühlte sich irgendwie lächerlich. Aber ihm war auch klar, dass er jetzt etwas tun musste.

»Komm, Livia, bitte ... Steh auf, der Boden ist doch eiskalt.«

»Lass mich in Frieden!«

»Das hätte uns noch gefehlt, dass du dir jetzt eine Lungenentzündung einfängst. Na, komm schon hoch.«

Livia hob den Kopf und starrte ihn hasserfüllt an.

»Fang hier nicht an, den Vater zu spielen! Dafür ist es zu spät.«

»Was willst du damit sagen?«

»Du hast dich doch immer einen Scheißdreck um mich gekümmert, du hast mich nie wahrgenommen! Sogar meinen Geburtstag vergisst du!«

»Ich bitte dich! Das ist höchstens einmal passiert.«

»Ja, ja, aber sonst hast du dich nur dran erinnert, weil Mama es dir gesagt hat.«

Ettore Benussi seufzte entnervt und müde. Auf Streit mit seiner Tochter hätte er jetzt gut verzichten können. Er bedauerte umso mehr, dass Carla nicht da war. In so einem Moment hätte sie mit ihrer gewohnt diplomatischen Art eingegriffen, und ihm wäre eine Antwort erspart geblieben.

Aber Carla war leider nicht da.

Und er musste sich seiner rasenden Tochter stellen.

»Wenn man mitten in einer heiklen Ermittlung steckt oder hinter einem Mörder her ist, dann kommt das schon mal vor, dass man einen Geburtstag vergisst, Livia. Vielleicht hast du das nicht mitbekommen, aber meine Arbeit nimmt mich ziemlich in Anspruch.«

Livia ging darauf nicht ein, sondern setzte ihre Provokationen fort.

»Wetten, du weißt noch nicht mal, in der wievielten Klasse ich bin.«

»Natürlich weiß ich das, in der zehnten auf dem neusprachlichen Gymnasium.«

»Siehst du? Ich bin in der elf!«

Auf dem Gesicht ihres Vaters breitete sich aufrichtige Verblüffung aus.

»Wirklich wahr? Du bist doch erst sechzehn.«

»Nein, siebzehn, seit letztem Oktober.«

»Mensch, wie die Zeit vergeht! Erst vorgestern bist du noch auf allen vieren gekrabbelt, und jetzt bist du schon fast volljährig! Erstaunlich.«

Livia stand vom Boden auf, bibbernd vor Kälte.

»Ja, ja, wirklich erstaunlich …«

»Soll ich dir etwas Warmes machen? Kaffee, Tee, Milch?«

»Ich will einfach nur weg.«

»Tut mir leid, aber das geht nicht. Und wohin überhaupt?«

»Irgendwohin, wo jemand dran denkt, mir Frohe Weihnachten zu wünschen, und vielleicht auch ein Geschenk für mich hat. Das hast du natürlich auch vergessen.«

Das war nun wirklich zu viel! Das Mädchen war ja ganz außer sich. »Wenn es darum geht, gilt das natürlich auch umgekehrt. Du hättest ja auch reinkommen und Frohe Weihnachten sagen und mir was schenken können. Du bist doch kein kleines Kind mehr!«

»Und wie soll ich das bitte machen? Während Mama ...«

»Deine Mutter ist verschwunden, aber sie hatte schon alles vorbereitet. Wenn du nicht in so einer aggressiven Stimmung wärst, würdest du sehen, dass auf dem Wohnzimmertisch ein Päckchen für dich steht. Frohe Weihnachten, Livia!«

Ettore humpelte aus der Küche, nicht ohne seinerseits wütend die Tasse auf den Boden zu knallen. Am liebsten hätte er auch noch die Tür zugeschlagen, aber mit der Krücke ging das nicht so richtig.

Zum Teufel mit dieser Jugend, dachte er, als er sein Zimmer erreichte und sich unter die Daunendecke legte. Hoffentlich würde das seinen ausgekühlten Körper ein wenig wärmen.

Ein paar Minuten später steckte Livia den Kopf durch die Tür, in der Hand ihr neues Smartphone. Sie sah überrascht aus.

»Das ist ja richtig geil! Und auch schon mit Guthaben ... Danke, Papa.«

»Dafür müsstest du dich bei deiner Mutter bedanken – ich hätte es dir sicher nicht gekauft.«

Livias Miene verdüsterte sich wieder, und sie wollte schon auf dem Absatz kehrtmachen. Doch ihr Vater hielt sie auf, indem er ein weiteres Päckchen unter dem Bett hervorzog.

»Aber nur, weil ich schon das hier für dich besorgt hatte …«

Zögernd drehte sich Livia wieder um und packte das Geschenk aus. Es war ein silbern funkelnder Laptop.

»Ich fasse es nicht!«

»Sonst klaust du mir ja doch nur mein iPad.«

Livia beugte sich vor, um ihrem Vater einen Kuss auf die Wange zu hauchen, und murmelte: »Entschuldigung, Papa. Ich war wirklich ganz schön ekelhaft.«

»Schon gut. Angeblich sind das ja neunzig Prozent der Jugendlichen weltweit. Das kann man dir als mildernde Umstände anrechnen.«

»Die Jungs in meinem Alter sind noch schlimmer, das kannst du mir glauben.«

»Ich bin froh, dass mir diese Erfahrung erspart bleibt.«

»Arme Mama«, sagte Livia und drückte den Computer an ihre Brust. »Wo kann sie nur stecken?«

Ettore Benussi erhob sich seufzend von seinem Bett und fasste seine Tochter am Arm.

»Komm, hilf mir mal, im Kamin Feuer zu machen. Sonst frieren wir hier noch ein.«

Technomusik. Drei nur unscharf zu erkennende junge Frauen, maskiert und mit ins Gesicht hängenden Haaren, tanzen halb nackt. Sie sind offensichtlich betrunken. Die eine greift zu einer Bierflasche und schiebt sie sich zwischen die Schenkel wie einen Penis. Gelächter. Eine andere beteiligt sich an dem Spiel und tut, als ließe sie sich penetrieren. Die dritte tanzt mit geschlossenen Augen weiter und trinkt dabei Wodka direkt aus der Flasche. Eine Männerstimme aus dem Off kommentiert: »Und das sollen die geilsten Schnallen von der ganzen

Schule sein! Überall Fett und Zellulitis! Schaut sie euch bloß an! Die können ja kaum noch stehen!«

Inspektor Gargiulo hatte genug gesehen. Er schloss die von der Postpolizei gesicherte Datei. Eine gute halbe Stunde lang waren vor seinen Augen billige Späße, unbarmherzige Detailaufnahmen und grausame Kommentare abgelaufen, ein Ausflug in die Welt von Dummheit und Vulgarität, in der sich die Jugendlichen auf Facebook bewegten.

Valerio hatte sich vor allem auf das letzte Video konzentriert, dasjenige, auf dem Livia Benussi zu sehen war. Gedreht und online gestellt hatte es, wie er schon wusste, Ivan Nonis.

In dem kurzen Film war die junge Frau kaum wiederzuerkennen. Taumelnd, mit einer schwarzen Augenmaske und einem schwarzen Strickkleid, das ihr gerade mal bis über den Hintern reichte, tanzte sie aufreizend um ihre beiden Freundinnen herum, die mit der Bierflasche spielten.

Was mochte Carla Benussi empfunden haben, als sie diese Bilder sah?, ging dem jungen Inspektor aus Neapel durch den Sinn. Er war sich inzwischen sicher, dass die Frau des Kommissars das Video gesehen haben musste. Auf ihrem Computer war verzeichnet, dass sie zwei Tage vor ihrem Verschwinden die Facebook-Seite der Tochter besucht hatte. Und nicht nur das, Carla Benussi hatte das Video auch in einem unbenannten Ordner abgespeichert. Einem Ordner, den der Kollege Pitacco auf seine, Gargiulos, Anweisung hin gesichert und vom Rechner gelöscht hatte, bevor dieser dem Kommissar ausgehändigt worden war.

Warum das alles? Die Nachforschungen hatten ergeben, dass Nonis erst nach dem Verschwinden Carla Benussis als Autor des Videos identifiziert worden war. Es war höchst unwahrscheinlich, dass die Frau des Kommissars diese Entdeckung auf eigene Faust gemacht hatte. Denn allem Anschein nach waren ihr die Niederungen der virtuellen Welt nicht sonderlich vertraut. Vielleicht hatte sie den Film archiviert, um ihn noch einmal ihrer Tochter zu zeigen, damit ihr klar wurde, wie gedankenlos und beschämend sie sich verhalten hatte.

Ja, das war plausibel. Zwischen Mutter und Tochter musste es zu einem heftigen Streit gekommen sein. Vielleicht hatte Livia deshalb solche Bedenken gehabt, ihr Vater könnte sich den Computer ansehen. Aber es war undenkbar, dass die junge Frau in das Verschwinden ihrer Mutter verwickelt sein könnte.

Die Familie eines der anderen Mädchen hatte das Video ja schon zur Anzeige gebracht, und damit lag der Fall in den Händen der Postpolizei. Welche zusätzliche Gefahr hätte Carla für Livia in dieser schäbigen Angelegenheit darstellen sollen?

Überhaupt keine.

Allerdings blieb noch ein Fragezeichen bei Ivan Nonis. Es war wirklich ein merkwürdiger Zufall, dass hinter dem Phantom Oliver Mellors ausgerechnet einer der drei aktuellen Patienten von Dr. Carla Benussi steckte. Und genau deshalb hatte Valerio Gargiulo ihn für nachmittags noch einmal aufs Revier bestellt, um ihn ein weiteres Mal zu vernehmen.

Er wollte ihm in die Augen sehen, ihn unter Druck setzen und sich ein Bild davon machen, ob nicht vielleicht er selbst sich Carla gegenüber verraten hatte. Wenn jemand paranoid war, dann tat er seltsame Dinge, und nach Elettras Informationen war Nonis ein schwieriger, komplexbeladener junger Mann. Dass er Geld hatte, änderte nichts an der Kränkung, von seinen Klassenkameradinnen ignoriert zu werden. Und man brauchte kein Psychologe zu sein, um zu begreifen, wie kleinlich und rachsüchtig einen Frustration manchmal machte. Wenn dieser Nonis etwas zu verbergen hatte, würde Valerio das an seinem Blick erkennen. Da war er sich ganz sicher.

»Ispettore? Haben Sie einen Moment Zeit?« Pater Florences herzliches Gesicht erschien in der Tür, dahinter Martin Panićs markante Züge.

Valerio, der eigentlich im Begriff war, in die Mittagspause zu gehen, bat die beiden mit einem Lächeln und einer Handbewegung herein.

»Klar doch! Treten Sie ein. Frohe Weihnachten!«

»Frohe Weihnachten, mein Sohn. Kennen Sie Martin Panić?«

»Selbstverständlich. Wie geht's, Martin?«

»Bestens. Und selbst?«

»Wie's einem halt geht, wenn man an Weihnachten arbeiten muss.«

»Elettra ist nicht da?«, fragte Pater Florence, während er seinen Blick durch den Raum schweifen ließ. Er wusste, dass die zwei Inspektoren im Team arbeiteten.

»Nein, sie ist zu ihrer Mutter gefahren.«

»Wie geht es ihr denn?«

»Ich fürchte, sie hat nicht mehr lange zu leben.«

»Wenn Sie mit Elettra sprechen, sagen Sie ihr bitte, dass ich an sie denke.«

»Das mache ich.«

Pater Florence setzte sich auf einen der beiden Stühle vor Valerios Schreibtisch, Panić nahm neben ihm Platz.

»Was kann ich für Sie tun?«

»Das ist eine lange und komplizierte Geschichte. Haben Sie ein wenig Zeit?«

Valerio spürte, wie sein Magen knurrte. So hatte er sich das nicht vorgestellt.

»Wie lange denn?«

»Das müssen Sie sagen.«

»Wie wär's, wenn wir uns beim Essen unterhalten? Ich habe in den letzten vierundzwanzig Stunden praktisch nichts zu mir genommen.«

Pater Florence wandte sich mit einem fragenden Blick zu Panić.

»Ehrlich gesagt, werde ich zu Hause erwartet«, antwortete der Schriftsteller. »Es ist Weihnachten …«

»Du hast recht. Auch auf mich warten die Gäste im Offenen Haus. Würde es Ihnen etwas ausmachen mitzukommen, Ispettore? Panić fährt uns mit dem Wagen hin, und unterwegs fangen wir schon mal an zu erzählen. Dann fährt er zu den Seinen, und wir essen zusammen Mittag. Violeta hat für den heutigen Anlass ein typisch brasilianisches Gericht zubereitet. *Farofa* mit Hühnchen. Eine Köstlichkeit. Ganz zu schweigen von unserem ganz besonderen Weihnachtsdessert!«

Valerio musste nicht lange überlegen. Die Vorstellung, dass er sonst am Weihnachtsfeiertag alleine essen gehen müsste, und die Aussicht auf neue Genüsse überzeugten ihn rasch davon, die Einladung anzunehmen.

Zunächst aber versuchte er, Elettra anzurufen. Ihr Handy war ausgeschaltet. Also schickte er ihr eine SMS, um sie wissen zu lassen, dass er in Gedanken bei ihr sei. Seit er morgens aus dem Haus gegangen war, hatte er noch nichts von ihr gehört.

Die Straßen waren wieder frei, die Sonne hatte die Eisschicht weitgehend zum Schmelzen gebracht.

Von dem Sturm vom Vortag blieben nur noch ein paar Schneehäufchen auf dem Gehsteig und auf den geparkten Autos.

Bestimmt hatte Elettra auf der Strecke nach Monfalcone keine Schwierigkeiten gehabt.

15 Claudio Morin war die ganze Nacht aufgeblieben, um das Haus so zu schmücken wie jedes Jahr. Wenn Aurora am nächsten Morgen aufwachte, am Weihnachtsfeiertag, dann würde sie die weißen Kerzen an den Fenstern finden, den Mistelzweig über dem Kamin, den Baum mit den bunten Glaskugeln und vor allem die Krippe, die er eigenhändig geschnitzt hatte, als Elettra noch ein Kind war, und die ihnen mit der Zeit allen ans Herz gewachsen war.

Seine Tochter hatte über die Jahre immer neue Figuren hinzufügen wollen, und so waren zur Heiligen Familie und den Hirten, mit denen das Ganze angefangen hatte, nach und nach ein Schmied, ein Schreiner, ein Müller, Fischer und Kaufleute hinzugekommen, alle mit ihrem jeweiligen Arbeitswerkzeug und ihren Hütten und Werkstätten. Die anspruchsvollste Aufgabe hatte darin bestanden, eine echte Mühle zu konstruieren, mit Mühlrad und fließendem Wasser. Das Weihnachtsfest, an dem sie erstmals in Betrieb genommen wurde, war für die kleine Elettra eines der aufregendsten überhaupt gewesen, und sie hatte stundenlang bezaubert hingeschaut.

Claudio hatte zunächst nicht daran gedacht, das Haus zu schmücken, weil er davon ausgegangen war, dass seine Frau in ihrer verzweifelten Lage das Krankenhaus nicht mehr verlassen würde. Und Baum und Krippe nur für sich selbst und Elettra hinzustellen hätte er zu traurig gefunden. Doch jetzt war das alles anders. Jetzt war Aurora zu Hause, und er würde alles tun, um ihr ein beschauliches Weihnachten voller Liebe zu schenken.

Als Elettra gegen elf Uhr vormittags eintraf, schlief Aurora, die frühmorgens ein Schmerzmittel genommen hatte, und so konnte die Inspektorin ihrem Vater in der Küche helfen.

Keiner der beiden hatte Appetit, aber sie zwangen sich dazu, Lachstörtchen vorzubereiten – eine Tradition, auf die Aurora besonderen Wert legte –, dazu eine Hühnerbrühe. Claudio hatte Tortellini gekauft, die konnten sie in der Brühe warm machen und dann an dem Tisch essen, der neben Auroras Lager stand. Ihr Bett war schon vor Monaten ins Wohnzimmer verlegt worden.

Unterdessen dösten die Katzen überall im Haus verteilt. Drei am brennenden Kamin, zwei andere auf Auroras Bett, wie um ihr Gesellschaft zu leisten.

»Was sagt denn der Arzt?«

Claudio sah seine Tochter an, die mit den Törtchen beschäftigt war, und seufzte.

»Er bezeichnet es als ein Wunder, dass sie noch lebt.«

»Hat sie heute Nacht geschlafen?«

»Ich habe ihr um elf ein Schmerzmittel gegeben und dann noch mal um sechs Uhr morgens. Sie hat sich gut ausruhen können.«

Elettra sah ihren Vater an. Er wirkte erschöpft und hatte einen deutlichen Bartschatten.

»Aber du bist aufgeblieben, um alles vorzubereiten, stimmt's?«

Claudio nickte lächelnd.

»Ich wäre fast durchgedreht. Ich konnte nichts finden.

Das hat ja immer alles sie gemacht. Ich wusste nicht, wie ich es anstellen soll, aber am Ende habe ich's geschafft. Hast du die Krippe gesehen?«

»Gleich als Allererstes.«

Ein langes Stöhnen ließ die beiden ins Wohnzimmer laufen.

Aurora war aufgewacht, und eine schmerzliche Grimasse verzerrte ihr Gesicht.

»Mama! Geht es dir schlecht?« Elettras Stimme war vor Schreck nur ein Wispern.

Als Aurora ihre Tochter erblickte, versuchte sie ein beruhigendes Lächeln. »Nein, mir geht es gut ... Schatz ... Mir geht es ... gut. Wann ... bist du gekommen?«

»Gerade erst.«

»Schneit ... es nicht ... mehr?«

»Nein, jetzt scheint die Sonne. Aber du hättest Triest sehen sollen, da lag alles unter einer Eisdecke. Alles gefroren. Häuser, Straßen, Autos, sogar die Bäume waren ganz weiß. So etwas habe ich noch nie gesehen.«

»Wo ist ... dein Vater?«

»Ich bin hier«, antwortete Claudio und trat ins Blickfeld seiner Frau.

»Danke«, brachte Aurora mit dünner Stimme hervor.

»Wofür denn?«

»Für den Baum ... die Krippe ...«

»Na, es ist doch Weihnachten, oder?«

»Ich würde mich ... gern umdrehen ...«

Elettra scheuchte die Katzen vom Bett und bettete ihre Mutter mit Claudios Hilfe vorsichtig um. Die Schmerzen mussten schrecklich sein, aber nicht eine Klage kam aus Auroras Mund.

»Möchtest du jetzt etwas Wasser?«

»Champagner ...«

»Champagner?«, wiederholten Claudio und Elettra ungläubig.

Auroras Augen glänzten fröhlich: »Wir müssen doch ... feiern ...«

Claudio lief in die Küche, um eine Flasche Champagner zu holen. Als er zurückkam, war Aurora schon wieder eingenickt.

Es war ein seltsames Weihnachtsessen und doch kein trauriges für Claudio und Elettra. Sie aßen kaum einen Bissen, leerten jedoch die Flasche Champagner bis auf den letzten Tropfen. Aurora bei sich zu haben war ein besonderes Glück und gleichzeitig bewegend, als hätten sie an einem außerordentlichen Ereignis teil: am Übergang vom Wunder des Lebens zum Geheimnis des Todes. Sie spürten, dass eine andere Energie in der Luft lag, für die sie keinen Namen hatten.

Da saßen sie nun zusammen in ein und demselben Zimmer, vor sich den festlich gedeckten Tisch, und die Frau, die sie beide geliebt und miteinander verbunden hatte – und die sie ihrerseits geliebt hatten –, war kurz davor, sie für immer zu verlassen. Wohin würde ihre Seele gehen? Würde sie den Leib überdauern?

Elettra vermochte nicht daran zu glauben, auch wenn sie es hoffte. Claudio hingegen war sich ganz sicher. Aurora selbst hatte ihm gesagt, was »danach« geschehen würde: Für kurze Zeit würde sie bei ihm bleiben, bis der Schmerz nachließe, und dann würde sie nach oben weiterziehen, um ihrer beider himmlisches Heim vorzubereiten, das jenem auf der Erde in allem gleichen würde. Dort würde sie ihn erwarten, zusammen mit ihren bereits verstorbenen Katzen und all den Menschen, die ihnen am meisten am Herzen gelegen hatten.

»Sie ist absolut überzeugt von dem, was sie sagt«, vertraute Claudio seiner Tochter an. »Du hättest sie an dem Abend sehen müssen. Ihre Augen haben gestrahlt wie die eines Kindes. Sie wollte mich davon überzeugen, dass das wahre Leben erst nach dem Tod beginnt. Was wir hier unten gelebt haben, meint sie, lässt sich mit den neun Monaten im Mutterleib vergleichen. Im Tod lösen wir uns von etwas, das wir kennen, und treten in eine völlig neue und unvorhersehbare Erfahrung ein, so wie es dem Fötus ergeht, wenn er auf die Welt kommt.«

Elettra hörte ihm zu, gerührt und belustigt zugleich.

»Das ist ein schönes Bild ...«

»Tröstlich, nicht wahr?«

Aurora schlief weiter neben ihnen. Ihr Atem ging regelmäßig, ihr Gesicht strahlte Gelassenheit aus.

Wenn diese vielversprechende Vorstellung sich als wahr erwies, dachte Elettra auf einmal, mit welcher Mutter würde sie dann in Ewigkeit leben? Mit Aurora oder mit der Frau, die sie auf die Welt gebracht und dann verlassen hatte?

An Pater Florences weihnachtlicher Tafel hatten sich etwa vierzig Gäste versammelt, die inzwischen wieder gegangen waren, die einen, um sich auszuruhen, die anderen, um ihr prekäres Leben auf der Straße fortzusetzen. Teller und Gläser standen noch auf den drei langen Resopaltischen, die für den festlichen Anlass mit roten Papiertischtüchern geschmückt worden waren; von der Decke hingen Girlanden mit dem Schriftzug »FROHE WEIHNACHTEN«.

Valerio Gargiulo hatte in seinem Leben noch nie so gut gegessen. Oder wenigstens kam es ihm so vor, als er mit dem Finger die letzten Krümel des Kuchens zusammenschob, den Violeta Amado gebacken hatte.

Was für eine merkwürdige, geheimnisvolle Frau diese Brasilianerin war. Sie wartete noch immer auf ein Urteil im Fall Ursula Cohen – ihre ehemalige Arbeitgeberin war vor drei Monaten am Molo Audace tot aufgefunden worden. Violeta Amado war wegen unterlassener Hilfeleistung und Falschaussage angeklagt worden. Aber das Gerichtsverfahren schien sie nicht gerade zu beunruhigen. Es war, als hätte sie mit dieser Geschichte und all dem Entsetzen und Leid, das damit einhergegangen war, schon abgeschlossen. Aus Violetas Augen sprach eine Intelligenz des Herzens, die sie in eine unmittelbar empathische Verbindung zu ihren Mitmenschen brachte. Auch wenn sie schon über vierzig war, hätte sie vielen Männern den Kopf verdrehen können, aber das schien sie nicht weiter zu interessieren. Nur wenn sie ein Kind oder einen Hilfsbedürftigen sah, ging ein Strahlen über ihr Gesicht.

Pater Florence kam wieder in den Raum, das Foto eines jungen Mannes in der Hand.

»Das hier ist der Enkel von Luka, der Kroatin, von der ich vorher sprach. Und dieses Foto aus dem Internet zeigt einen gewissen Radovan Jović. Er war damals um einiges jünger als jetzt. Aber die Tätowierungen könnten uns helfen.«

Valerio betrachtete die Bilder sorgfältig. Der »Henker des Balkans« war ein untersetzter Mann im Rambo-Look. Er hatte den Schädel völlig glatt rasiert und ein schwarzes Stirnband darumgeknotet. Der Bizeps beider Arme war vollständig mit Tattoos bedeckt. Auf der Brust fauchte ein Tiger mit weit aufgerissenem Maul, bereit zum Losspringen.

»Was für ein Prachtexemplar«, bemerkte Gargiulo.

»Anscheinend hat er den eigenen Bruder umgebracht, nur weil der seine Tochter verteidigen wollte.«

»Und dieser brave Bürger soll sich in unserer Stadt verstecken?«

»Nach dem, was Luka zu Violeta gesagt hat, ja. Und ihr Enkel sucht ihn, um ihn umzubringen. Wir müssen ihn vorher finden, sonst hat Jović bald noch jemanden auf dem Gewissen.«

Valerio wandte sich der Fotografie des jungen Mannes zu, die ihn beim Geigespielen zeigte. Er war spindeldürr und hatte dunkle Augen unter einer schwarzen Fransenfrisur. Er sah aus wie ein Roma. Das Auffälligste aber war, dass ein Bein deutlich kürzer zu sein schien als das andere.

Der Junge hatte ein Hinkebein.

Der Abend hatte sich über Santa Croce gesenkt, das nun völlig im Dunkeln lag; die Stromleitungen waren immer noch nicht instand gesetzt. Der abnehmende Mond funkelte auf dem Schnee und warf ein gespenstisches Licht über die gesamte Hochebene.

Ettore Benussi stand fröstelnd in der Küche und beobachtete verstohlen die Umrisse von Marko Marcovaz, der dabei war, Holzklötze auf einen alten Schubkarren zu laden, der vor seinem Geräteschuppen stand. Der spärliche Vorrat an Brennholz, den Benussi selbst im Haus gehabt hatte, war seit Stunden verbraucht, und er wusste nicht, wie sie jetzt noch heizen sollten.

»Schau mal, Livia, da könnte uns jemand etwas Brennholz überlassen. Geh mal bitte rüber und frag ihn.«

»Den Typ? Spinnst du?«

»Wenn wir nichts finden, was man verbrennen kann, dann fallen wir heute Nacht in den Winterschlaf. Los! Beeil dich!«

»Und warum gehst du nicht selbst, wenn ich fragen darf?«

»Weil ich auf dem Eis ausrutschen und mich noch mehr verletzen könnte. Siehst du nicht, wie schwer ich mich beim Gehen tue? Ich begleite dich zur Tür und leuchte dir mit der Taschenlampe. Komm, mach schnell, er geht schon wieder ins Haus.«

Livia blieb keine große Wahl. Auch sie hatte keine Idee, wie sie sich sonst warm halten sollten. Also nahm sie ihren Mut zusammen, kuschelte sich noch enger in die Daunenjacke, die sie seit dem Vorabend trug, und trat ins Mondlicht hinaus. Ihr Vater blieb in der Tür stehen, eine Taschenlampe in der Hand.

Der Lichtstrahl traf den krummen Rücken von Marcovaz, der erschrocken herumfuhr.

»Wer da?«

»Entschuldigung«, sagte Livia so freundlich und vertrauenerweckend, wie sie nur konnte. »Ich bin die Tochter Ihres Nachbarn, Commissario Benussi ...«

»Was willst du?«, fragte der Alte brüsk.

»Wir bräuchten etwas Brennholz für den Kamin, wenn das möglich wäre ...«

»Bedien dich ruhig.«

Livia war verblüfft. »Meinen Sie wirklich?«

»Klar. Hier ist mehr als genug. Wenn du einen Moment wartest, packe ich mit an. Ich bringe nur rasch die Fuhre rein. Bin gleich wieder da ...«

»Danke sehr«, sagte Livia erleichtert. Wer hätte gedacht, dass dieser Brummbär von einem Nachbarn so entgegenkommend sein könnte? Auch Ettore, der vorsichtshalber auf der Schwelle gewartet hatte, war erstaunt. Vielleicht hatte Carla ja recht, und man sollte nicht immer nach dem Anschein urteilen.

Ein paar Minuten später stand Marcovaz mit einer Schubkarre voller Brennholz vor der Tür.

»Wo soll das hin?«

»Machen Sie sich keine Mühe, das übernimmt meine Tochter«, sagte Ettore bedächtig und winkte Livia, das Holz hereinzubringen.

»Ist keine Mühe.«

Ohne eine weitere Antwort abzuwarten, machte sich Marcovaz daran, das Brennholz in den Korb neben dem Kamin zu laden.

Ettore nutzte die Gelegenheit, ihn sich genauer anzusehen. Er wirkte irgendwie verändert. Woran lag das? Die dichten weißen Haare waren nach hinten gekämmt, und auch der Bart schien gestutzt worden zu sein. Er trug noch immer die üblichen abgewetzten Lederstiefel, aber unter der Militärjacke lugte anstelle des ausgeleierten Overalls eine helle Samthose hervor. Auch der Schal, den er um den Hals gewickelt hatte, wirkte neu. Vielleicht hatte er zu Weihnachten Besuch gehabt.

»Wirklich vielen Dank, Sie haben uns gerettet«, sagte Livia, deren Lebensgeister bereits zurückkehrten. »Wollen Sie vielleicht bleiben und einen Happen mit uns essen?«

Ettore warf ihr einen scharfen Blick zu. Was dachte sie sich dabei?

Doch Marcovaz half ihr aus der Verlegenheit, indem er den Kopf schüttelte.

»Danke, aber meine Katze kann jeden Augenblick werfen, und da möchte ich bei ihr sein.«

Ettore starrte ihn entgeistert an. Marko Marcovaz hatte eine Katze? Wie konnte ein Mensch, der Tiere aller Art zu hassen schien und zum Gewehr griff, sobald eines in die Nähe seines Hauses kam – wie konnte der sich Sorgen machen um eine schwangere Katze?

Da stimmte doch etwas nicht.

»Echt nett!«, bemerkte Livia, als Marcovaz gegangen

war. »Mama hat recht gehabt, das ist nur ein armer Kerl, der sich einsam fühlt …«

»Mama hat mit dir über ihn geredet? Warum denn das?«, fragte Ettore misstrauisch.

»Sie hat bloß gemeint, dass du überall Feinde siehst und dass du mal wieder übertreiben würdest.«

»Der Kerl ist wirklich kein angenehmer Zeitgenosse, das darfst du mir glauben. Morgens weckt er mich mit seinem Rumgeballer, und nachmittags stört er meine Siesta mit der Motorsäge. Er beschimpft den Postboten, weil er es wagt, ihm ein Schreiben von der Bußgeldstelle zu bringen, und wehe, jemand parkt vor seinem Mäuerchen.«

»Dann ist er halt ein unangenehmer Typ. Du, lieber Papa, bist übrigens auch nicht viel besser. Dir reicht ja schon der kleinste Anlass, um herumzuschreien.«

»Ich schreie nicht herum, ich drücke mich deutlich aus. Und wenn ich das tue, dann habe ich gute Gründe dazu.«

»Die hat er sicher auch, meinst du nicht? Vielleicht hat er seine Frau oder seine Kinder bei einem Unfall verloren …«

»Ja, ja, und vielleicht hat ihm, als er klein war, der böse Wolf die Schmusekatze weggefressen. Und deshalb kann er jetzt niemanden leiden!«

»Ich finde das so blöd, wenn du solches Zeug sagst. Immer hältst du dich für was Besseres.«

Ettore sah zu, wie seine Tochter sich vor den Kamin hockte und versuchte, das Feuer wieder in Gang zu bringen. Er bereute seine zynische Bemerkung schon wieder.

»Tut mir leid, du hast recht. Deine Mutter wirft mir das auch immer vor.«

»Schon gut. Hilf mir mal lieber. Ich brauche eine Zeitung …«

Benussi sah sich um und schüttelte dann den Kopf.

»Keine da. Wenn du magst, leihe ich dir das iPad ...«

Livia verlor die Geduld. »Ich brauche sie doch nicht zum Lesen, ich will Feuer machen ... Das funktioniert einfach nicht!«

Ihr Vater humpelte zu ihr und setzte sich auf den Hocker am Kamin.

»Lass mich mal machen. Ich war bei den Pfadfindern.«

Später beim Essen entspannte sich die Stimmung zwischen den beiden. Mithilfe des Feuers, der brennenden Kerzen auf dem Tisch und zweier Flaschen Wein, die Ettore zusammen mit seiner Tochter leerte, schlug die Anspannung in Vertraulichkeit um, und zum ersten Mal sprachen Vater und Tochter ganz offenherzig miteinander. Dazu vertilgten sie eine ganze Auflaufform mit Stockfisch in Weißweinsauce, gefolgt von drei Portionen der köstlichen *prekmurska gibanica*, einem Blätterteiggebäck mit vier Schichten, das Alenka für sie vorbereitet hatte.

Livia erzählte ihm von ihrem Exfreund Giò. Dass sie immer seltener an ihn dachte, bereitete ihr ein schlechtes Gewissen. Sie hatte das Gefühl, sich bei ihm melden zu sollen, wusste aber nicht, was sie ihm dann sagen sollte.

»Das ist so komisch, erst ist jemand total wichtig für einen, und dann ist er auf einmal wie ein Unbekannter.«

Ettore hörte ihr gebannt zu, verblüfft von der Reife und Klugheit seiner Tochter. Carla hatte recht, wenn sie Livia als nachdenkliche und intelligente junge Frau bezeichnete. Er selbst hatte sie immer ziemlich anstrengend und unreif gefunden. Da lag er offensichtlich falsch.

Ermutigt durch den Wein und den aufmerksamen, teilnahmsvollen Blick des Vaters, erzählte Livia ihm von dem Mobbing, dem sie im Internet ausgesetzt war. Und schließlich erwähnte sie auch das Video von dem Fest. Ein Video, das leider auch Carla gesehen hatte, sie hatte deswegen geweint.

»Was für ein Video ist das?«, fragte Ettore, dem der Alkohol zu Kopf gestiegen war und der nicht mehr ganz klar denken konnte. Livia wich der Frage aus und deutete nur an, dass es um heimlich geknipste Fotos gehe und üble Kommentare, die sie tief verletzt hätten. Ettore begriff nicht recht, was seine Tochter ihm da zu sagen versuchte. Er hörte inzwischen nur noch zerstreut zu und wiegte sich in dem friedlichen Gefühl, das die Kerzen, der Wein, das Festessen und Livias gedämpfte Stimme in ihm auslösten.

Noch nie waren sie einander so nahe gewesen. Er war davon ganz gerührt und fühlte sich entschädigt für die Jahre, in denen gegenseitiges Misstrauen und Unverständnis zwischen ihnen geherrscht hatten.

Da fragte Livia ihn nach den Großeltern, die sie nicht kennengelernt hatte.

»Ach, weißt du, so genau erinnere ich mich auch nicht an sie. Als meine Mutter starb, war ich zehn Jahre alt.«

»Deine Mutter ... du hast mir nie von ihr erzählt. Mama schon, aber auch bloß andeutungsweise. Magst du jetzt?«

Ettore musterte seine Tochter. Er war sich unsicher, was er sagen sollte.

»Was hat deine Mutter dir denn erzählt?«

»Dass es einen Unfall gegeben hat.«

»Ja, in gewisser Weise stimmt das. Meine Eltern hatten Streit, wie immer. Sie haben sich nie besonders gut verstanden. Aber an dem Abend war der Streit heftiger als sonst, und meine Mutter verlor irgendwie das Gleichgewicht und stürzte, und da hat sie sich den Kopf am Kaminsims angeschlagen. Ich bin erschrocken hingerannt. Mein Vater stand über sie gebeugt. Er hat geweint und versucht, sie wiederzubeleben, aber da war nichts mehr zu machen. Die Autopsie hat bestätigt, dass es ein Unfall war, aber er kam nicht darüber hinweg. Er fühlte sich trotz allem schuldig. Kurze Zeit später hat er sich umgebracht, ohne einen Abschiedsbrief zu hinterlassen.«

»Was für eine schreckliche Geschichte. Du Ärmster«, sagte Livia und fasste ihn bei der Hand.

»Es war wirklich schrecklich. Es ist, als wäre ich aufgewachsen wie ein Baum, der innen hohl ist. Irgendwie bin ich nie so richtig herausgekommen aus diesem Zimmer ...«

Livia musterte ihn mit ungewohnter Zärtlichkeit, als sähe sie ihn zum ersten Mal. Dann drückte sie fest seine Hand.

»Hast du irgendwo ein Foto von den Großeltern?«

»Leider nein. Meine Tante wollte nicht, dass ich mich an diesen Abend erinnere, und hat alle Fotos verschwinden lassen.«

»Dazu hatte sie nicht das Recht.«

»Ich weiß, aber so war sie nun einmal.«

»Sie ist auch tot, oder?«

»Ja, sie war im Altenheim. Und ehrlich gesagt, habe ich sie nicht sehr oft besucht.«

»Kein Wunder.«

Livia stand auf, schob die Reste auf einen Teller und wandte sich zur Tür.

»Wo gehst du hin?«

»Ich bringe dem Nachbarn ein paar Happen, dem armen Kerl ...«

»Warum denn das? Lass das lieber bleiben.«

Aber der Kommissar war zu betrunken, um sie aufzuhalten. Er ließ den Kopf auf den Tisch sinken, während sich vor seinen Augen Bilder zu drehen begannen, von

Carla, von Livia als Kind, von seiner toten Mutter und der ungeliebten Tante.

Bald darauf kam Livia mit dem leeren Teller zurück, lächelnd und auf unsicheren Beinen.

»Er hat wirklich eine Katze. Ich habe sie hinter der Tür maunzen hören.«

Valerio Gargiulo konnte es kaum erwarten, Elettra von dem Jungen mit dem Hinkebein zu erzählen, den er auf dem Foto gesehen hatte. Doch als er sie am Morgen des 26. Dezember anrief, ging ihr Vater ans Telefon. Er sagte, die Lage sei kritisch, und sie könne im Moment nicht an den Apparat kommen.

Der Inspektor begriff, dass Auroras Zustand sich weiter verschlechtert haben musste, und hakte nicht weiter nach.

Stattdessen beschloss er, nach Santa Croce zu fahren und Livia das Foto zu zeigen. Wenn der Enkel der Kroatin und der Roma mit dem Hinkebein, der vor dem Supermarkt mit ihrer Mutter gesprochen hatte, ein und dieselbe Person waren, dann gab das den Ermittlungen eine andere Richtung. Und das verhalf dem jungen Inspektor aus Neapel zu neuem Schwung, auch weil der Fall ansonsten an einem toten Punkt war. Ihnen gingen die Verdächtigen aus: Pietro Zorn war von seinem Kollegen aus dem Hafen entlastet worden, der Vater von Ondina Brusaferro war ebenfalls aus dem Schneider, und am Vorabend hatten die Kollegen aus Tarvisio schließlich das Alibi von Ivan Nonis bestätigt.

Am Nachmittag zuvor hatte Valerio bei der Vernehmung selbst feststellen können, dass der Junge nur ein verzogener kleiner Mistkerl war, dessen Mobbingversuche dem Zeitgeist folgten. Eine Angebetete hatte seine Liebe nicht erwidert, und da hatte er sich rächen wollen. Also hatte er, wie so viele seinesgleichen, eine Reihe peinlicher Bilder der Schönen ins Netz gestellt – es handelte sich um keine andere als um Livia. Er wollte um sie herum verbrannte Erde hinterlassen.

Valerio Gargiulo klopfte mehrfach an die Tür von Kommissar Benussis Haus in Santa Croce, etwas besorgt, weil seit Stunden niemand ans Telefon ging und das Handy immer ausgeschaltet war. Auch die Klingel schien nicht zu funktionieren.

Livia öffnete die Tür. Als sie ihn sah, begann sie zu strahlen.

»Endlich ist jemand da, um uns zu retten. Können Sie mich in die Stadt mitnehmen?«

Hinter ihr erschien Benussi mit Dreitagebart und müdem Gesicht.

»Ah, Sie sind's, Neapolitaner! Neuigkeiten wegen meiner Frau?«

»Wir haben ein paar neue Hinweise, deshalb bin ich ...«

»Dann kommen Sie rein! Die Jacke lassen Sie besser an, es ist eiskalt hier drinnen. Wir haben seit zwei Tagen keinen Strom.«

»Soll ich Sie nach Triest fahren?«

»Auf jeden Fall! Ich habe heute Vormittag versucht, Sie anzurufen, aber unsere Handys hatten keinen Akku mehr. Ich dachte, ich drehe durch. Warten Sie einen Moment, ich hole nur oben ein paar Sachen und komme dann runter.«

Während der Kommissar auf der Treppe verschwand, suchte Livia ihre Siebensachen zusammen. Sie steckte ihren neuen Computer in die Schutzhülle, sammelte das Handy und ein paar herumliegende Hefte ein und stopfte alles in eine Tasche.

»Gibt's was Neues wegen meiner Mutter?«

»Wir arbeiten daran …«

»Das heißt, Sie haben immer noch nichts rausgefunden.«

»Das ist nicht so einfach, Livia, glaub mir …«

»Wissen Sie jetzt wenigstens, welcher Volldepp das Video hochgeladen hat? Vielleicht steckt ja der hinter dieser Geschichte.«

Valerio wurde hellhörig. Warum sagte die junge Frau so etwas? Sie wusste doch gar nichts von der Identität von Oliver Mellors.

»Warum sagst du das?«

»Wie, warum? Meine Mutter war total sauer, als sie das Video gesehen hat. Vielleicht ist sie ja zu ihm gegangen, und er hat sie verschwinden lassen.«

»Wer, er?«

»Na, wer auch immer hinter dem falschen Namen steckt.«

»Aber wenn deine Mutter nicht wusste, wer das ist, wie sollte sie ihn dann finden?«

»Sie wird ihm halt draufgekommen sein …«

»Wie, glaubst du, hat sie das angestellt?«

»Weiß ich doch nicht. Das müsst schon ihr rausfinden, ich bin doch nicht die Polizei.«

Valerio warf ihr einen argwöhnischen Blick zu. Was Livia da redete, ergab keinen Sinn. Und wenn sie doch wusste, wer »Oliver Mellors« war?

»Du weißt Bescheid, oder?«

»Wie, Bescheid?«

»Du weißt, wer das Video hochgeladen hat.«

Die junge Frau wurde knallrot im Gesicht und wandte den Blick ab.

»Nein, woher denn?«

»Du hast noch nicht einmal einen Verdacht?«

»Also, es gibt Dutzende solche frustrierte Spinner, die andere nur so zum Spaß fertigmachen ...«

»Solche wie Ivan Nonis, was?«

»Das habe ich nicht gesagt.«

»Manchmal geht es auch ohne Worte. Seit wann wusstest du davon?«

»Tu ich doch gar nicht«, rief Livia gereizt. »Ich weiß überhaupt nichts! Das war nur so eine Vermutung.«

»Die hättest du uns mitteilen müssen.«

»Na, wenn keiner danach fragt ...«

Inspektor Gargiulo durchbohrte sie mit seinem Blick. »Ist dir klar, dass uns das mindestens zwei Tage gekostet hat?«

Livia wurde abermals rot. Sie fuhr sich durchs Haar.

»Ich dachte, es wäre nicht so wichtig.«

Valerio zwang sich zur Ruhe, aber sein Ton wurde schneidend. »Erst sagst du, du hättest Nonis im Verdacht gehabt, und dann behauptest du, du hättest das nicht für wichtig gehalten. Entweder – oder, Livia. Entscheide dich.«

»Seien Sie doch nicht so aggressiv. Mir geht's schon schlecht genug.«

»Warum wolltest du nicht, dass dein Vater das Video sieht?«

»Ist das nicht klar?«

»Mir ist nur eines klar, nämlich dass du etwas vor uns geheim hältst. Vielleicht wird es Zeit, die Sache dem Commissario vorzulegen.«

Livia bekam allmählich Angst. So hatte Inspektor Gargiulo noch nie mit ihr geredet. Im Gegenteil, er war sonst immer zurückhaltend und nett. Sie musste ihn um jeden Preis daran hindern, mit ihrem Vater zu sprechen.

»Bist du so weit, Livia?« Benussi kam die Treppe heruntergehumpelt, eine Reisetasche in der Hand.

»Ja, bin ich.«

Die junge Frau drehte sich zu Gargiulo und legte einen Finger auf die Lippen. Der Inspektor ging nicht darauf ein, sondern beeilte sich, seinem Vorgesetzten die Tasche abzunehmen.

»Dann spannen Sie mich nicht auf die Folter. Was haben Sie herausgefunden?«, fragte Benussi, während er die Tür hinter sich zuzog.

Gargiulo zog eine Plastikhülle aus der Tasche. »Ich wollte Ihrer Tochter dieses Foto zeigen …«

Livia wurde blass. Was denn für ein Foto? Etwa eines aus dem verdammten Video?

»Hast du diesen Jungen schon mal gesehen?« Gargiulo hielt ihr das Bild unter die Nase, das den Enkel der Kroatin zeigte.

Das Blut kehrte in Livias Gesicht zurück.

»Der Zigeuner mit dem Hinkebein!«

»Bist du sicher?«

»Hundertprozentig. Das ist er, auf jeden Fall!«

Der Kommissar trat näher, um sich das Gesicht des jungen Mannes genauer anzusehen.

»Ist er schon in Gewahrsam?«

»Leider nein.«

»Und woher haben Sie das Foto?«

»Das ist eine lange Geschichte. Steigen Sie ein, ich erzähle sie Ihnen auf dem Weg.«

16 Martin Panić hatte in Erfahrung gebracht, dass sich die ehemaligen »Wochenend-Scharfschützen« gelegentlich in einem Imbisslokal in Servola trafen, das vor allem von Arbeitern aus dem nahen Eisenwerk frequentiert wurde.

Pater Florence und sein Schriftstellerfreund beschlossen, an Ort und Stelle ihr Glück zu versuchen; vielleicht konnten sie dort etwas mehr herausfinden. Das Lokal erwies sich als dunkler, wenig anheimelnder Raum. Auf einem langen Holztresen standen die Tagesgerichte aufgereiht in einer Glasvitrine.

Am zweiten Weihnachtsfeiertag war in der Kneipe nicht viel los. Der mutmaßliche Wirt war hinter der Kasse eingenickt, eingehüllt von der Warmluft eines schwenkbaren Halogen-Heizlüfters.

Als er das Glöckchen am Eingang bimmeln hörte, schlug der hagere, sehnige Mann die Augen auf und räusperte sich. Martin Panić und Pater Florence traten an den Tresen und bestellten zwei Cappuccinos. Dann sahen sie sich vorsichtig um.

Eine blonde Kellnerin kam mit einer Auflaufform mit frischer Pasta al forno aus der Küche und stellte sie in die Vitrine, neben gelblich verfärbte Stockfischfilets und

Hackfleischbällchen mit Soße. Anschließend ging sie daran, Tassen und Gläser zu spülen.

»Wünschen Sie noch etwas?«, fragte der Wirt, den die Blicke der Gäste sichtlich nervös machten.

»Möglicherweise können Sie mir helfen«, sagte der Geistliche freundlich. »Mein Name ist Pater Florence, ich leite ein Offenes Haus für Bedürftige in Triest. Vielleicht haben Sie schon davon gehört ...«

Den hageren Wirt schien das zu beruhigen, und er antwortete mit einem Lächeln: »Ja, sicher. Worum geht's?«

»Also, wir suchen einen dünnen jungen Mann, der beim Gehen ein Bein nachzieht. Er hat uns unangekündigt verlassen und müsste eigentlich Medikamente nehmen.«

»Und Sie glauben, dass er hierhergekommen ist?«

»Nein, wir fragen in allen möglichen Lokalen nach ihm. Und so sind wir halt auch bei Ihnen gelandet ...«

Martin Panić zog Igors Foto hervor und zeigte es dem Wirt. Der Mann nahm es in die Hand, besah es sich und schüttelte den Kopf.

»Noch nie gesehen, tut mir leid.«

»Der Junge sucht nach seinem Großvater. Er hat ihn nie kennengelernt, weil der Großvater nach Italien emigriert ist, als er noch klein war. Aber die Mutter hat immer darauf gewartet, dass er zurückkommt, und sie würde ihn so gerne wiedersehen, bevor er stirbt ...«

»Tja, und was soll ich da machen?«

»Vielleicht kennen Sie den Großvater. Er wohnt hier in der Gegend, vielleicht ist er ja manchmal hier.«

Martin Panić zog ein Foto von Radovan Jović hervor, das Pitacco auf dem Computer nach allen Regeln der Kunst bearbeitet hatte. Er war darauf zwanzig Jahre gealtert und trug unauffällige Arbeitskleidung, unter der seine Tätowierungen verborgen waren. So wirkte er wie ein ehrbarer Rentner.

Der Wirt des Imbisslokals sah sich das Bild sorgfältig an, bevor er erneut die Besucher musterte. Sein Lächeln war erloschen, und auch von der leutseligen Attitüde war nichts geblieben.

»Den habe ich auch noch nie gesehen, tut mir leid. Wenn Sie mich jetzt entschuldigen, ich muss ein paar Kisten ausladen.«

Damit verschwand er im hinteren Bereich des Lokals.

»Wir müssten noch zahlen!«, rief Pater Florence ihm hinterher.

»Donela, kassier mal!«, antwortete der Mann aus dem Nebenraum.

Die blonde Kellnerin ging zur Kasse.

»Zwei Cappuccinos? Macht zwei Euro vierzig, bitte.«

Pater Florence zückte den Geldbeutel, aber Panić hielt ihn zurück. »Das übernehme ich.«

Während er einen Schein hervorzog, sah die junge Frau sich mehrmals nervös nach dem Wirt um.

»Warten Sie draußen auf mich«, wisperte sie schließlich, als sie Panić das Wechselgeld gab.

Draußen wandte Panić sich leise an den Geistlichen: »Hast du gesehen, was der Bursche für ein Gesicht gemacht hat? Der kennt Jović, garantiert!«

»Komm, gehen wir lieber ein paar Schritte weiter. Nicht, dass die junge Frau in Schwierigkeiten gerät.«

Wenige Minuten später kam die Blondine aus der Tür, einen Schal um den Kopf drapiert, und bedeutete ihnen, ihr zu folgen. Sie führte sie in ein leer stehendes Lager auf der Rückseite des Lokals.

Als sie sich vergewissert hatte, dass sie von niemandem

gesehen worden waren, nahm sie den Schal ab und musterte Panić und Pater Florence angespannt. »Sie suchen einen Jungen, der hinkt, ja? Kann ich mal das Foto sehen?«

Panić zog es aus der Tasche und zeigte es ihr. Die Blonde stieß einen Seufzer aus, als sie es zurückgab. »Der Chef hat gelogen. Dieser Junge war hier.«

»Wann?«

»Zweimal. Erst vor Weihnachten und dann noch mal heute Morgen.«

»Haben Sie sich mit ihm unterhalten?«

»Ja, er hat mir dasselbe gesagt wie Sie. Also, dass er seinen Großvater sucht. Armer Kerl. Er war ganz außer sich. Ich weiß nicht, warum der Chef nicht die Wahrheit sagen wollte.«

Martin Panić entschloss sich, ihr auch das andere Foto zu zeigen, das von Radovan Jović. Aber die junge Frau schüttelte den Kopf.

»Nein, den kenne ich nicht.«

»Seit wann arbeiten Sie hier?«

»Seit drei Monaten.«

Martin Panić und Pater Florence wechselten einen Blick. Möglicherweise hatte sie ihn nicht gesehen, oder sie erkannte ihn nicht wieder – schließlich war das Foto manipuliert –, aber ihr Arbeitgeber kannte ihn ganz sicher.

»Wie ist Ihr Chef denn so?«

»Immer schlecht gelaunt.«

»Gibt es Stammgäste, die Sie öfter hier sehen?«

»Es kommen so viele Leute, keine Ahnung.«

»Oder sagen wir mal, keine Kunden, eher Freunde.«

»Es gibt zwei ältere Männer, die kommen immer, kurz bevor ich Feierabend mache. Gegen acht.«

»Italiener?«

»Sie sprechen Italienisch, aber mit einem komischen Akzent.«

Das konnten Serben sein. Martin Panić warf Pater Florence einen schnellen Blick zu, und der lächelte.

»Danke. Wie heißen Sie eigentlich?«

»Donela.«

»Danke, Donela. Falls Sie den Jungen noch einmal sehen sollten, rufen Sie mich bitte an. Es ist sehr wichtig«, sagte der Geistliche. Er riss eine Seite aus dem kleinen Notizbuch, das er immer bei sich führte, und notierte darauf seine Nummer.

Die junge Frau nickte und entfernte sich mit eiligen Schritten.

»Das war eine glückliche Fügung!«, rief Panić aufgeregt.

»Jetzt müssen wir nur noch dem Inspektor Bescheid sagen, damit er umgehend das Telefon des Wirts abhören lässt«, schloss Pater Florence. »Bestimmt versucht der Bursche, Kontakt mit Jović aufzunehmen und ihn zu warnen, dass ihm jemand auf den Fersen ist.«

»Die herzzerreißende Geschichte mit dem Großvater hat er uns keinen Augenblick lang abgenommen«, stimmte Panić zu.

»Meine Mutter ist von uns gegangen.«

Valerio konnte Elettras schwache Stimme kaum hören. Er stand da, das Handy am Ohr, und spürte, wie sein Herz schneller schlug.

»Das tut mir sehr leid, Elettra. Ich komme zu dir, sobald ich kann.«

Der Inspektor hatte gerade die Wohnung des Kommissars an der Salita Promontorio verlassen und war unterwegs zu Pater Florence, der wichtige Neuigkeiten angekündigt hatte. Der Geistliche hatte ihn soeben angerufen.

»Mach dir meinetwegen keine Sorgen«, beruhigte ihn Elettra. »Es geht mir gut.«

»Wann ist es denn passiert?«

»Vor einer Viertelstunde. Sie ist einfach eingeschlafen.«

Valerio hätte am liebsten alles stehen und liegen lassen, um zu ihr zu eilen und sie in den Arm zu nehmen. Aber er musste in der Stadt bleiben.

»Und wie läuft es bei dir? Hast du was rausgefunden?«, fragte Elettra.

Gargiulo erzählte ihr kurz, was es Neues gab. Elettra hörte aufmerksam zu. Sie erinnerte sich gut an die Kroatin. Vor ein paar Tagen war sie ja bei Pater Florence gewesen, um Luka wegen des Angriffs zu vernehmen, dem sie zum Opfer gefallen war. Elettra hatte eigentlich vorgehabt, am selben Nachmittag noch einmal hinzufahren. Doch dann hatten die Ereignisse eine andere Wendung genommen. Sie riet Valerio, das Foto des jungen Mannes im *Piccolo* veröffentlichen zu lassen.

»Vielleicht meldet sich jemand, bei dem er untergekommen ist oder der ihn irgendwo gesehen hat.«

»Du hast recht. Ich kümmere mich darum.«

»Aber sprich erst mal mit dem Kommissar. Wir dürfen ihn nicht außen vor lassen.«

Natürlich! Das hätte ihm auch selbst einfallen können. Elettra überraschte ihn immer wieder. Selbst in diesem Moment der Trauer erteilte sie ihm eine Lektion in Professionalität. Und Rücksichtnahme.

Als Valerio Gargiulo auflegte, war er unruhig und aufgewühlt. Die Last der Ermittlungen ruhte nun ganz auf ihm, und die Angst, Fehler zu begehen, saß ihm im Nacken. Elettra war der Kopf in ihrem Team, er selbst sah sich als ausführende Kraft. Aber jetzt fehlte ihm dieser Kopf.

Und noch einiges mehr.

Was Kommissar Benussi anging, war alles glattgegangen. Der Inspektor hatte ihm auf der Fahrt in die Stadt von den Alibis berichtet, die Carlas Patienten vorgebracht hatten. Und er hatte ihm von der Kroatin erzählt, von ihrem Enkel und dem »Henker des Balkans«, der sich irgendwo in Triest versteckte, zweifellos unter falschem Namen.

Livia und das Video hatte er hingegen unerwähnt gelassen – die neue Spur zu dem hinkenden Jungen erforderte jetzt ihre gesamte Aufmerksamkeit. Um die Tochter des Kommissars, die ihn im Rückspiegel misstrauisch ansah, konnte er sich später kümmern, vielleicht mit Elettras Hilfe. Inzwischen stand fest, dass Nonis nichts mit der Entführung Carla Benussis zu tun hatte. Was auch immer Livia vor ihnen verbarg, es betraf den Fall ganz offensichtlich nicht.

Als sie an der Salita Promontorio ausstiegen, schärfte Kommissar Benussi Gargiulo ein, weiter nach dem schwer greifbaren Jungen mit dem Hinkebein zu suchen. Alles andere sei jetzt nicht so wichtig.

Der Inspektor versicherte ihm, dass er das tun werde. In diesem Moment kam der Anruf von Pater Florence, und kurz darauf meldete sich Elettra mit der Nachricht vom Tod ihrer Mutter. So wie es hier zuging, wären auch weitaus erfahrenere Polizisten ins Schwitzen gekommen.

Er beschloss, sich mit einer schönen Cremeschnitte zu stärken, bevor er zur Zeitung fuhr und dann zu Pater Florence. Den Kommissar konnte er vom Café aus informieren. Über die Sprechanlage wollte er nicht mit ihm reden.

Elettra konnte die Augen nicht von ihrer Mutter abwenden. Sie so gelöst, fast lächelnd auf dem Bett liegen zu sehen, verschaffte ihr einen inneren Frieden, den sie vorher nicht für möglich gehalten hätte. Vielleicht hatte Aurora wirklich recht, und der Tod war nicht mehr als ein Anfang. Vielleicht schwebte gerade jetzt ihre Seele über ihnen, endlich vom Schmerz befreit, und versuchte, der Tochter ein wenig von der Ruhe zu vermitteln, die sie selbst empfand.

»Das wäre schön, Mama, wenn das wirklich stimmen würde«, flüsterte sie unwillkürlich, während sie Aurora über die blasse, bereits erkaltete Stirn strich.

Unterdessen empfing Claudio die Ersten, die von der Nachricht erfahren und sich gleich auf den Weg gemacht hatten. Verwandte, Nachbarn, Freunde. Elettra war nicht in der Stimmung, irgendjemand zu sehen, und so schlüpfte sie, als die Stimmen näher kamen, rasch in ihr ehemaliges Kinderzimmer.

Sie wusste, dass es nicht in Ordnung war, ihren Vater alleine zu lassen. Aber sie fühlte sich völlig außerstande, die Beileidsbekundungen über sich ergehen zu lassen. Was die Trauergäste sagten, waren keine unaufrichtigen Floskeln, das wusste sie – Aurora hatte die Gabe besessen, andere für sich einzunehmen –, und doch gab es Situationen, in denen Worte einfach überflüssig waren.

Dies war eine davon.

Elettra streckte sich auf dem schmalen Bett aus, in das sie sich als Kind gekuschelt hatte, um zu weinen, auf dem sie ihre pubertären Wutanfälle durchlitten und sich als Jugendliche den Kopf über alles Mögliche zerbrochen hatte. In all diesen Phasen war Aurora an ihrer Seite gewesen, geduldig und verständnisvoll, aufmerksam und teilnehmend. In den ersten Monaten war die kleine Elettra zu ihren Adoptiveltern unausstehlich gewesen. Doch Aurora hatte es mit ihrer gelassenen Freude verstanden, sie Tag für Tag mehr für sich zu gewinnen, ohne ihr etwas aufzudrängen. Und Tag für Tag war Elettras Vertrauen gewachsen, um sich schließlich in tiefe Zuneigung zu verwandeln.

Wer weiß, ob ihre leibliche Mutter so viel Geduld aufgebracht hätte wie Aurora, ging Elettra durch den Sinn. Wo war dieses junge Mädchen eigentlich jetzt, das sich vor siebenundzwanzig Jahren genötigt gesehen hatte, sie in einem Schwesternheim zurückzulassen?

Die Wissbegierde, die Elettra bis zu diesem Tag aus Respekt vor Aurora und Claudio unterdrückt hatte, kam nun machtvoll in ihr hoch. Nach den Berechnungen, die sie angestellt hatte, musste ihre biologische Mutter noch im Vollbesitz ihrer körperlichen und geistigen Kräfte sein – sie schätzte sie auf etwa fünfundvierzig. Sie nahm sich vor, bald den Dachboden zu durchforsten, wo ihre Eltern die Adoptionsunterlagen aufbewahrt haben mussten.

Der Augenblick war gekommen, sich dem schwarzen Loch in ihrer Biografie zuzuwenden.

Als Valerio nach neun Uhr abends eintraf, blass und müde, umarmte Elettra ihn lange, ohne zu sprechen und ohne zu weinen. Der junge Inspektor hielt sie an sich gedrückt, den Duft ihres Haars in sich aufnehmend.

Auroras Leichnam war vom Bestattungsunternehmer abgeholt worden, und die Besucher waren gegangen. Nur noch Claudio war da, er saß schon seit Stunden vor dem brennenden Kamin. Seine Augen waren feucht, die Haare zerzaust, aber aus seinem Blick sprach Gelassenheit. Er hielt ein Foto von Aurora in den Händen und sprach leise mit ihr.

Valerio berührte das sehr. Er spürte in diesem stummen Dialog einen tiefen Glauben an ein Leben nach dem Tod.

Claudio sah nur kurz auf, als er ihn eintreten sah, und murmelte: »Danke, dass Sie gekommen sind.« Dann strich er wieder sanft über das Foto seiner Frau.

Valerio blieb für einen Moment schweigend hinter ihm stehen, dann fasste Elettra ihn bei der Hand.

»Komm, wir gehen mal in die Küche und machen etwas zum Abendessen.«

Gargiulo folgte ihr. Elettra war blass und unfrisiert. Sie trug einen schlichten blauen Trainingsanzug und Sportschuhe. Ganz sicher hatte auch sie in der letzten Nacht nicht viel geschlafen.

»Wie geht es dir?«, fragte Valerio und musterte sie besorgt.

»Ich hab's mir, ehrlich gesagt, schlimmer vorgestellt. Aber vielleicht ist es noch zu früh ...«

»Du bist blass.«

Elettra fing an zu lachen. Wenn sie blass aussah, dann war er geradezu totenbleich.

»Du müsstest dich mal sehen!«

Elettra nahm zwei Auflaufformen aus dem Ofen und zog die Alufolie ab.

»Die Nachbarin hat uns einen Nudelauflauf und Schweinerücken gebracht. Wie wär's mit einem Happen?«

Gargiulos ausgehungerte Augen leuchteten kurz auf. Dann besann er sich und gab sich gleichgültig.

»Vielleicht einen kleinen Bissen ...«

»Du Heuchler!«

»Na gut, wenn ihr mir Gesellschaft leistet ...«

»Dann nimm mal Teller und Gläser aus der Spülmaschine, ich hole die Tischdecke.«

Valerio freute sich über die Vertrautheit, die allmählich zwischen ihnen aufkam. Und er war froh, dass sie unter sich waren. Schüchtern, wie er war, hätte er sich unter den

Blicken von Unbekannten, die sich fragten, welche Rolle er in Elettras Leben spielte, nicht wohlgefühlt.

Zumal diese Rolle zu seinem eigenen großen Bedauern weiter unbestimmt blieb.

Als auch Claudio zum Abendessen in die Küche kam, erreichte Valerios Glück seinen Höhepunkt. Er empfand es als Auszeichnung, einen so besonderen Moment teilen zu dürfen, so kurz nach dem Tod einer nahen Angehörigen. Es war, als gehörte auch er zur Familie.

Elettras Vater setzte sich geistesabwesend an den Tisch, versunken in seine Gedanken, und die Tochter zog es vor, ihn nicht zu stören. Sie gab ihm eine ordentliche Portion von dem Nudelauflauf und ein Glas Wein, bediente dann auch Valerio und brachte die Rede auf etwas Unverfängliches.

»Was hast du heute herausgefunden?«

Der Inspektor hatte sich gerade etwas zu viel Nudeln auf einmal in den Mund geschoben. Vor lauter Peinlichkeit und Hast verschluckte er sich und begann zu husten, die Augen weit aufgerissen.

»Pass auf, dass du nicht erstickst!«, sagte Elettra lächelnd. »Lass dir doch Zeit. Es ist niemand hinter dir her!«

Puterrot im Gesicht, stürzte Gargiulo ein Glas Wasser herunter, um die Speiseröhre freizubekommen.

»Auf der Suche nach dem hinkenden Jungen bin ich mit seinem Foto durch die halbe Stadt gezogen. Viel gebracht hat das allerdings nicht. Ein paar Leute haben ihn gesehen, ihnen ist auch der grüne Kapuzenpulli aufgefallen, den Livia erwähnt hat. Aber mehr konnte mir niemand sagen. Der Junge muss bei Bekannten untergeschlüpft sein, das ist die einzige Erklärung.«

»Wie sieht es mit der Kroatin aus?«

»Ebenfalls keine Spur.«

»Und was hast du beim *Piccolo* erreicht?«

»Die drucken das Foto morgen ab.«

»Ich weiß nicht, ob das am Ende so eine gute Idee ist. Vielleicht taucht er dann erst recht ab. Hast du das mit dem Kommissar besprochen?«

»Ja, er hat mich sogar angemeckert, warum ich da nicht schon längst draufgekommen bin.«

Typisch Benussi, dachte Elettra verärgert: einem Untergebenen Vorwürfe machen, weil ihm etwas zu spät einfällt, auf das er selbst als Erster hätte kommen müssen.

»Und was wollen sie zu dem Foto schreiben?«

»Einfach, dass ein Junge von zu Hause weggelaufen ist und die Familie ihn sucht. Das Übliche halt.«

»Hoffen wir, dass nicht allzu viele Sensationsgeile darauf reagieren. Die Zeit drängt …«

Elettras Blick fiel auf Claudio, der lächelte und dann den Kopf schüttelte. Sie sah ihn neugierig an.

»Woran denkst du, Papa?«

»Wie ich Aurora zum ersten Mal gesehen habe. Sie war so lustig!«

Elettra begriff, dass ihr Vater das Bedürfnis hatte zu sprechen, und fragte weiter.

»Wo war das denn?«

»Am Meer. Sie spazierte mit einem Eis in der Hand den Strand entlang, ins Gespräch mit einer Freundin vertieft. Ich war in die Gegenrichtung unterwegs. Du kennst deine Mutter ja, wie sie beim Reden gestikuliert. Sie macht also eine fröhliche Handbewegung, und eine Kugel Eis landet direkt auf meinem neuen Poloshirt.«

Claudio schmunzelte und fasste sich ans Hemd, als klebte dort immer noch etwas von jener Kugel Eis.

»Eine Kugel Schokolade. Das sah vielleicht aus auf meinem weißen Lacoste-Hemd … Deine Mutter hat sich in

Grund und Boden geschämt, hat sich immer wieder entschuldigt. Am liebsten hätte sie das Hemd gleich mitgenommen und gewaschen oder mir ein neues gekauft. Sie war gar nicht mehr zu beruhigen.«

»Ich kann sie vor mir sehen. Wie alt wart ihr da?«

»Sie zweiundzwanzig, ich fünfundzwanzig.«

»Und dann? Wie ging es weiter?«, fragte Valerio neugierig.

»Sie war die seltsamste, faszinierendste, strahlendste junge Frau, der ich je begegnet war, und ich habe mich sofort in sie verliebt. Aber sie war mit einem Kommilitonen zusammen und wollte nichts von mir wissen ...«

Valerio warf Elettra einen Blick zu, den sie jedoch nicht erwiderte.

»Wie hast du sie dann doch erobert?«

»Ich habe sie überhaupt nicht erobert. Ich habe mich zurückgezogen, die Sache schien mir aussichtslos. Deine Mutter war nicht der Typ für doppelte Sachen.«

»Aber irgendwann müsst ihr euch doch wiedergesehen haben!«

»Das ging von ihr aus. Ein paar Monate später hat sie sich wieder gemeldet. Sie hatte sich von dem anderen getrennt und wollte mich auf ein Eis einladen. Zu dem Rendezvous kam sie mit einem Päckchen, darin lag ein weißes Lacoste-Hemd.«

»Sie war ja eine richtige Draufgängerin!«

»Weißt du, was das Schönste an Aurora war? Dass sie keine Falschheiten kannte, keine Hintergedanken oder Uneindeutigkeiten. Was sie dachte, das sagte sie auch. Sie hielt mit nichts hinter dem Berg. Und das ist wirklich eine Seltenheit.«

Als Valerio das hörte, bekam er fast ein schlechtes Gewissen. Er steckte voller Hintergedanken, hielt ständig mit etwas hinter dem Berg; wenigstens kam es ihm immer so vor.

Elettra wechselte das Thema, während sie den Schweinerücken auf den Tisch stellte.

»Was hast du jetzt vor?«, wandte sie sich an ihren Vater.

»Wie meinst du das?«

»Magst du nicht nach Triest ziehen?«

»Was soll ich denn in Triest?«

»Wir könnten uns eine größere Wohnung suchen ...«

»Nein, mach dir um mich mal keine Sorgen. Wo würde ich denn meine Katzen lassen?«

»Wirst du dich nicht arg allein fühlen?«

»Ich bin doch nicht allein, Elettra. Ich habe die Katzen und meine Erinnerungen, und dann ist sie ja auch noch da, wenigstens eine Zeit lang. Sie hat's mir versprochen!«

Elettra warf Valerio einen verblüfften Blick zu. Dann lächelte sie. Er sollte nicht denken, dass ihr Vater nicht ganz bei Verstand sei. Aber Valerio schien nichts Seltsames daran zu finden, im Gegenteil.

Claudio sah zur Decke hoch und sagte laut: »Du bist da, Aurora, nicht wahr?«

In diesem Moment sprang der blinde Kater Tippy auf den Tisch und stieß ein Weinglas um. Auf dem Platz, an dem Aurora immer gesessen hatte, breitete sich ein roter See aus.

Claudios Augen glänzten vor Rührung.

»Was habe ich euch gesagt?«

17 Livia Benussi war verwirrt und unglücklich. Normalerweise konnte sie auf äußere Anforderungen oder Vorhaltungen reagieren, doch jetzt merkte sie auf einmal, dass sie nicht gewohnt war, eigenständig zu handeln. Was sollte sie mit Ivan Nonis machen? Durfte sie hoffen, dass er dichthalten würde? Bisher hatte sie das erreicht, indem sie ihm freundschaftliche Gefühle vorspielte, die sie in Wirklichkeit nicht empfand. Aber darauf durfte sie sich nicht allzu sehr verlassen. Jetzt, da ihm die Polizei auf die Spur gekommen war, wurde alles noch komplizierter. So ein Idiot! Er hatte ihr geschworen, niemand würde die Sache zu ihm zurückverfolgen können, und sie hatte ihm geglaubt.

Das erwies sich nun als Fehler.

Das Ganze war ein übler Scherz gewesen, sie wusste es, aber sie hatte eben auch eine Stinkwut auf Sabina und Giulia gehabt. Diese zwei arroganten, von sich eingenommenen Schnepfen hatten sich immer wieder über ihre Geschichte mit Giò, ihrem Exfreund, lustig gemacht. Das schrie geradezu nach einer Lektion.

Livia wusste, dass Nonis auf sie stand, obwohl das natürlich aussichtslos war. So hatte sie ihn problemlos dazu überredet, auf Jacopos Geburtstagsparty heimlich ein

Video zu drehen. Sie hatte Sabina und Giulia abgefüllt, bis sie halb im Koma lagen, und die beiden dann angefeuert, ihnen die Bierflasche in die Hand gedrückt und sie zu einem erotischen Tanz angeheizt, für den sie sich später schämen sollten. Damit sie keinen Verdacht schöpften, hatte Livia mitgetrunken und so getan, als beteilige sie sich an dem Spielchen. Eines freilich hatte sie nicht geahnt: Dass Ivan auch sie ins Bild nehmen würde und nicht nur diese dummen Schlampen. Hinterher hatte er sich herausgeredet, dass sich das nicht habe vermeiden lassen. Sie sei eben mittendrin gewesen, sturzbetrunken, wie sie war.

Als Livia sich dann auf Facebook gesehen hatte, war sie fast aus den Latschen gekippt. Das Video war einfach obszön. Aber noch schlimmer waren die hundertfünfzig Kommentare darunter. *Schau dir bloß diese Schlampen an ... Fette, miese Flittchen ... Frustrierte Lesben ... Legt doch die Flasche weg, ich besorg's euch richtig ... Guckt mal, die Tochter von Montalbano: dicke Schenkel und Minititten ...* So folgte ein fieser Satz auf den nächsten. Livia war tief getroffen.

Ungeschehen machen ließ sich die Sache nicht mehr, ihr blieb nur noch, Nonis zum Schweigen zu überreden. Als Lohn versprach sie ihm, mit ihm ins Bett zu gehen. Sie wusste, dass er dem sofort zustimmen würde, ohne lange Diskussionen. Was kostete es sie schon? Hauptsache, sie gab der Sache nicht zu viel Bedeutung. Ihr war ein Rätsel, warum die Erwachsenen sich da so anstellten. Was war daran schon so schlimm? Sex war doch etwas ganz Natürliches, nicht anders als essen, spazieren gehen und tanzen.

Livia hatte sich noch nie viel aus Sex gemacht. Das erste Mal war für sie eine Enttäuschung gewesen. Sie hatte sich nur dazu entschlossen, weil sie ihren Klassenkameradinnen eins auswischen wollte. Mirko war der coolste Typ der ganzen Schule, alle Mädchen waren hinter ihm her, und um sie vor Neid platzen zu lassen, war Livia eines Nachmittags mit zu ihm gegangen und hatte mit ihm geschlafen. Aber es war nichts so Besonderes gewesen, wie man immer hörte. Ehrlich gesagt, hatte es sie sogar ein bisschen geekelt, auch wenn sie das niemals zugegeben hätte. Danach jedoch hatte Mirko angefangen, sich um sie zu bemühen, hatte ihr eine SMS nach der anderen geschickt, dass er immer an sie denken würde und so. Und Livia hatte sich in ihn verliebt.

So waren sie zusammengekommen. Nicht, dass sie sich jeden Tag gesehen hätten. Vor allem chatteten sie und unterhielten sich auf Facebook. Carla konnte das nicht begreifen, und das hatte sie ihr auch klar gesagt. »Wie jetzt? Ihr seid zusammen, aber ihr seht euch nur in der Schule? Ihr geht noch nicht mal miteinander spazieren ... Was sollen dann die ständigen Nachrichten? Ich verstehe euch nicht.«

Livia hatte darauf noch nicht einmal geantwortet. Was wusste ihre Mutter schon von ihr und ihren Freunden? Falls ihr das nicht aufgefallen war, die Zeiten hatten sich geändert. Was sollte das ganze Getue? Sich zu sehen, war das wenigste, Hauptsache, man blieb in Verbindung.

Die Geschichte mit Mirko dauerte sechs Monate, dann war es auf einmal aus, ohne einen richtigen Grund. Er strich sie aus seiner Freundesliste bei Facebook, sie tat das Gleiche, und das war's.

Aber jetzt saß sie ganz schön in der Tinte. Nonis würde verlangen, dass sie ihr Versprechen einlöste, wenn er dichthalten sollte, nur hatte sie dazu keine Lust mehr. Das Verschwinden ihrer Mutter machte sie verletzlich und unsicher. Sie fühlte sich bedroht. Was, wenn tatsächlich Ivan hinter Carlas Entführung steckte? Wenn er sie erpressen wollte, sie zwingen, mit ihm zusammen zu sein? Der Junge war nicht normal, er kokste schon seit Jahren, er war gewohnt, alles zu bekommen, was man für Geld kaufen konnte, und das machte ihn unberechenbar.

Bei Livia hatten gleich die Alarmglocken geklingelt, als sie erfuhr, dass er bei Carla in Behandlung war. »Was soll das eigentlich?«, hatte sie gesagt. »Warum gerade bei meiner Mutter?« Ivan hatte spöttisch gegrinst. »Weil sie die Beste ist. Und *meine* Mutter will für mich immer nur das Beste.« In gewisser Weise hatte Livia sich durch seine Aufmerksamkeiten auch geschmeichelt gefühlt. Ivan hatte Geld, ein tolles Motorrad, oft kam er sie zu Hause abholen und fuhr sie in die Schule. Warum sollte sie die Bequemlichkeiten nicht annehmen? Einmal auf einem Fest hatte er ihr auch etwas Koks gegeben. Eine fantastische Erfahrung. Sie hatte die ganze Nacht gelacht und getanzt und sich wunderschön gefühlt, unwiderstehlich. Am Morgen danach war sie allerdings völlig fertig gewesen. Da hätte sie am liebsten nur noch geheult und wollte noch nicht einmal aufstehen. Carla hatte sie vorgelogen, dass sie krank sei. Dann war sie bis zum Abend in ihrem Zimmer geblieben, ohne sich anzuziehen. Auf Sky hatte sie sich einen Film nach dem anderen reingezogen.

Wenn wirklich Ivan Carla entführt hatte, dann musste sie jetzt etwas unternehmen. Sie war die Einzige, auf die dieser Spinner hören würde. Sie starrte auf das Display ihres neuen Smartphones, stieß einen langen Seufzer aus und wählte einen Namen aus der Kontaktliste.

»Ich bin's, Livia. Können wir uns sehen?«

Ettore Benussi hatte es in der Wohnung an der Salita Promontorio nicht lange ausgehalten. Alles dort erinnerte ihn an Carla, an ihr Fehlen, das nun schon sechs endlose Tage lang anhielt. Also war er, sobald die defekte Stromleitung repariert war, nach Santa Croce zurückgekehrt – dort fühlte er sich wenigstens auf neutralem Terrain, dort war er sicher vor dem Ansturm der Erinnerungen. Es gelang ihm sogar, sich den Ermittlungen zuzuwenden, als handelte es sich um einen ganz gewöhnlichen Fall. Er hatte die Namen sämtlicher Verdächtiger in einen Notizblock geschrieben und ergänzte sie nach und nach um die Informationen, die er von den beiden jungen Inspektoren übermittelt bekommen hatte. Kurzum, er bemühte sich, optimistisch zu bleiben und nicht an die schlimmsten Möglichkeiten zu denken.

Immer wieder jedoch öffnete sich ein Abgrund in seinem Herzen, und er sah Carlas schönes, geliebtes Gesicht vor sich, blutleer, die klugen Augen für immer ausgelöscht durch eine mörderische Hand, und dann überkam ihn ein Wirbel der Verzweiflung, aus dem er sich nicht zu befreien wusste.

Was sollte nur aus ihm werden, wenn sie nicht wiederkam?

Er konnte sich das gar nicht ausmalen. Ausgerechnet jetzt, da es zwischen ihnen wieder so war wie am Anfang, jetzt, da er endlich die Schönheit einer Verbindung erfasste, die mit der Zeit wuchs, jenseits von kleinlichem Groll und fruchtlosen Vorwürfen. Das Leben war wirklich nicht fair, seufzte Ettore in einem Anfall von Selbstmitleid, den Carla unverzüglich mit einer ihrer spitzen Bemerkungen ausgebremst hätte. Aber seine Frau war nicht da, und er konnte dem Bedauern und der Reue freien Lauf lassen, seine Ehe über so viele Jahre als reinen

Ballast gesehen zu haben, den er liebend gerne losgeworden wäre.

Wie dumm von ihm! Hätte er nur in eine Zeitmaschine steigen und in die schlimmsten Phasen ihrer Ehekrise zurückkehren können, als sie einander vorhielten, nicht mehr diejenigen zu sein, die sie geheiratet hatten – dann hätte er versucht, all seine Fehler und all seine Unaufmerksamkeiten wiedergutzumachen. Er hätte sich nicht ständig auf sein großes Alibi herausgeredet, die Arbeit. Benussi hoffte aus tiefstem Herzen, dass noch nicht alles vorbei wäre, dass ihnen noch ein langes gemeinsames Leben bliebe. Jahre, die er aufmerksam und dankbar angehen würde, im Wissen darum, was für ein Glück es war, eine leidenschaftliche, idealistische Frau wie Carla an seiner Seite zu haben, eine Familie und ein Heim, in das er Abend für Abend zurückkommen konnte.

Und wie er jetzt Carlas Aussagen verstand. »Der Mensch ist ein Gesellschaftstier, Ettore«, hatte sie oft gesagt, wenn er ihr mal wieder vorwarf, zu viel Zeit mit Drogensüchtigen und Säufern zu verbringen. »Wir verwirklichen uns nur in Beziehung zu anderen. Diese Leute haben keinen Kontakt mehr zur Außenwelt, und das birgt die Gefahr, krank zu werden und zu sterben.« Wenn er dann einwandte, dass ihr Wunsch, die Welt zu retten, zwar löblich, aber völlig utopisch sei, so erwiderte sie: »Du begreifst nicht, dass ich das in erster Linie für mich selbst tue. Wenn ich anderen helfe oder es versuche, dann fühle ich mich lebendig, mein Leben hat einen Sinn, und das ist nicht wenig. Das Leben ist ein Austausch von Energie. Wer stehen bleibt, wer sich in sich selbst zurückzieht und den Kontakt zur Außenwelt abbricht, der sackt bald in sich zusammen und wird krank.«

Und ebendiese Gefahr drohte auch Ettore an diesem

Nachmittag in Santa Croce: in sich zusammenzusacken und krank zu werden. Er wusste, dass das Livia gegenüber unfair war. Falls ihre Mutter nicht zurückkam, würde sie ihn brauchen. Aber es gelang ihm nicht, sich so richtig als Vater seiner Tochter zu fühlen. Er wusste noch nicht einmal, wie das gehen sollte, sich als Vater fühlen. Er konnte sich ihr gegenüber nicht durchsetzen, worum es auch ging. Tatsächlich wusste er noch nicht einmal, was er denn hätte durchsetzen sollen.

Wo steckte Livia überhaupt schon wieder? Er hatte sie mit nach Santa Croce nehmen wollen, aber das hatte sie abgelehnt. »In dem Haus drehe ich durch. Nein, ich schlafe bei Margherita.«

Ein richtiger Vater hätte sie gebeten, zu bleiben und bei ihm zu sein – das war ja nun wirklich eine außergewöhnliche Situation. Aber er fühlte sich eben nicht wie ein richtiger Vater. In gewisser Weise war er erleichtert, sich nicht auch noch um die Stimmungsschwankungen seiner Tochter kümmern zu müssen.

Eines allerdings versetzte ihn in Unruhe. Etwas, das er nicht ganz in den Blick bekam. Er hatte das Gefühl, etwas Wichtiges übersehen zu haben.

Er setzte sich an den Computer, um noch mal die ersten fünfzig Seiten seines Krimis durchzugehen. Vielleicht würde ihn das ablenken. Aber es half nichts. Die Wörter tanzten vor seinen Augen wie ein sinnloser Zug Ameisen. Seit Carla verschwunden war, kam ihm sein langjähriger Traum, Schriftsteller zu werden, nur noch lächerlich vor. Sie war doch seine erste Leserin, für sie wollte er schreiben. Um sie zu überraschen. Wenn Carla nicht zurückkam, würde er nie auch nur versuchen, dieses vermaledeite Buch fertigzustellen.

Schweren Herzens legte er sich ins Bett und zermarterte sich noch einmal das Gehirn nach dem fehlenden Puzzlestück, aber vergebens.

Als es an der Tür klingelte, schreckte er hoch. Laute Geräusche war er nicht mehr gewöhnt. Er sah auf die Uhr: neun Uhr morgens. Mühsam stand er auf und tastete nach der Krücke. Aufgrund der Feuchtigkeit im Haus schmerzten ihn die Knochen noch mehr als in der Stadt.

»Ich komme ja schon!«

Eine Welle der Erleichterung traf ihn, als er die angespannten, wachen Gesichter der beiden Inspektoren vor sich sah. Wenigstens für ein paar Stunden würde er mit etwas anderem beschäftigt sein.

»Haben wir Sie aus dem Bett geholt, Commissario?«, fragte Elettra besorgt. Benussi sah schrecklich aus. Nachlässig gekleidet, ungekämmt und unrasiert.

»Ach was! Reden Sie keinen Unsinn! Herein mit euch!«

Gargiulo warf seiner Kollegin einen amüsierten Blick zu. Der Kommissar hatte seinen »persönlichen Führungsstil« nicht eingebüßt.

»Irgendwelche Neuigkeiten?«

»Wir haben eine Spur, aber noch nichts Konkretes.«

Benussi musterte die beiden streng, ohne seine Enttäuschung zu kaschieren.

»Ich weise darauf hin, dass mittlerweile sechs Tage vergangen sind, seit ...«

Gargiulos gut geschnittenes, offenes Gesicht lief rot an. Dann sagte er mit unüberhörbarer Missbilligung:

»Wir arbeiten pausenlos daran, Commissario. Auch an den Weihnachtsfeiertagen. Und dann darf ich Sie vielleicht daran erinnern, dass Ispettore Morin am Tag der Beerdigung ihrer Mutter zum Dienst zurückgekehrt ist.«

Diesmal war es Benussi, der rot wurde. Vor Scham.

»Mein Beileid, Morin.«

»Danke, Commissario.«

»Hat Ihre Mutter sehr gelitten?«

»Zum Glück nicht. Sie ist im Schlaf gestorben.«

»Meine Frau wirft mir gelegentlich vor, ich sei so einfühlsam wie ein Ziegenbock. Ich fürchte, sie hat recht.«

Das Eingeständnis brachte Elettra zum Lächeln. Mit einem Mal war ihr brummiger, strubbeliger Vorgesetzter ihr wieder sympathisch.

»Denken Sie sich nichts dabei. Unter den gegebenen Umständen ist das mehr als verständlich.«

»Na schön, genug der Höflichkeiten, gehen wir an die Arbeit. Hat sich auf das Foto im *Piccolo* hin jemand gemeldet?«

Der junge Inspektor aus Neapel setzte zu einer Antwort an, während er seinem Vorgesetzten ins Esszimmer folgte, das im Moment als Büro und Besprechungsraum diente.

»Es kamen einige Hinweise, aber nur zwei interessante.«

»Na, raus damit, Neapolitaner! Spannen Sie mich nicht auf die Folter!«

»Anscheinend ist der Junge bei einem Bekannten Ihrer Frau untergekommen.«

»Bei wem?«

»Einem gewissen Emilio Zottar. Sagt Ihnen das etwas?«

Ettore Benussi spürte einen Stich Eifersucht und schüttelte dann den Kopf.

»Wie wir herausgefunden haben, handelt es sich um einen ehemaligen Patienten. Er besitzt ein leer stehendes Lagerhaus in der Nähe des Eisenwerks. Dort hat sich der Junge offenbar eingerichtet.«

»Und wo befindet sich dieser Zottar?«

»Er lebt und arbeitet in Deutschland. Wir haben bereits

mit ihm telefoniert. Angeblich hat Dr. Dorigo ihn vor zehn Tagen angerufen, um ihn um einen Gefallen zu bitten. Ein junger Ausländer, der in Schwierigkeiten sei, brauche für ein paar Tage eine Unterkunft. Und da hat er ihr wohl gesagt, wo sie die Schlüssel zum Lagerhaus finden könne.«

»Habt ihr ihn in diesem Lagerhaus gefunden?«

»Leider nein. Als wir dorthin kamen, war niemand da. Nichts als ein Sack schmutziger Wäsche, darunter auch der grüne Kapuzenpulli Ihrer Tochter – und dieses Heft.«

Valerio zog eine Plastiktüte hervor, die ein zerfleddertes schwarzes Heft enthielt.

»Was steht drin?«, fragte der Kommissar.

»Das wissen wir nicht«, antwortete Elettra. »Es ist auf Serbisch geschrieben. Wir müssen es übersetzen lassen.«

»Wie lange wird das dauern?«

»Nicht lang, ich habe bereits eine Übersetzerin kontaktiert. Sobald sie das Heft hat, macht sie sich an die Arbeit.«

»Ist die Kroatin aufgetaucht?«

»Leider nein.«

»Sie sagten, es gebe zwei interessante Hinweise. Was ist der zweite?«

»Der Junge wurde in einer Imbissbar in Servola gesehen, in der sich die Ewiggestrigen aus dem Balkankrieg treffen. Letzteres hatte auch Pater Florence schon herausgefunden, und eine Kundin, die das Foto im *Piccolo* gesehen hatte, hat es bestätigt.«

»Wart ihr schon dort?«

»Heute ist Ruhetag. Aber wir haben die Adresse des Inhabers, eines gewissen Mario Grion. Wir wollen ihm nachher einen Besuch abstatten.«

»In der Zwischenzeit waren wir so frei, bei Staatsanwältin Guarnieri vorzusprechen. Sein privater Telefonanschluss und der in der Bar werden überwacht, und die Handyverbindungsdaten sind auch schon angefragt. Staatsanwältin Guarnieri hatte am Anfang Bedenken, sie fand den Hinweis zu unbestimmt, aber wir haben ihr die Lage erklärt und sie überzeugt.«

Benussi konnte die Tatkraft seiner Inspektoren nur bewundern, auch wenn er sich gewünscht hätte, nicht ständig warten zu müssen, bis alles seinen ordnungsgemäßen Gang nahm. Italien ertrank in der maßlosen Bürokratie dieser Abläufe.

»Hoffen wir, dass uns das nicht zu viel Zeit kostet.«

»Wenn wir Glück haben, finden wir Radovan Jović, bevor sein Enkel es tut …«

»Eines ist mir immer noch nicht klar. Was zum Teufel hat Carla mit dieser Geschichte zu tun?«

Die zwei jungen Inspektoren wechselten einen Blick. Elettra übernahm es, Benussi die wichtigste Neuigkeit mitzuteilen.

»Die Kundin der Imbissbar hat ausgesagt, sie habe vor dem Lokal gesehen, wie sich eine Dame mit weißen Haaren und Pferdeschwanz mit dem hinkenden Jungen unterhielt. Wir waren vorher bei ihr und haben ihr das Foto Ihrer Frau gezeigt. Sie hat sie identifiziert.«

Ein erstickter Schrei stieg aus Benussis Kehle auf.

»Verdammt noch mal, Carla! In was für einen Schlamassel hast du dich da hineinbegeben!«

»Wir glauben, dass Ihre Frau etwas gesehen oder sonst wie mitbekommen hat, das sie nicht sollte. Vielleicht haben die Freunde von Radovan Jović sie deshalb entführt.«

Benussi schlug mit der Faust auf den Tisch und stieß dabei das Grappaglas um. »Worauf wartet ihr dann noch? Macht euch auf die Suche! Los!«

Die Inspektoren sprangen gleichzeitig auf.

»Wir sind schon unterwegs, Signor Commissario!«
»Sie kann sich nicht in Luft aufgelöst haben!«
»Wir tun, was wir können.«

Als Morin und Gargiulo gegangen waren, füllte Benussi ein Weinglas mit Nonino-Grappa und leerte es in einem Zug.

Dann beschloss er, sich noch einmal hinzulegen und nach Möglichkeit etwas zu schlafen. Er fühlte sich leer und deprimiert. Unter der Bettdecke dachte er noch einmal an den Bericht der beiden Inspektoren. Wie wenig er vom Leben seiner Frau wusste, wie wenig Neugier er für ihre Arbeit aufgebracht hatte. Was hatte sie sich nur dabei gedacht, diesen Jungen im Lagerhaus ihres Expatienten zu verstecken?

Für einen Augenblick packte ihn noch einmal sein alter Zorn auf Carlas gedankenlose Art. Wie oft hatte er ihr gesagt, dass sie wachsam bleiben und nicht jedem vertrauen solle. Warum hatte sie ihm nicht von dem hinkenden Jungen erzählt?

Kurz darauf quietschten draußen auf der Straße die Bremsen eines Fahrzeugs und rissen ihn aus dem Schlaf. Sein Herz raste.

Da fiel ihm endlich ein, was er so lange übersehen hatte. Die Katze!

Er griff zum Handy und wählte Gargiulos Nummer.

»Ich will auf der Stelle einen Durchsuchungsbeschluss für das Haus meines Nachbarn, Marcovaz!«

Dann stieg er aus dem Bett und zog sich an, ohne sich Zeit zum Waschen zu nehmen.

War er von allen guten Geistern verlassen? Wie konnte ihm nur entgehen, dass Marcovaz' unverhoffte Freundlichkeit vielleicht dazu diente, etwas zu verbergen?

Was, wenn das Miauen, das Livia am Heiligabend gehört hatte, in Wirklichkeit ein Hilferuf Carlas gewesen war aus irgendeinem Versteck?

Benussi fuhr sich übers Gesicht, und dabei kam ihm wieder in den Sinn, was Morin gelegentlich wiederholte, auch wenn ihn das zur Weißglut trieb: »Sie wollen den Fall mal wieder so rasch wie möglich zu den Akten legen, Commissario. Aber es kann immer sein, dass man etwas außer Acht gelassen hat ...«

Plötzlich wollte er nicht mehr warten.

Er musste persönlich zu Marcovaz gehen. Der Durchsuchungsbeschluss würde irgendwann kommen, er selbst konnte schon mal loslegen. Ohne sich anmerken zu lassen, worum es ihm ging.

Er nahm eine Flasche Grappa, schlüpfte in die Winterjacke und verließ auf seine Krücke gestützt das Haus.

Marcovaz' Schrottkarre stand vor dem Tor. Er war also daheim. Benussi legte die wenigen Schritte zurück, die ihn vom baufälligen Haus seines Nachbarn trennten, und klingelte.

Er musste eine Weile warten, bis er Schritte vernahm. Dabei hörte er ihn hinter der Tür herumräumen.

»Signor Marcovaz! Ich bin's, Benussi von nebenan!«

Nach ein paar Minuten kam der Rentner an die Tür, wie üblich mit zerzaustem Haar und unordentlich gekleidet, in seinen abgetretenen Stiefeln.

»Was ist?«

In seinem Ton lag keine Spur von Freundlichkeit, und sein Blick war herausfordernd. Offensichtlich kam der Besuch ungelegen. Benussi tat sein Bestes, um ihn nicht zusätzlich zu beunruhigen.

»Ich wollte mich bei Ihnen für neulich bedanken, Sie haben uns das Leben gerettet. Kann ich kurz reinkommen?«

»Ich war gerade am Gehen.«

»Nur eine Minute«, drängte Benussi und warf einen Blick ins Innere des Hauses. »Als Kind, wissen Sie, da habe ich immer hier gespielt. Damals stand das Haus leer. Gibt es eigentlich noch das Zimmer hinten raus mit dem Kamin?«

»Ja, aber ich benutze es nicht.«

»Könnte ich mal einen kurzen Blick hineinwerfen?«

Marcovaz' Gesichtsausdruck ließ keinen Zweifel daran, dass er das lieber nicht gestattet hätte.

»Ich habe Ihnen eine Flasche Grappa mitgebracht«, versuchte Ettore, ihn zu überreden. »Trinken wir ein Gläschen zusammen, was sagen Sie?«

Der Mann starrte ihn misstrauisch an. Dann trat er beiseite, um ihn einzulassen.

»Fünf Minuten.«

»Länger dauert's bestimmt nicht.«

Ettore trat in die dunkle, unaufgeräumte Küche und sah sich um. In den beiden angrenzenden Zimmern konnte er Unmengen von Möbeln und Gerümpel ausmachen, offenbar vom Sperrmüll. Stühle, von denen der Lack abblätterte, kaputte Sessel, ein uraltes Radio. Das Haus hatte mehr vom Lager eines Altwarenhändlers als von einem privaten Heim.

Marcovaz führte ihn in den Raum, der einmal das Wohnzimmer gewesen sein musste. Jetzt stapelten sich darin alte Bücher, daneben standen Sessel aus verschiedenen Garnituren. Über allem lag eine Staubschicht, die dem Zimmer etwas Gespenstisches verlieh.

»Meine Großeltern fanden das immer zum Lachen, als ich ein Kind war«, erzählte Benussi, während er hinter seinem Nachbarn herging. »Wenn ich groß wäre, sagten sie, würde ich das Nachbarhaus kaufen und dort einziehen. Das war mein Lieblingsplatz, mein Versteck. Ich konnte hier tagelang Räuber und Gendarm spielen. Dabei war ich allein, immer abwechselnd als Wachmann und Dieb … Die Kinder von heute wissen gar nicht mehr, was Fantasie ist, stimmt's?«

Marcovaz zog die Schultern hoch. Das Thema schien ihn kein bisschen zu interessieren.

»Sind Sie jetzt fertig mit Ihren Erinnerungen? Ich muss wirklich gehen …«

»Nur einen Moment«, sagte Benussi und öffnete eine weitere Tür.

Das enge Schlafzimmer, das auf den Wald hinter dem Haus hinausging, erstickte schier in weißen Caritas-Säcken, aus denen Altkleidung und Schuhe quollen. Vielleicht, dachte Ettore, war Marcovaz einer von diesen Messies, die allen möglichen Ramsch aufbewahrten. Nur so ließ sich erklären, was für eine Unmenge Zeug hier herumstand, dessen Nutzen sich in keiner Weise erschloss.

»Hat Ihre Katze eigentlich schon geworfen?«

Als Antwort kam nur ein Grunzen. Dem Nachbarn riss allmählich der Geduldsfaden.

»Ich würde gerne ein Kätzchen für meine Tochter nehmen. Kann ich sie mir mal anschauen?«

»Sie sind tot.«

»Alle?«

»Die Katze ist alt. Die war zu nichts mehr gut.«

In Ettores Hirn klingelte eine Alarmglocke. Dann hatte er sich nicht getäuscht. Marcovaz hatte gar keine Katze. Er musste sich noch weiter umsehen.

»Hinter der Küche war doch eine Kammer. Gibt es die noch?«

Marcovaz musterte ihn feindselig. Er war nicht dumm und hatte begriffen, dass der Kommissar ihn irgendwie verdächtigte. Nun beschloss er, die Sache direkt zu klären.

»Haben Sie einen Durchsuchungsbeschluss?«

Ettore wusste nicht, ob er die Maske ablegen oder weiter gut Wetter machen sollte. Er befand sich in einer ungünstigen Position. Wenn sein Nachbar Carla wirklich entführt hatte, war er möglicherweise gefährlich. Er entschied sich, weiter den Unschuldigen zu spielen.

»Ich war einfach nur neugierig.«

»Ja, die Kammer gibt's noch. Wenn Sie wollen, können Sie reingehen. Ich habe nichts zu verbergen. Aber Sie finden da nur Staub, Spinnweben und alte Matratzen.«

In diesem Moment kam eine alte Katze herein, der ein Stück Ohr fehlte. Sie strich um die Tischbeine herum und miaute.

»Da ist ja meine Mieze ...«

Die Katze war tatsächlich ziemlich abgemagert, und ihr Fell hatte kaum noch Glanz. Sie konnte ohne Weiteres einen Wurf toter Kätzchen zur Welt gebracht haben.

Marcovaz hob sie hoch und streichelte sie mit unerwarteter Zärtlichkeit.

»Ich habe sie bei meinem Einzug hier gefunden. Ließ sich einfach nicht wegjagen ... Und jetzt leistet sie mir eben Gesellschaft.«

Der Mann war wirklich ein armer Teufel, dachte Benussi. Die verwahrloste Umgebung bedeutete nur eines: maßlose Einsamkeit. Mit einem Mal konnte der Kommissar es kaum erwarten, diesen Ort zu verlassen. Er wandte sich zum Gehen.

»Ich habe Ihre Frau schon länger nicht gesehen«, sagte der Nachbar und stellte die Katze zurück auf den Boden. »Ist sie im Urlaub?«

Die Frage traf Benussi wie eine Gewehrkugel. Damit hatte er nicht gerechnet.

»Nein, ist sie nicht. Sie wurde entführt.«

Die Verblüffung auf Marcovaz' Gesicht wirkte aufrichtig.

»Entführt? Von wem?«

Ettore hob die Schultern und seufzte.

»Das weiß ich nicht.«

»Tut mir leid. Tut mir wirklich leid. Sie war so ein netter Mensch ...«

Als er Marcovaz in der Vergangenheitsform sprechen hörte, schnürte sich ihm die Kehle zusammen.

»Sie haben nicht zufällig etwas gesehen? Oder irgendetwas Ungewöhnliches bemerkt? Sie ist vier Tage vor Weihnachten verschwunden.«

»Leider nein.«

Dem Nachbarn schien die Nachricht wirklich nahezugehen, und der Kommissar schämte sich für seine unbeholfenen Nachforschungen.

»Ich danke Ihnen. Jetzt muss ich gehen. Meine Tochter muss gleich heimkommen. Den Grappa lasse ich Ihnen da.«

18 Violeta Amado kam nicht zur Ruhe. Sie hatte Gewissensbisse, weil sie Lukas Vertrauen missbraucht hatte. Aber Pater Florence die Sache zu verschweigen wäre für sie einfach nicht möglich gewesen.

Doch warum lief Luka immer wieder weg? Sie verstand es einfach nicht. Wenn die Kroatin sich wirklich Sorgen um ihren Enkel machte, hätte sie doch erleichtert darüber sein müssen, dass auch die Polizei nach ihm suchte. Schließlich hatte Igor keine Straftat begangen, jedenfalls noch nicht.

Warum wollte sie ihn nicht aufhalten?

Etwas an Lukas Geschichte ergab keinen Sinn.

Etwas daran war schief, auch wenn Violeta es nicht präzise benennen konnte.

Pater Florence hatte ihr von der Bar in Servola erzählt, wo sich anscheinend Leute trafen, für die der Balkankrieg die wichtigste Zeit ihres Lebens gewesen war. So beschloss sie, gegen acht Uhr abends dort vorbeizuschauen, wenn sich angeblich auch die Freunde des Inhabers dort einfanden.

Sie wusste, dass es für eine Frau durchaus gewagt war, sich allein in dieses Viertel zu begeben, zumal abends, wenn es wie ausgestorben war. Andererseits würde ihr das die Aufgabe erleichtern, mit den Männern ins Gespräch zu kommen. Und vielleicht würde ihr ja auch die Kellnerin etwas anvertrauen.

Als sie die Imbissbar betrat, waren nur wenige Gäste da. Donela stand allein hinter dem Tresen und trocknete Gläser ab. Sie musterte die Brasilianerin erstaunt. Offenbar kamen zu dieser Stunde nur selten Frauen herein.

»Guten Abend«, sagte Violeta. »Ich bin hier mit einem Freund verabredet. Kann ich mich schon mal hinsetzen und einen Happen essen?«

»Natürlich. Nehmen Sie Platz, wo Sie möchten. Ich bringe Ihnen die Karte.«

Violeta setzte sich an einen Ecktisch am Fenster. An der Kasse stand ein batteriebetriebener Weihnachtsmann, der unablässig: »Frohe Weihnachten, frohe Weihnachten« quäkte, was das Lokal noch schäbiger und deprimierender erscheinen ließ.

Vom Inhaber war nichts zu sehen. Die anderen drei Gäste waren junge Arbeiter aus dem Eisenwerk, alle noch im Blaumann. Violeta bestellte sich Putenbraten mit Kartoffeln und wartete. Worauf, das wusste sie selbst nicht, aber ihre Intuition sagte ihr, dass etwas passieren würde.

Sie sollte sich nicht getäuscht haben.

Als sie gerade fertiggegessen und schon fast die Hoffnung aufgegeben hatte, klingelte das Glöckchen am Eingang. Zwei Männer traten ein und sahen sich um. Sie sahen aus wie in die Jahre gekommene Biker: dunkle Stirnbänder, grau gewordene lange Haare, Tätowierungen am Hals, Stalin-Schnauzer und Cowboystiefel. Die Burschen wirkten alles andere als vertrauenerweckend.

Donela warf ihnen einen furchtsamen Blick zu. Sie sah sie ganz offensichtlich nicht zum ersten Mal.

»Hol mal den Chef«, sagte der Dickere von beiden.

»Der ist nicht da«, antwortete die junge Frau mit dünner Stimme.

»Du lügst. Er weiß, dass wir kommen.«

»Ihr könnt selbst nachschauen. Er hat einen Anruf gekriegt und ist weggegangen.«

»Und wohin?«

»Das weiß ich nicht.«

Die zwei glotzten sie missmutig an und besprachen sich kurz miteinander.

»Wir warten. Zwei Bier!«

Einer der beiden Kraftprotze sah Violeta an, die gerade ein Glas Wasser trank. Auf seinem finsteren, pockennarbigen Gesicht breitete sich ein Lächeln aus, das nichts Gutes verhieß.

Die Brasilianerin wich seinem Blick aus. Allmählich bekam sie es mit der Angst zu tun. Sie winkte Donela.

»Ich zahle dann bitte.«

»Das geht auf meine Rechnung!«, mischte sich der Pockennarbige ein. Er stand auf, die Bierflasche in der Hand, und stolzierte auf sie zu.

»Danke, aber das kann ich nicht annehmen.«

»Wieso nicht?«

»Entschuldigen Sie, aber ich bin in Eile und muss jetzt weiter.«

Violeta stand auf und wollte zur Kasse gehen, doch der Mann hielt sie zurück.

»Das ist aber nicht nett. Hat dir die Mama keine Manieren beigebracht?«

Sein Begleiter, der für so etwas nicht in der Stimmung zu sein schien, versuchte ihn von seinen Avancen abzubringen.

»Lass gut sein, Ratko.«

Doch der andere hörte nicht auf ihn.

»Weißt du nicht, dass das gefährlich ist, so allein hier rumzulaufen? Da triffst du manchmal üble Typen. Aber der gute Ratko passt auf dich auf ...«

Violeta versuchte, sich loszumachen, doch der Mann zog sie an sich und machte Anstalten, sie zu küssen. Eine Alkohol- und Knoblauchfahne schlug ihr entgegen, sie merkte, wie es ihr fast den Magen umdrehte.

»Das reicht jetzt!«, rief der Dicke, trat von hinten an seinen Kumpel heran und riss ihn zurück.

»Was geht dich das an, du Arschloch!«

Die beiden gingen aufeinander los. Die drei Arbeiter aus dem Eisenwerk sahen zu, dass sie Land gewannen, während Violeta und Donela im Hinterzimmer Zuflucht suchten. Die Kellnerin versuchte erschrocken, ihren Chef anzurufen.

Aber sein Handy war ausgeschaltet.

In diesem Moment kam Mario Grion zur Tür herein. Als er die beiden Männer aufeinander einprügeln sah, warf er einen Blick in die Runde. Zum Glück waren keine Gäste im Lokal.

»Aufhören! Was macht ihr da?«

Die zwei hielten inne.

»Ratko baut immer Scheiß«, rechtfertigte sich der Dicke und machte ein zerknirschtes Gesicht, das zu seinem Äußeren kein bisschen passte.

»Das ist nicht wahr, *capo*. Milko hat angefangen.«

»Habt ihr gefunden, was ich wollte?«

»Ja, *capo*.«

»Und wo?«

»Da, wo du gesagt hast.«

»Gut. Lasst ihn nicht entkommen.«

»Was ist mit der Frau?«

»Bringt sie zum Schweigen.«

Die zwei grinsten. Dann wechselten sie einen Blick und verließen grußlos das Lokal.

»Donela! Wo steckst du schon wieder?«

Die junge Kellnerin bedeutete Violeta, sich hinter einem Stapel Bierkisten zu verstecken. Es war besser, wenn Grion sie nicht zu Gesicht bekam.

»Ich komme ja schon. Ich war auf dem Klo.«

»Wie lange waren die beiden schon da?«

»Nicht lange, vielleicht zehn Minuten.«

»Hat sie jemand gesehen? Irgendein Gast?«

»Nein«, log Donela und wurde rot.

»Haben sie dich belästigt?«

»Nein, nein.«

»Ganz sicher? Warum haben sie sich gestritten?«

»Das weiß ich nicht.«

»Du hättest mich anrufen sollen.«

»Ich hab's versucht, aber dein Handy war aus.«

Mario Grion warf einen Blick auf sein Handy und sah, dass der Akku leer war. Er fluchte leise und wandte sich dann zum Gehen.

»Mach du hier zu, ich muss los.«

Als Violeta hörte, wie die Tür ins Schloss fiel, kam sie aus ihrem Versteck. Der Schreck saß ihr heftig in den Gliedern. Bestimmt war einer der beiden Männer Radovan Jović. Sie musste Pater Florence und Inspektor Gargiulo Bescheid sagen. Aber vorher musste sie mit Donela sprechen.

»Zum Glück hat er dich nicht gesehen.« An dem angespannten Blick der jungen Frau konnte Violeta ablesen, dass sie in ernster Gefahr geschwebt hatte.

»Ich muss einen Anruf machen.«

»Geh besser auf die Toilette. Nicht, dass er noch mal zurückkommt. Ich mache schon mal die Kneipe zu.«

Zwischen den beiden Frauen hatte sich sofort ein Einverständnis eingestellt, das keiner Worte bedurfte. Violeta schloss sich in dem übel riechenden Klo ein und rief den Geistlichen an.

»Pater Florence? Ich bin's, Violeta. Ich bin in der Imbissbar in Servola ... Nein, ich bin nicht verrückt geworden. Das erkläre ich dir nachher. Hör mal, ruf bitte sofort den Inspektor an, der Junge und seine Großmutter schweben in großer Gefahr. Ich habe den Wirt belauscht, wie er sich mit zwei Männern unterhalten hat. Die sahen ziemlich furchterregend aus. Ruf ihn gleich an. Ich habe die Nummer nicht ... Ja, ich warte hier ...«

Nachdem sie sich das Gesicht gewaschen und die Toilette verlassen hatte, fühlte sich Violeta besser. Sie war ein ziemliches Risiko eingegangen und wusste, dass Pater Florence ihr deswegen Vorwürfe machen würde. Aber sie hatte das Gefühl, auf der richtigen Fährte zu sein.

Während sie auf den Geistlichen wartete, würde sie sich mit Donela unterhalten. Sie war sicher, dass die junge Frau einiges wusste. Man musste nur einen Weg finden, sie zum Sprechen zu bringen.

Eines konnte Violeta allerdings nicht ahnen: Elettra Morin und Valerio Gargiulo hatten Mario Grion zu keinem Zeitpunkt aus den Augen verloren. Jetzt waren sie dabei, den beiden Tätowierten zu folgen, die kurz zuvor das Lokal verlassen und in großer Eile einen zerbeulten schwarzen Lieferwagen bestiegen hatten.

Tatsächlich beschatteten die beiden Inspektoren Grion schon seit dem Abend zuvor. Zunächst hatten sie vor seinem Haus Stellung bezogen, später dann vor der Bar, bereit, noch die kleinste verdächtige Bewegung zu registrieren. Als sie dann gesehen hatten, wie der schwarze Lieferwagen mit quietschenden Reifen losraste, waren sie ungeduldig hinterhergefahren. Endlich kam Bewegung in die Sache!

Zuvor hatten sie mehrere Stunden lang reglos im Wagen gesessen und sich unterhalten, während sie darauf warteten, dass etwas geschah. Genauer gesagt war es Elettra gewesen, die geredet hatte. Auroras Tod, hatte sie Valerio in der Stille der Nacht anvertraut, hinterlasse in ihr eine schreckliche Leere. Sie fühle sich mit einem Schlag in die eiskalten Korridore des Heims zurückversetzt, ohne Namen, ohne Wurzeln, ohne Vergangenheit. Nach langem Nachdenken habe sie daher einen Entschluss gefasst: Sie werde sich auf die Suche nach ihrer leiblichen Mutter machen. Sie könne nicht länger mit dieser offenen Wunde leben.

Valerio hörte ihr aufmerksam zu. Er wusste, dass die Reise, die sie vor sich hatte, schwierig und schmerzhaft werden würde. Wie gerne hätte er sie vor unnötigen Enttäuschungen bewahrt.

»Du musst dich darauf einstellen, dass das Ergebnis dich möglicherweise nicht befriedigt. Vielleicht will sie dich nicht kennenlernen, oder sie ist tot«, sagte er.

»Ich weiß. Ich suche keine neue Mutter. Die habe ich gehabt, und das war auch gut so. Ich will nur Bescheid wissen.«

»Und was ist, wenn du etwas herausfindest, das dir nicht gefällt?«

»Das macht nichts, Valerio. Dann werde ich es annehmen und endlich nach vorne schauen und mein eigenes Leben leben. Ich verstehe sowieso nicht, wie die Leute sagen können, ein Kind bräuchte, um glücklich zu sein, nur die Liebe seiner Eltern. Solange man klein ist, stimmt das vielleicht. Wenn es nur um die Grundbedürfnisse geht. Aber wenn die Zeit kommt, in der man sich Fragen stellt, wenn man anfängt, sich aufzulehnen, dann gibt es kein Ausweichen mehr. Wir sind doch keine Ausstellungsobjekte, die sich einfach katalogisieren lassen. Und auch keine Hündchen, die ihr Fressen bekommen und ein paar Streicheleinheiten, und dann ist Friede, Freude, Eierkuchen. Nein, wir stecken voller Fragen, wie ein Sprengsatz, der jeden Moment hochgehen kann. Oder würdest du gerne erfahren, dass du in der Gebärmutter einer Leihmutter entstanden bist, befruchtet von einem anonymen Samenspender?«

Valerio brach in nervöses Gelächter aus.

»Um Himmels willen, bloß nicht!« Dann warf er eine Kusshand in die Luft, um die Sache herunterzuspielen: »Danke, Mama! Danke, Papa!«

Wie musste man sich die Eltern der beiden Typen vorstellen, denen sie gerade folgten, fragte sich Valerio, während er ein kleines Stück hinter dem schwarzen Lieferwagen parkte. Bestimmt steckten sie nicht »voller Fragen wie ein Sprengsatz«. Im Gegenteil, unter den schwarzen Stirnbändern und den ungepflegten, langen grauen Haaren waren Fragen wohl eher Mangelware. Anscheinend ließ sich Elettras hochspannende Theorie nicht auf alle Menschen gleichermaßen anwenden.

»Warte noch«, wisperte ihm seine Kollegin zu. »Lassen wir ihnen etwas Vorsprung ...«

Sie waren bis in den Vorort Rozzol Melara gefahren. Die beißende Kälte des Spätdezembertages verwandelte ihren Atem in Dampfwolken.

Die zwei Typen bogen, ohne sich umzusehen, in eine Sackgasse ein. Hinter einem verrosteten Tor waren ein paar leer stehende Lagerhäuser zu sehen. Das schwache Licht der Laternen reichte nicht aus, um den weiträumigen Hof zu beleuchten. Zum Glück konnten Gargiulo und Morin im bleichen Licht des abnehmenden Mondes erkennen, wie die Schatten der beiden Männer auf das Hauptgebäude zugingen.

»Wir sollten in der Zentrale Bescheid sagen. Wir brauchen Verstärkung«, murmelte Elettra.

»Ich rufe Pitacco an.«

Während Valerio den kurzen Anruf bei ihrem Kollegen erledigte, bemerkte Elettra, wie aus einem Fenster des Lagerhauses ein dünner Lichtstreifen fiel.

»Schau mal da!«

»Das sollten wir uns ansehen.«

Die Inspektoren schlichen auf das Tor zu, den Rücken an die Mauer gepresst, ihre Pistolen in der Hand.

Grions Männer, Ratko und Milko, hatten das Tor angelehnt gelassen, da sie nicht damit rechneten, dass ihnen jemand gefolgt sein könnte. Morin und Gargiulo schlüpften leise auf den großen, verlassenen Vorplatz und versteckten sich hinter einem Lkw. Sie wussten nicht, was als Nächstes passieren würde. Aber ihnen war klar, dass sie sich in einer überaus gefährlichen Lage befanden.

Der Lichtstreifen im Inneren des Gebäudes wanderte weiter. Offensichtlich benutzten die beiden eine Taschenlampe.

Gargiulo machte Elettra ein Zeichen, und sie liefen rasch zur Tür des Lagerhauses.

Verflixt, abgeschlossen!

Valerio zeigte auf eine Lieferantentreppe wenige Meter weiter. Sie sprinteten los.

Auf einmal fing ein Hund wie wild zu bellen an.

Wo zum Teufel war der Köter?

Das Gebell kam immer näher, und die beiden liefen hastig die Eisentreppe hoch, bis sie vor einer weiteren verschlossenen Türe standen.

Was tun?

Der Hund hatte sie entdeckt und kläffte am Fuß der Treppe wie verrückt. Sie mussten sich etwas einfallen lassen. Valerio kramte in seinen Taschen und fand den Rest eines Salamibrötchens, das er nicht aufgegessen hatte, weil es so grauenhaft schmeckte. Er warf es dem Hund hin.

Als dieser den Geruch der Salami in die Nase bekam, stürzte er sich darauf und schlang den Happen begierig herunter. Das gab den Inspektoren Zeit, die Treppe weiter hochzulaufen und sich auf dem Dach in Sicherheit zu bringen. Keinen Augenblick zu spät, denn schon kamen die beiden Schlägertypen, durch das Gebell alarmiert, aus dem Lagerhaus gelaufen und leuchteten mit ihren Taschenlampen den Hof ab.

Diesmal war Elettra heilfroh über Valerios pausenlosen Appetit – und auch über seinen anspruchsvollen Gaumen. Hätte ihm das Salamibrot geschmeckt, wären sie jetzt geliefert gewesen.

So beschränkten sich Ratko und sein Kumpan auf ein knappes: »Wer da?«, gefolgt von einem Fußtritt für den armen Hund, der hinübergetrottet war, um sich einen weiteren Leckerbissen zu holen. Dann gingen sie fluchend wieder in die Halle.

Auf dem Dach bahnte Valerio sich und Elettra einen Weg zwischen Kühlaggregaten und stählernen Schornsteinaufbauten hindurch, bis sie schließlich vor einem Oberlicht standen. Von dort blickten sie in einen großen, leeren Raum, der durch eine Eisentreppe an der Wand mit dem Dach verbunden war.

Gargiulo kletterte als Erster hinunter und ließ den Blick durch den verlassenen Lagerraum schweifen.

»Freie Bahn!«, wisperte er Elettra zu. Rasch folgte sie ihm.

Aus dem Erdgeschoss drangen Geräusche nach oben.

Sie schlichen auf Zehenspitzen weiter. Auf einmal stolperte Elettra, und etwas rollte über den Boden davon. Eine rostige Eisenstange!

Die Geräusche im Erdgeschoss brachen sofort ab und verwandelten sich in den Hall bedrohlicher Schritte, die durch das Treppenhaus immer näher kamen.

Die zwei Inspektoren sahen sich erschrocken um. Der Strahl einer Taschenlampe glitt suchend durch den Raum.

Hinter einem klapperigen Schrank versteckt, begann Gargiulo zu miauen.

Von draußen antwortete der Hund mit einem Bellen. Valerio fuhr fort, den rolligen Kater zu mimen, während er sich den Kopf nach einem Ausweg zermarterte. Doch Elettra hatte bereits einen gefunden und wies ihm gestikulierend den Weg zu einer Luke.

Die Schritte kamen näher.

»Verdammtes Katzenvieh! Raus mit dir!«, schrie Ratko durchs Dunkel, die Taschenlampe im Anschlag wie ein Gewehr.

Die Inspektoren hörten, wie er schimpfend an ihrem Unterschlupf vorbeistampfte. Dann hörten sie, wie auch er über die Eisenstange stolperte und hinfiel. Prompt kam sein Kumpan angelaufen.

»Was machst du da für'n Scheiß?«

»Da ist 'ne Katze!«

»Na und, du Penner?«

»Pass auf, was du sagst, du Arschloch!«
»Selber Arschloch! Hat Angst vor 'ner Scheißkatze!«
»Ich habe keine Angst!«
»Bist trotzdem ein Penner!«
»Ach, halt's Maul!«

Einer der beiden Ganoven stieß den anderen um. Valerio nützte die Gelegenheit, um die Luke ein Stück weit aufzuklappen. Weit war es nicht bis zur Treppe, nur ein paar Schritte. Er gab Elettra einen Wink, und sie sprang heraus, er hinterher. Sie liefen leise treppabwärts, während sich oben der Streit fortsetzte.

Sie fanden Luka an einen Stuhl gefesselt. Sie hatte einen Knebel im Mund und gab erstickte Laute von sich. Rasch befreiten sie sie und sahen sich nach Igor um.

»Da drüben! Er hat sich schon befreit!«, flüsterte die Kroatin und zeigte auf eine offene Tür zum Hof.

Elettra lief nach draußen und sah den Schatten des Jungen, der auf das Tor zurannte, verfolgt von dem Hund. Ihn aufzuhalten kam nicht infrage, dazu war er zu weit weg. Sie rief Pitacco an, in der Hoffnung, dass die Verstärkung nicht mehr lange auf sich warten ließ.

»Wo bleibt ihr denn, verdammt! Der Junge geht uns schon wieder durch die Lappen. Versucht ihn aufzuhalten. Die Frau ist bei uns.«

Als sie zurück in den Raum kam, sah sie, dass Gargiulo die Waffe auf die beiden Ganoven gerichtet hatte, die ihrerseits Pistolen in der Hand hielten. Elettra, die sich von hinten näherte, bemerkten sie nicht.

Mit einem entschlossenen Tritt stieß Elettra eine Kiste mit rostigen Bolzen um. Die beiden fuhren herum.

Im selben Moment sprang Gargiulo auf den Dicken los und entwaffnete ihn. Elettra trat mit einem weiteren Fußtritt dem anderen die Pistole aus der Hand. Danach ließen sie sich widerstandslos Handschellen anlegen.

Während die zwei einander weiter beschimpften, trat Elettra zu Luka, die sich zitternd hinter einem Berg von Kisten versteckt hatte. »Kommen Sie raus. Es ist vorbei.«

Anschließend durchsuchten sie das gesamte Gebäude. Aber von Carla Benussi fand sich keine Spur.

Livia hätte Ivan Nonis lieber nicht besucht. Wie gern hätte sie sich erspart, was er zweifellos von ihr verlangen würde. Aber sie hatte es nicht geschafft, ihm abzusagen. Nicht jetzt. Das hätte ihn nur misstrauisch gemacht. Und sie wollte doch, dass er das Spiel aufrechterhielt.

Als sie die Dachgeschosswohnung in der Ca' Giustinelli betrat, konnte sie nicht umhin, über die prächtige Aussicht zu staunen, die sich durch die bodenhohen Fenster auf die vor ihnen liegende Stadt bot. Das Haus war brandneu und ein Musterbeispiel für nachhaltiges Bauen nach dem neuesten Stand der Technik. Parkettböden und gut gedämmte Vollholzwände sorgten dafür, dass die Räume im Winter warm waren und im Sommer frisch. Hinter der augenscheinlichen Schlichtheit verbarg sich ein Luxus, den sich nur die wenigsten Triester leisten konnten.

Ivans Mutter war wie üblich auf Reisen und der Junge allein zu Hause. Er kam barfuß an die Tür, im schwarzen T-Shirt und weißer Hose, die Haare noch nass und von Kopf bis Fuß in eine Parfümwolke gehüllt. Er hatte sich für Livia hübsch gemacht, oder wenigstens gab er sich dieser Täuschung hin. Die Pickel, die schiefen Zähne und die Segelohren hatte er nicht zu verbergen vermocht – er war alles andere als ein Adonis.

»Ciao«, sagte Ivan und trat beiseite, um sie einzulassen.

»Ciao«, antwortete Livia. »Schöne Wohnung!«

»Ja, ist nicht übel. Wir haben auch einen Swimmingpool, eine Sauna und ein Fitnessstudio. Wenn du nachher Lust hast ...«

»Nein danke.«

»Magst du was trinken, essen, rauchen ... Oder vögeln?«

»Ich bitte dich, Ivan. Meine Mutter ist verschwunden. Das ist jetzt nicht der richtige Moment.«

»Ich dachte ...«

»Ich habe versprochen, dass ich's mit dir mache, und ich werde mein Versprechen halten. Aber heute habe ich meine Tage ... Verschieben wir die Sache noch ein bisschen, okay?«

»Wofür bist du dann hergekommen?«

Die junge Frau sah sich weiter um, nicht ohne Neid auf den diskreten und dabei ausgesprochen heimeligen Luxus, den dieses Wohnzimmer ausstrahlte. In so einer Wohnung hätte sie gerne gelebt.

»Du hast gesagt, dass du mich sehen willst. Warum?«, hakte der Junge nach.

Livia drehte sich um und fragte geradeheraus: »Warst du das?«

»Was denn?«

»Das weißt du ganz genau.«

»Wenn du glaubst, dass ich dich bei den Bullen verpfiffen habe, dann bist du auf dem Holzweg. Ich habe keinen Ton gesagt. Hat mir übrigens eine saubere Anzeige eingebracht. Aber scheiß drauf, das löst sich sowieso alles in Wohlgefallen auf. Hat mir der Freund meiner Mutter gesagt, der ist Anwalt. Also ruhig Blut.«

»Ich meine nicht das Video ...«

»Was dann?«

»Die Entführung meiner Mutter.«

Ivan starrte sie erst mit weit aufgerissenen Augen an, dann brach er in ein hysterisches Lachen aus, bei dem es Livia kalt den Rücken herunterlief.

»Du spinnst ja! Du hast 'nen Knall!«

Livia hatte nicht mit einer derart theatralischen Reaktion gerechnet und reagierte ihrerseits aggressiv, beleidigt.

»Ach ja, ich hab 'nen Knall? Wer läuft mir denn seit Monaten hinterher, hängt bei uns vor dem Haus rum, kommt auf jedes Fest, zu dem ich eingeladen bin, und lässt mich einfach nie in Ruhe?«

»Und bloß weil ich was von dir will, soll ich deine Mutter entführt haben? Wozu überhaupt, wenn ich fragen darf?«

»Was weiß denn ich. Wahrscheinlich um mich in der Hand zu haben. Um mich zu erpressen ...«

Eine plötzliche Röte zog über Ivans unregelmäßiges Gesicht.

»Halt! Moment mal. Wenn hier jemand erpresst worden ist, dann ja wohl ich. Ich wäre nie auf die Idee gekommen, deine besoffenen Freundinnen zu filmen, dazu hast du mich genötigt ...«

»Und du bist sofort darauf eingegangen, weil du mit mir ins Bett wolltest. Du bist so eine langweilige Niete, du hattest noch nicht mal den Mumm, mir eine Liebeserklärung zu machen. Klar, du wusstest ja, dass du bei mir keine Chance hast. Und da hast du dir den Fick eben erkauft. Du bist ein Loser, Ivan Nonis! Ein armes Schwein!«

Je länger Livia sprach, desto mehr versteinerte Ivans Miene. Als die junge Frau fertig war, ging Nonis zur Wohnungstür, riss sie auf und zischte: »Raus hier!«

»Wenn es das ist, was du willst«, antwortete Livia hochmütig. »Aber bild dir nicht ein, dass ich dann wiederkomme.«

»Raus, habe ich gesagt!«

Die beiden starrten einander eine Weile lang hasserfüllt an, dann fiel die Tür krachend hinter Livia ins Schloss.

Schon auf den ersten Stufen kam die junge Frau wieder zu sich. Was hatte sie getan? Jetzt würde er sich rächen, und sie hätte keinerlei Mittel mehr, um ihn davon abzuhalten. Sie ließ sich auf die Treppe sinken und fuhr sich mit beiden Händen durchs Haar. Warum musste sie immer alles kaputt machen? Was war nur los mit ihr?

Wenn wenigstens ihre Mutter da gewesen wäre …

Während sie um Fassung rang, hörte sie, wie zwei Stockwerke über ihr die Tür wieder aufging. Und dann kam Nonis' Stimme: »Ich wollte dich überhaupt nicht in der Hand haben, Livia! Ich war verliebt in dich. Ich wollte nur, dass du mich auch liebst. Schon klar, ich bin hässlich und nicht besonders sexy, aber ich habe auch ein Herz! Ich habe ein Herz!«

19

Srebrenica, 9. Juli 1995

Ich schreibe, um mich zu erinnern, ich schreibe für Dich, liebste Nadja, und für meinen Sohn, den ich nie kennenlernen werde. Ich schreibe, weil das die einzige Möglichkeit ist, nicht verrückt zu werden. Ich schreibe und spiele Geige. Die Geige ist von einem Soldaten aus Holland, er hat sie mir im Tausch für zwei Schachteln Zigaretten gegeben, die ich auf dem Schwarzmarkt aufgetrieben habe. Wenn ich spiele, dann ist mir, als wäre ich wieder in unserem Dorf unter dem Kirschbaum. Und dabei sehe ich Dich aus dem Haus kommen, die Haare noch nass und die Augen wie Sterne. »Spiel weiter, Kassim. Spiel für mich.« Da spiele ich unser Lied für Dich, Herz meines Herzens. Hoffentlich wird unser Sohn Musiker, denn wer Musik im Herzen hat, wird seine Brüder niemals hassen können. In den drei langen Jahren, die die Belagerung schon dauert, haben nur der Gedanke an Dich und das Kind mich am Leben gehalten.

Bei der Ankunft hier, im Mai 1992, war Srebrenica menschenleer, es regnete, die Serben waren eben erst abgezogen und hatten dabei alles geplündert und zerstört. Es war eine Geisterstadt voller ausgebrannter Häuser, aber im Radio hieß es, dass die Stadt frei sei, und das war uns genug. Wir waren tagelang marschiert, durch verwüstete, verbrannte Dörfer, waren Granaten ausgewichen, die ohne Vorwarnung vom Himmel fielen. Verwandte, die uns nachts Unterschlupf boten, hatten uns erzählt, in Višegrad hätten die Tschetniks schon dreitausend Muslime abgeschlachtet und sie in die Drina geworfen, ihre Leichen würden im Fluss treiben und die Schiffsschrauben blockieren. Ich wollte das nicht glauben! Der Fluss, in dem wir beide so oft zusammen geschwommen waren, der Fluss, an dem wir uns zum ersten Mal geküsst hatten, der Fluss, dieser stumme Zeuge unseres Glücks, war jetzt rot vom Blut meiner Brüder. Wir gingen starr vor Entsetzen durch ein Bosnien, in dem ein neuer, unbegreiflicher Hass loderte, und fragten uns, was aus der Kuh und dem frisch geborenen Kälblein werden sollte, die wir im Stall hatten zurücklassen müssen. Arme, sanfte Nina, die uns jeden Morgen begrüßte, indem sie ihren langen Schweif schüttelte, und die seit Jahren unsere unerfahrenen Hände auf ihren prallen Eutern duldete. Sicher hatte sie den Brand unseres Hauses nicht überlebt. Die Rauchsäule kam ja genau von unserem Hof. Und was war aus Dir und Deiner Familie geworden?, fragte ich mich, aus dem Kind, das bald zur Welt kommen sollte? Während wir marschierten, sah ich Deine schreckgeweiteten Augen vor mir, Du hattest gerade mit Deinem Onkel Radovan gesprochen, der kurz zuvor ins Dorf gekommen war, mit einer Gruppe von Tschetniks. Er war es, der den Hass zwischen unsere Familien gebracht hat. Und er hat uns auch gezwungen fortzugehen, indem er das Haus meines Onkels in Brand steckte, wofür er alle jungen Serben aus dem Dorf zusammenrief. Die zwang er auch dazu, die Moschee zu zerstören. Er wollte uns vertreiben. Mein Vater wollte nicht aufgeben, wollte sein Land nicht verlassen, seine Wurzeln. Er sagte immer wieder, das seien doch nur ein paar Fanatiker, und die Regierung der neu gegründeten Republik Bosnien-Herzegowina werde nicht zulassen, dass eine ethnische Minderheit sich über die Mehrheit der Bewohner hinwegsetze; wir müssten nur Geduld haben, bald wäre alles vorbei. Nach dieser ersten Attacke haben wir uns tagelang im Wald versteckt und darauf gewartet, dass Dein Onkel Radovan und die Soldaten, die er mitgebracht hatte, wieder abzogen. Als wir dann über die Straße von Norden den langen Konvoi von Lkws kommen sahen und in der Nacht eine Rauchsäule und Flammen aus der Mitte des Dorfs, begriffen wir, dass wir nicht mehr dorthin zurück konnten. Noch in derselben Nacht brachen wir auf, ohne irgendetwas mitzunehmen. Weder Kleidung noch Nahrung oder Tabak für meinen Vater. So machten wir uns auf den Weg nach Srebrenica, wo meine Großeltern lebten, in der Gewissheit, dass wir dort sicher sein würden, während wir warteten, dass der Sturm vorüberzog. Aber der Sturm ist nicht vorübergezogen, liebste Nadja. Der Sturm dauert bis heute an. Und er ist schlimmer und schrecklicher als je zuvor. Gerade ruft jemand von unten. Ich muss los. Zum Glück kommt der Lkw vom Roten Kreuz.

20 Luka wurde der liebevollen Pflege Violetas anvertraut, die sie ein weiteres Mal in ihrem Zimmer aufnahm wie eine Mutter die wiedergefundene Tochter. Sie überschüttete die alte Frau mit Aufmerksamkeiten, brachte ihr etwas zu essen und versuchte sie zu überreden, dass sie sich ausruhe. Luka war blass und erschöpft und sagte ein ums andere Mal den Namen ihres Enkelsohns.

»Nur die Ruhe, wir werden ihn schon finden. Jetzt iss doch erst mal etwas«, wiederholte Violeta wie ein Mantra und hoffte inständig, dass es der Polizei tatsächlich gelingen würde, ihn wiederzufinden.

Als die Polizeibeamten vor zwei Tagen in das leer stehende Lagerhaus eingedrungen waren, hatte Igor seine Spuren erneut verwischen können. Pitacco und sein Partner hatten bei ihrem Eintreffen niemanden gesehen, auf den die Beschreibung gepasst hätte.

Die Suche in den umliegenden Straßen hatte sich die ganze Nacht lang fortgesetzt und war auf weitere verlassene Gebäude, Gärten und den Hang ausgeweitet worden. Doch der Junge mit dem Hinkebein blieb verschwunden.

Der Kerl hatte die Fähigkeit, sich in Luft aufzulösen.

Die Vernehmung Mario Grions und der beiden Entführer hatte einige wichtige Informationen erbracht, aber leider noch nicht zu einem entscheidenden Durchbruch geführt.

Nachdem sie den Wirt in die Mangel genommen hatten, hatte Mario Grion schließlich zugegeben, einer der berüchtigten »Wochenendbrigaden« angehört zu haben, die während des Kriegs nach Bosnien fuhren und sich einen Sport daraus machten, auf Zivilisten zu schießen. Er hatte gehofft, dass Gras über die Vergangenheit gewachsen wäre; seine Frau war vor längerer Zeit gestorben, und die Spießgesellen von damals saßen im Gefängnis oder hatten das Zeitliche gesegnet.

Als dann der Junge mit dem Hinkebein aufgetaucht war und eine Menge Fragen über Radovan Jović gestellt hatte, hatte Grion sich enttarnt geglaubt und seinen beiden Handlangern die Weisung gegeben, ihn im Auge zu behalten – zwei Trotteln, die ab und zu kleinere Schmutzarbeiten für Grion erledigten. Jemand musste dem Jungen erzählt haben, dass Radovan Jović häufig in die Kneipe kam, aber wer? Grion konnte nicht riskieren, angezeigt zu werden. Deshalb hatte er den Jungen nach seinem letzten Besuch verfolgen und entführen lassen. Er hatte nicht vor, ihn umzubringen, er wollte ihm nur einen Schreck einjagen und ihm klarmachen, dass er, Grion, schon lange nichts mehr von Jović gehört habe.

Dann war die Sache noch komplizierter geworden, als der Priester und sein Freund kamen, um ihrerseits die Nase in seine Angelegenheiten zu stecken. Und als wäre das immer noch nicht genug, war am nächsten Tag auch noch eine andere alte Frau aufgetaucht, dem Akzent nach Kroatin, und hatte nach dem Jungen gefragt. Das war nun wirklich zu viel des Guten. Mario Grion fühlte sich in die Enge getrieben und beschloss, auch die Alte ein wenig einzuschüchtern, indem er sie entführen ließ. Wenn er Radovan Jović fand, würde der ihm schon sagen, was man mit den beiden Kandidaten anstellen sollte.

Aber dazu war es nicht mehr gekommen, Gargiulo und Elettra Morin hatten, eine halbe Stunde nachdem sie seinen Komplizen Handschellen angelegt hatten, auch ihn verhaftet.

Grion beteuerte ein ums andere Mal, von Carla Benussi überhaupt nichts zu wissen. Mit deren Entführung habe er nichts zu tun. Und so abstoßend er war, er schien die Wahrheit zu sagen. Im Übrigen waren Ratko und sein Kumpan aus allen Wolken gefallen, als Elettra ihnen ein Foto von Carla Benussi gezeigt hatte. Die Frau hätten sie noch nie gesehen. Um herauszufinden, ob das den Tatsachen entsprach oder nicht, mussten die Inspektoren erst einmal die Verbindungsdaten überprüfen, die sie von den Netzbetreibern erhalten hatten. Sobald sie dazu kamen, denn im Augenblick gab es dringlichere Aufgaben: Endlich waren sie im Besitz von Radovan Jovićs letzter Adresse.

Gargiulo und Morin verloren keine Zeit. Sie mussten jetzt unbedingt Jović finden. Dass er etwas mit Carlas Verschwinden zu tun haben könnte, war die Hoffnung, an die sie sich klammerten. Es war ihre letzte.

Wenn eine Besucherin der Imbissbar Carla im Gespräch mit Igor gesehen hatte, dann konnte sie auch Jović aufgefallen sein. Das war eine heiße Spur, der sie unbedingt folgen mussten.

Als sie jedoch die Salita Trenovia erreichten und vor dem Häuschen standen, in dem der »Henker des Balkans« sich angeblich versteckt hielt, fanden sie es verriegelt und unbewohnt. Eine sympathische Mittfünfzigerin mit leuchtend blauen Augen und einem schönen, offenen Lächeln setzte sie darüber in Kenntnis, dass Signor Benčić vor sechs Monaten ausgezogen sei und keine Nachsendeadresse hinterlassen habe.

»Wem gehört denn das Haus?«

»Einem serbischen Bauunternehmer. Das ist ein ganz anständiger Mensch.«

»Würden Sie mir seinen Namen sagen?«

»Gerne! Er hat mir übrigens auch die Schlüssel dagelassen, falls Mietinteressenten kämen ...«

»Könnten wir vielleicht einen Blick hineinwerfen?«, fragte Elettra.

Die Nachbarin musterte die beiden mit freundlichem Blick und nickte.

»Das wäre genau das Richtige für ein junges Paar wie Sie beide! Ruhig, man ist für sich ... Und die Miete ist nicht hoch.«

Valerio warf Elettra einen amüsierten Blick zu, die lächelte und ihre Dienstmarke vorzeigte.

»Wir sind leider nicht auf Wohnungssuche. Ich bin Ispettore Morin, und das ist Ispettore Gargiulo von der Fahndungspolizei Triest.«

»Oh, entschuldigen Sie. Aber schade ist es schon!«

Elettra zeigte der Dame das Foto des jungen Radovan Jović und anschließend das zweite, mit dem Computer bearbeitete.

»Erkennen Sie den Mann wieder?«

»Ja, sicher! So einen Menschen vergisst man nicht. Doch, das ist der ehemalige Mieter. Rado Benčić.«

Gargiulo entfuhr ein Seufzer der Erleichterung. Wenigstens hatten sie jetzt den Namen, unter dem er untergetaucht war!

»Was für ein Mensch war das denn? Hatte er Freunde? Eine Frau?«, fragte Elettra.

»Ach was! Er war ein einsamer Kerl.«

»War er berufstätig?«

»Ich glaube, er bekam Rente. Er hat den ganzen Tag nur gemalt. Bestimmt war er Künstler, wobei mir seine Bilder nicht besonders gefallen haben.«

»Wie waren diese Bilder?«

»So modernes Geschmiere mit einer Menge Blut darauf ... Die konnten einem richtig Angst machen.«

»Täusche ich mich, oder hielten Sie nicht gerade viel von Ihrem Nachbarn?«, erkundigte sich Valerio.

»Nein, da haben Sie völlig recht! Der war nicht ganz bei Trost, ein Glück, dass er weg ist. Hat er etwas ausgefressen?«

»Dazu dürfen wir uns leider nicht äußern.«

Die Nachbarin verschwand, um die Schlüssel zu holen.

»Vielleicht sollten wir uns erst einen Beschluss holen«, sagte Gargiulo, während sie warteten.

»Dazu ist jetzt keine Zeit. Heute ist Silvester, am Abend wird in der Innenstadt mal wieder die Hölle los sein. Wir müssen ihn vorher finden, falls er überhaupt noch in der Stadt ist.«

Valerio nickte und bewunderte wieder einmal Elettras Selbstsicherheit und Tatkraft. Sie war so schön in diesem Moment, in dem ein Sonnenstrahl auf ihren Haaren glitzerte. Er hätte sie am liebsten an sich gezogen. Elettra bemerkte seinen Blick und lächelte ihm verschwörerisch zu.

»Da bin ich wieder«, sagte die Frau, die atemlos aus dem Haus kam. »Tut mir leid, dass ich Sie habe warten lassen, aber bei mir herrscht nicht die größte Ordnung. Bis ich mal was gefunden habe ... Kommen Sie.«

Das Häuschen, das Radovan Jović bewohnt hatte, bestand aus drei spärlich eingerichteten Zimmern im Erdgeschoss.

Sie gingen auf einen verwilderten Garten hinaus, in dem eine einsame Robinie stand. Das Haus war nicht völlig reizlos. Mit frisch gestrichenen Wänden und nach Instandsetzung der wackeligen Bodenfliesen hätte Elettra sich gut vorstellen können, dort zu wohnen, trotz der schlechten Erreichbarkeit – die Straßenbahn nach Opicina war leider noch nicht wieder in Betrieb.

Aber sie waren nicht gekommen, um von künftigen Wohnungen zu träumen. Sie suchten nach Spuren von Jović. Nach einem weiteren Teil des Puzzles, das sich allmählich vor ihren Augen zusammensetzte.

Die zwei Inspektoren sahen sich in den leeren Räumen um, öffneten die Schubladen einer Kommode, schauten unter eine Matratze, in die Küchenschränke, aber da war nichts.

In einem Schrank stießen sie auf drei bemalte Leinwände. Die mussten von Jović stammen.

»O ja«, bestätigte die Nachbarin. »Die sind bestimmt von ihm. Gefallen sie Ihnen?«

Elettra und Valerio betrachteten die Bilder. Sie strahlten wirklich etwas Beunruhigendes aus. Die beherrschende Farbe war Rot: Blutflecken auf grob skizzierten nackten Frauenkörpern. Es hatte etwas Verstörendes.

»Haben Sie mal ein paar Worte mit Ihrem Nachbarn gesprochen?«

»Kein einziges Mal! Der ließ sich auf keine Unterhaltung ein. Als ob ich Luft für ihn wäre. Ehrlich gesagt, war ich froh, als er ausgezogen ist … Besser niemand als so ein Typ.«

»Wissen Sie auch, warum er ausgezogen ist?«

»Der Hauseigentümer hat mir erzählt, dass er geerbt hat. Er wird in seine Heimat zurückgegangen sein.«

»War er Ausländer?«

»Serbe. Aber das weiß ich nicht von ihm, das habe ich vom Eigentümer. Anscheinend sind sie entfernte Verwandte.«

»Könnten Sie uns Namen und Anschrift des Hauseigentümers nennen?«

»Wenn Sie hier fertig sind, sperre ich ab und schreibe sie Ihnen auf.«

»Gut, danke.«

Elettra warf einen letzten Blick auf das leer stehende Häuschen und folgte Valerio und der Nachbarin nach draußen. Dabei entfuhr ihr ein Seufzer. Sie hätte wirklich gerne dort gewohnt.

Violeta Amado war es nicht gelungen, aus Donela, der Kellnerin, viel herauszuholen. Nur dass Mario Grion als Chef eine miese Type war – was für eine Überraschung – und dass er sie in der Hand hatte, seit sie mit seiner Hilfe ihren sechzehnjährigen Sohn Martin nach Italien geholt hatte.

Das hätte sie besser bleiben lassen, hatte Donela ihr anvertraut. Der Junge habe sich nie an das Leben im Land gewöhnt, er weigere sich, zur Schule zu gehen, und habe sich mit einer Clique von Kleindealern eingelassen. Grion konnte sie nun doppelt unter Druck setzen: moralisch, weil sie ohne seine Hilfe die Anträge für ihren Sohn nicht hinbekommen hätte, und ganz konkret, indem er Donela, sooft sie sich eine andere Arbeit suchen wollte, damit drohte, Martin bei der Polizei zu verpfeifen.

»Ich hätte bei uns im Dorf bleiben sollen. Wir waren arm, das stimmt, aber wenigstens konnte ich ein Leben führen, das diesen Namen verdient.«

»Und warum gehst du nicht zurück?«, hatte Violeta gefragt, der ihre tiefe Traurigkeit zu Herzen ging.

Donela hatte seufzend die Hände gerungen.

»Martins Vater arbeitet im Eisenwerk. Wir sehen uns ab und zu ...«

»Zusammen seid ihr nicht?«

»Er hat Frau und zwei Kinder. Aber er hat mich gern.«

Für ein kleines bisschen Liebe ertrug diese Frau ein bitteres Leben voller Demütigungen, dachte sich Violeta. Sie verstand das nicht, aber in gewisser Weise erfüllte es sie mit Bewunderung. Sie selbst hätte so etwas nicht gekonnt.

Von Radovan Jović und Carla Benussi schien Donela nichts zu wissen. Sie hatte nur einmal mit Luka, der Großmutter des hinkenden Jungen, gesprochen, jedoch nichts zu ihrer Suche beitragen können. Sie hatte keine Ahnung, wo Lukas Enkel stecken konnte.

Damit war die Großmutter der Schlüssel zu allem. Sie und das, was sie vor ihnen geheim hielt. Violeta war inzwischen überzeugt davon, dass die Kroatin ihr nicht alles gesagt hatte.

Und sie war gespannt auf den Rest.

Luka saß vor dem Marienbildnis in der kleinen Kapelle des Offenen Hauses und betete. Violeta setzte sich schweigend neben sie.

Sie wusste nicht, wie sie sich Zugang zu diesem gequälten Herzen verschaffen sollte. Es fehlte ihr an Erfahrung im Umgang mit Osteuropäern, deren Kultur sich so sehr von der sonnigen lateinamerikanischen Mentalität unterschied, mit der sie aufgewachsen war.

Die alte Frau war ihr ein Rätsel. Nachdem sie sich so geöffnet und Violeta ihre schreckliche, leidvolle Geschichte erzählt hatte, wirkte sie nun wieder wie eine Fremde. Sie sprach kaum ein Wort mit ihr, und über die Aufmerksamkeit, die die Brasilianerin ihr widmete, schien sie sich auch nicht zu freuen. Es war, als hätte sie vor etwas Angst.

Violeta begriff, dass ihr etwas auf der Seele lastete und sie das Offene Haus wieder verlassen wollte. Aber wozu? Vielleicht war es das Beste, wenn sie sie gehen ließ und ihr dann unauffällig folgte. Die Polizei hatte dazu geraten, Luka nicht aus den Augen zu lassen. Sie sei nicht außer Gefahr, solange Radovan Jović und Igor nicht gefunden würden. Aber Violeta hatte das Gefühl, dass Luka etwas wusste, das ihnen nützlich sein konnte.

Nur was? Da die Kroatin offenbar wirklich nicht mit ihr sprechen wollte, trotz eines kurzen Seitenblicks, beschloss Violeta, nicht weiter in sie zu dringen. Sie stand also auf, bekreuzigte sich und ging hinaus.

Pater Florence war in seinem Arbeitszimmer und wie immer am Telefonieren.

Als er Violeta hereinschauen sah, bedeutete er ihr, Platz zu nehmen, während er sein Gespräch fortsetzte. Er unterhielt sich gerade mit einem befreundeten Jesuiten aus dem Centro Astalli in Rom und war dabei, ihm von vier syrischen Flüchtlingen zu erzählen, die vor Kurzem in besorgniserregendem Zustand eingetroffen waren. Was sollte er mit ihnen machen? Das Offene Haus in Triest war randvoll, er konnte sie nirgends unterbringen. Keiner von ihnen sprach Italienisch. Sie wiederholten immer nur: »Roma, Roma.« Vielleicht hatten sie Verwandte dort. Pater Florence wollte sehen, was zu tun war, damit sie als politische Flüchtlinge anerkannt würden, und sie dann vielleicht in die Hauptstadt schicken. Aber sein Freund schien jeden seiner Anläufe abzuwehren. Auch in Rom, erklärte er, häuften sich die Schwierigkeiten mit der Bürokratie.

»Wir verrecken noch an der Bürokratie!«, rief Pater Florence ins Telefon. Sein Gesicht war rot angelaufen. »In den Fernsehnachrichten jammern die Politiker über das Schicksal der syrischen Zivilbevölkerung nach zwei Jahren Bürgerkrieg, aber wenn dann vier arme Seelen tatsächlich vor der Tür stehen, weiß keiner etwas mit ihnen anzufangen! Leider nichts zu machen, die müssen wieder zurück. Weil sie angeblich nicht den Kriterien entsprechen! Was für Kriterien wollt ihr denn noch? Sind Hunger, Krieg und Verzweiflung nicht genug?«

Schließlich knallte er entnervt das Telefon auf den Tisch.

Violeta füllte ein Glas mit Wasser und brachte es ihm.

»Danke, Violeta. Und entschuldige meinen Ausbruch, aber die machen mich wahnsinnig! In diesem vermaledeiten Land regen sich alle nur auf und unterzeichnen seitenlange Aufrufe. Aber wenn es dann wirklich um etwas geht, krempelt niemand die Ärmel hoch.«

»Na komm, beruhige dich. Du bist ja ganz außer dir. Du musst auf deinen Blutdruck achten.«

Der Geistliche stürzte das Wasser herunter. Dann ließ er sich in den Drehstuhl zurücksacken und schloss die Augen.

»Vielleicht ist das nicht der richtige Moment. Soll ich später wiederkommen?«, fragte Violeta zögernd.

»Nein, nein, bleib nur. Brauchst du etwas?«

»Ja, ich wollte mit dir über Luka reden.«

Die müden Augen von Pater Florence funkelten mit einem Mal aufmerksam.

»Hast du etwas herausgefunden?«

»Leider nein. Aber wenn du mich fragst, verschweigt sie uns etwas.«

»Wie kommst du darauf?«

»Sie ist anders, sie weicht mir aus. Ich glaube, sie will hier weg.«

»Denkst du, sie weiß, wo sich Radovan Jović versteckt hält?«

»Mein Gefühl sagt mir Ja.«

»Hast du das auch der Polizei gesagt?«

»Nein. Ich kann das ja nicht sicher wissen …«

»Ich rufe Morin an.«

Elettra meldete sich beim zweiten Klingeln.

»Hier Pater Florence … Violeta glaubt, dass Luka weiß, wo sich Jović versteckt, aber es ist nichts aus ihr herauszubringen … Verstehe. In Ordnung, wir behalten sie im Auge. Danke.«

»Was hat sie gesagt?«

»Dass sie jetzt nicht gleich kommen können, sie verfolgen eine wichtige Spur. Aber falls wir sehen sollten, dass Luka das Haus verlässt, sollen wir Bescheid sagen.«

»Ist gut.«

21
Srebrenica, 9. Juli 1995, 14 Uhr

Das war kein Lkw vom Roten Kreuz und auch keiner vom UNHCR. Das war eine serbische Patrouille, die angeblich Wasser brauchte. Garantiert eine Ausrede. Seit Naser Orić und sein Generalstab mit dem Hubschrauber abgehauen sind und die Stadt den Holländern überlassen haben, die sich keinen Deut um uns scheren, laufen hier in der Gegend komische Dinge.

An der Straße zwischen Vlasenica und Milići hat mein Freund Hasan, der als Dolmetscher für die UNO arbeitet und sich frei bewegen kann, Panzerfahrzeuge gesehen, Artillerie, mit Munition beladene Lkws, Raketenwerfer, die sich hinter Bäumen tarnen. Einer von unseren Hubschraubern soll über dem Veliki Žep abgeschossen worden sein, als er aus Tuzla zurückkam.

Es herrscht eine seltsame Atmosphäre, eine richtige Endzeitstimmung. Und für uns ist es wirklich das Ende der Welt. Ohne den Schutz durch Orić bleibt uns nur, auf den Tod zu warten.

Ich weiß nicht, wie viele Tage ich noch habe. Ich muss mich beeilen, um Euch alles zu erzählen, vor allem für

Dich, mein Sohn, damit Du erfährst, wozu der Mensch fähig ist, wenn Hass und Fanatismus ihn antreiben.

Aber eines muss ich Dir sagen, bevor ich damit fortfahre. Etwas, das mir seit fast zwei Jahren auf dem Herzen liegt und mich nachts nicht schlafen lässt. Es stimmt, dass die Serben uns wie die Tiere behandelt haben, aber das Schrecklichste ist, dass sie es geschafft haben, auch uns zu Tieren werden zu lassen.

Januar 1993. Es war der neunte Monat der Belagerung, wir waren erschöpft, wir froren, hatten den Kopf voller Läuse, keine Wünsche, keine Hoffnungen. Wir beklauten uns gegenseitig, wir waren am Verhungern, die Mädchen verkauften ihre Körper an die UNO-Soldaten für eine Handvoll Getreide. In den Dörfern, in den Hügeln und an den Straßen rings um die Stadt hatten die Serben uns im Visier, ließen uns weder hinaus noch hinein, und ihre mörderischen Granaten zerfetzten Kinder, die ihre Mütter zum Wasserholen geschickt hatten. Ein Massaker folgte aufs andere, Tag für Tag mit gnadenloser Regelmäßigkeit. So kam es, dass mit einem Mal all unsere Wut explodierte und niemand sie mehr bremsen konnte.

Die Soldaten, die Männer und die Jungen aus der Enklave Srebrenica beschlossen, zum Gegenangriff überzugehen.

Bei den ersten Aktionen war ich nicht dabei, denn meine Mutter war krank, und die Großmutter lag im Sterben. Ich konnte sie nicht allein lassen. Mein Vater war einem Hinterhalt zum Opfer gefallen, als er versuchte, nach Tuzla durchzukommen. Jetzt blieb nur noch ich, um sie zu beschützen. Von Hasan erreichten mich nur sporadische Berichte, in denen er mir von zunehmend erbitterten und blutigen Kämpfen in den Dörfern und auf dem freien Feld erzählte, von Hinterhalten wie dem in Voljavica, wo es für die Serben kein Entrinnen gab.

Unter der serbischen Bevölkerung in der Stadt und auf den Dörfern breitete sich allmählich Panik aus. Die Leute eilten auf die Brücke, die sie von Serbien trennte. Sie alle wollten fliehen, sich in Sicherheit bringen. Sie hatten Angst vor uns! Wir fühlten uns wie Sieger und konnten endlich wieder ruhig schlafen.

Im Januar beschloss das Kommando in Srebrenica, Kravica anzugreifen, das einzige Dorf auf der Straße zwischen Srebrenica und Cerska, in dem die umfangreichen Nahrungsreserven gehortet waren, an denen es uns fehlte. Das orthodoxe Weihnachten kam, ein eisiges Weihnachten. Wir starteten einen Überraschungsangriff mit Infanteriewaffen, diesmal war auch ich dabei, ich wollte mir das Schauspiel nicht entgehen lassen, sie wie verschüchterte Hunde fliehen zu sehen.

Und ein Schauspiel war es wirklich, aber schrecklicher, als ich es mir jemals hätte vorstellen können. Die Wut und der blinde Hass hatten uns ihnen ähnlich gemacht. Wir plünderten Bauernhäuser, die noch weihnachtlich geschmückt waren, wir betranken uns mit ihrem Sliwowitz und schossen mit dem Alkohol im Leib auf harmlose Zivilisten, wir schlugen alles kaputt, was wir vor uns sahen, brannten ihre Häuser nieder, die Ställe. Ein paar Tage nur, und das Dorf war restlos ausgeraubt. Auf dem Boden lagen die Leichen der Unseren zwischen serbischen Zivilisten, die es nicht geschafft hatten zu fliehen.

Wer weiß, wie lange auch ich mich noch an Mord und Zerstörung beteiligt hätte, wäre ich nicht plötzlich vor einem toten Kind gestanden, das in den Armen seiner Mutter lag, auch sie kaum mehr als ein Kind. Sie hat-

ten die Augen weit aufgerissen, als wollten sie um Gnade bitten. Eine Gnade, die sie bei uns nicht gefunden hatten.

Diese Mutter und dieses Baby, das hättet ihr sein können.

In diesem Augenblick verrauchte all die Wut, die mir die Waffe in die Hand gegeben und mein Herz zur Raserei getrieben hatte. Mit einem Schlag begriff ich, wie der blinde Hass auch mich zu einem wilden Tier hatte werden lassen, das nach dem Blut Unschuldiger dürstete. Denn diese Frau und dieses serbische Kind und auch ihre Verwandten, die in ihren ärmlichen Häusern das orthodoxe Weihnachtsfest feierten, waren nichts anderes als Opfer, genau wie wir.

In den folgenden zwei Monaten bekam ich kaum ein Auge zu. Als die Bombenangriffe und die Belagerung wieder einsetzten, beruhigte sich mein Gewissen, und ich begann erneut, diejenigen zu hassen, die uns Unschuldige zu diesem Nicht-Leben aus Demütigung, Hunger und Tod verurteilten. Aber ein Gewehr oder eine Pistole nahm ich nicht mehr in die Hand. Ich wollte lieber sterben, als ein Leben auslöschen, und wenn es das von Mladić persönlich wäre, der mit seinem Heer jetzt angeblich vor Srebrenica steht.

Ich habe Dir das alles erzählt, mein Sohn, damit Du nicht glaubst, dass Schuld und Gräueltaten nur auf einer Seite liegen, damit Du begreifst, dass das Böse in allen Menschen steckt, auch in Dir und mir, und dass schon wenig genügt, um es zum Ausbruch kommen zu lassen. Ich weiß nicht, was aus meinem Bosnien werden wird, wenn dieser schreckliche Krieg vorüber ist. Ich weiß nur, dass junge Menschen wie Du es bewohnen werden und es in die Zukunft führen müssen. Und deshalb sage ich Dir, mein Sohn: Hilf Deinen Altersgenossen, im anderen nicht einen Ustascha oder einen Tschetnik oder einen Türken zu sehen, sondern nur das unschuldige Baby mit den weit aufgerissenen Augen. Nimm den Worten ihre Schärfe. Das ist die einzige Möglichkeit, auch das Herz zu entwaffnen. Die Worte sind es, die uns zu Feinden machen, noch vor den Waffen und dem Blut.

22 Goran Jovanović empfing die Inspektoren Morin und Gargiulo mit einem verbindlichen Lächeln und bat, das Durcheinander in seiner Wohnung zu entschuldigen. Seine Frau und ihre Schwestern waren gerade mit den Vorbereitungen für das Silvesterabendessen beschäftigt, zu dem einige Freunde eingeladen waren, und ein paar Verwandte räumten das Wohnzimmer frei, in dem später getanzt werden sollte.

Es war ein fröhliches Hin und Her von Leuten, die lachend und scherzend durch die Wohnung liefen. Die Jovanovićs schienen eine glückliche Familie zu sein, entgegen dem Vorurteil, das die Serben grundsätzlich als aggressiv, ungehobelt und misstrauisch zeichnete.

Doch da war kein Misstrauen in diesem offenen Lächeln und auch nicht im Händedruck der Frau, einem fülligen Mütterchen, das mit umgebundener Schürze aus der Küche kam und ihnen frische Palatschinken anbot.

»Entschuldigen Sie die Störung«, sagte Elettra, die gleich zur Sache kommen wollte. Es war schon recht spät, und sie hatte keine Lust, im Festtaumel der Triester stecken zu bleiben, die haufenweise in Richtung Piazza Unità strömten und dabei den Verkehr auf der Uferstraße blockierten.

»Sie stören doch nicht. Nehmen Sie bitte Platz.«

Valerio Gargiulo blickte sich um und sah, dass sämtliche Stühle und Sessel bereits entlang der Wände aufgereiht waren, während zwei Männer Girlanden an der Decke befestigten.

»Danke, wir stehen lieber.«

»Wir wollten fragen, ob Sie uns helfen können, Rado Benčić zu finden«, sagte Elettra ohne Umschweife.

»Wen?«

»Ihren früheren Mieter. Sie hatten ihm ein Häuschen an der Salita Trenovia vermietet«, antwortete Gargiulo.

»Ach ja, Benčić. Warum suchen Sie ihn? Liegt etwas gegen ihn vor?«

Anstatt zu antworten, fragte Elettra ihrerseits weiter:

»Hat er beim Auszug eine Adresse hinterlassen, unter der man ihn kontaktieren kann?«

»Leider nein, er war von einem Tag auf den anderen weg.«

»Eine Nachbarin sagte uns, Benčić sei mit Ihnen verwandt«, hakte Elettra nach.

»Nein, woher denn! Ich hatte ihn noch nie gesehen.«

»Wie kam er dann auf Sie?«

»Eine Cousine meiner Frau hat damals aus Belgrad angerufen. Ein Freund aus Triest würde ein ruhiges Häuschen suchen, um dort zu malen.«

»Sie kannten ihn also nicht?«

»Vorher nicht, nein.«

»Und was war Ihr Eindruck?«

»Ein komischer Typ. Ein Eigenbrötler. Seine Bilder waren schrecklich ...«

»Ist Ihnen außer den Bildern noch etwas anderes an ihm aufgefallen?«

»Eigentlich nicht. Ich hatte wenig Kontakt zu ihm. Wieso?«

»Ihr Mieter hat während des Balkankriegs schwere Verbrechen begangen. Sein tatsächlicher Name lautet Radovan Jović, er wird von Interpol gesucht.«

»Ist das wahr? Ich fasse es nicht!«

Jovanovićs Betroffenheit wirkte nicht gespielt. Er rief laut nach seiner Frau.

»Rada, komm mal her!«

Die Frau erschien mit mehlverschmierten Händen. »Was ist denn?«

»Was hat dir deine Cousine über Benčić erzählt?«

Die Frau sah ihren Mann verdutzt an. Dann wanderte ihr Blick zu den beiden Inspektoren, und sie schien in ihrem Gedächtnis zu kramen.

»Benčić?«

»Ja doch, der Bursche, der das Haus an der Salita Trenovia gemietet hat«

»Der Maler?«

»Genau.«

»Was ist denn mit ihm?«

»Ich weiß nicht, aber versuch dich mal zu erinnern ...«

»Sie hat gesagt, dass er krank wäre und einen ruhigen Platz zum Malen sucht ...«

»Sonst nichts?«

»Nein.«

»Bist du ganz sicher?«

»Ja, natürlich, Goran! Wir haben uns ja auch nicht lang über ihn unterhalten ...«

»Könnten Sie Ihre Cousine in Belgrad vielleicht anrufen und etwas mehr in Erfahrung bringen?«

»Sie ist vor einem Jahr gestorben. Wieso, was ist denn überhaupt los?«

Ihr Mann strich ihr über die Wange und lächelte. »Geh nur wieder in die Küche, ich erzähl's dir nachher.«

Elettra und Valerio wechselten bedauernde Blicke.

»Und Sie wissen nicht, ob er in Triest Freunde hatte?«

Der Serbe schüttelte den Kopf. »Tut mir leid. Er hat mir nur gesagt, dass er ein Haus geerbt hätte und umziehen würde. Mehr weiß ich nicht.«

»War das auch in Triest?«

»Das habe ich ihn nicht gefragt. Tut mir leid.«

Elettra nahm Valerio beiseite und sagte leise: »Vielleicht lebt er immer noch unter dem Namen Rado Benčić. Dann sollte es nicht schwer sein, ihn aufzuspüren. Wir brauchen das nur bei den Strom- und Wasserversorgern zu überprüfen.«

»Stimmt, aber nicht heute Abend.«

Jovanovićs Gesicht hatte sich verfinstert. Er schüttelte immer wieder den Kopf.

»Es ist wirklich ein Jammer. Im Krieg konnten viele Leute nicht mehr klar denken. Ich weiß, für die öffentliche Meinung waren die Serben an allem schuld. Aber Sie dürfen mir glauben, so war das nicht. Ich lebte damals in Sarajevo, ich bin 1992 geflohen, als alles angefangen hat. Ich wollte nicht gezwungen sein, auf Menschen zu schießen, die ich bis dahin als Freunde gesehen hatte ...«

Der Mann mochte noch so gelassen wirken, dachte Gargiulo, aber er trug eine tiefe Wunde im Herzen. Niemand verließ so ohne Weiteres die Heimat, wenn er nicht musste. Und Jovanović hatte offenbar noch immer Sehnsucht nach seinem fernen, gepeinigten Land.

Die beiden Inspektoren verabschiedeten sich mit einem Händedruck und guten Wünschen für das neue Jahr und machten sich dann auf den Weg, nicht ohne ein Tablett voll süßer und herzhafter Palatschinken, die Jovanovićs Frau ihnen aufgenötigt hatte.

»Wo willst du hin?«

Livia stand schon an der Tür. Sie trug ein eng anliegendes schwarzes Minikleid und Overkneestiefel und war im Begriff, in eine lila Kunstlederjacke zu schlüpfen, die Benussi noch nie gesehen hatte.

»Auf die Piazza Unità.«

»Du bleibst schön hier!«

»Wieso? Soll ich vielleicht zuschauen, wie mein Vater sich vollfrisst wie ein Schwein und sich dabei die Kante gibt? Nein danke.«

Kommissar Benussi starrte seine Tochter wütend an. Sie ging aus, um sich zu vergnügen, während ihre Mutter womöglich schon tot war.

»Woher hast du die Lederjacke?«

»Von Margherita! Wenn's nach dir gehen würde, müsste ich immer noch mit dem drei Jahre alten Mantel rumlaufen!«

»Was hast du denn gegen den Mantel? Der hat ein Vermögen gekostet!«

»Erstens ist er mir zu klein. Falls dir das nicht aufgefallen sein sollte, ich bin in den drei Jahren gewachsen. Und zweitens hat er überhaupt kein Vermögen gekostet, ihr hattet ihn aus dem Schlussverkauf, wie alle meine Klamotten.«

»Wirst du abgeholt?«

»Nein, ich nehme den Bus.«

»Es ist zehn Uhr abends, das ist gefährlich!«

»Wenn du mir das Geld fürs Taxi geben willst, bitte sehr ...«

Ettore griff in die Tasche und schüttelte den Kopf.

»Ich habe keinen müden Heller mehr.«

»Dann gib mir halt die Kreditkarte. Ich ziehe dir Geld aus dem Automaten.«

»Danke, das ist nicht nötig.«

»Für dich vielleicht nicht, aber ich brauche schon was.«

»Ich habe dir doch erst vorgestern dreißig Euro gegeben.«

»Was soll ich mit dreißig Euro? Das ist doch echt arm! Und wenn ich was trinken will? Falls du's nicht weißt, heute ist Silvester!«

»Lass dich halt von einem deiner Freunde einladen. Davon hast du ja genug.«

»Du bist so ein Arsch!«

»So redest du nicht mit mir! Ich bin dein Vater!«

»Dann verhalt dich auch wie ein Vater und gib mir das Geld!«

»Ich habe dir schon gesagt, dass ich keines habe!«

»Ach, geh doch zum Teufel!«

Damit knallte Livia die Tür hinter sich zu.

Ettore Benussi ließ sich aufs Sofa sinken und schleuderte dann wütend die Krücke auf den Boden. Verdammt noch mal! Schon wieder hatte er sich von seiner Tochter herabsetzen lassen. Ihm war klar, dass er sich in einer ungünstigen Position befand. Er hatte zu viel getrunken, und es war Tage her, dass er sich zum letzten Mal gewaschen und die Kleidung gewechselt hatte. Wenn er so weitertrank und -aß, würde er bald wieder so viel wiegen wie vor seiner Diät. Wie konnte er erwarten, dass Livia ihn respektierte? Er respektierte sich ja selbst nicht. Im Gegenteil, er fand sich ziemlich widerlich.

Benussi schaltete den Fernseher ein. In den Nachrichten liefen bereits die Silvesterfeierlichkeiten aus einer Stadt am anderen Ende der Welt. Was hatten diese Schwachköpfe zu feiern? Die Welt war dabei, den Bach herunterzugehen, an den Polkappen schmolz das Eis, ein ganzer

Kontinent aus Plastik schwamm im Ozean und zerstörte den Lebensraum von Millionen von Fischen, die Wirtschaftskrise ließ unzähligen Menschen keine Hoffnung – und trotzdem wurde getanzt und gesungen!

Er rappelte sich hoch, um in die Küche zu gehen und etwas zu essen, doch kaum war er auf die Füße gekommen, sackte er zurück aufs Sofa. Ihm drehte sich der Kopf. Er musste unbedingt duschen und saubere Klamotten anziehen. Er konnte das neue Jahr doch nicht damit beginnen, dass er muffelte wie ein Ziegenbock. Allein schon für Carla musste er sich zusammenreißen. Wenn sie ihn in diesem Zustand gesehen hätte, hätte sie sich seiner geschämt. Und wirklich nicht zu Unrecht.

Mit Mühe schaffte er es ins Bad und kleidete sich aus.

Der heiße Wasserstrahl tat ihm wohl. Er wartete, bis die Dusche all die düsteren Gedanken der letzten Tage fortgespült hatte, auch Livias misslaunige Blicke und ihre Worte, die so hart waren wie Kugeln. Sie war eben mit den Nerven herunter, er musste Verständnis für sie haben. Das würde schon vorübergehen. Alles würde vorübergehen. Alles würde wieder so werden wie früher.

So konnte es jedenfalls nicht enden.

Gestärkt verließ er das Badezimmer. Er hatte sich auch rasiert und gekämmt. Leicht war ihm das nicht gefallen, ihm zitterte die Hand von dem vielen Grappa, aber am Ende hatte er es geschafft, mit nichts als einem kleinen Kratzer am Kinn.

Er öffnete den Schrank und versuchte, an Carlas Kleidung vorbeizuschauen, die neben der seinen hing. Er entschied sich für eine dunkelblaue Samthose und ein blaues Hemd. Die Lieblingsfarbe seiner Frau. Dazu wählte er einen gerippten dunkelblauen Kaschmirpullover, den Carla ihm zum Geburtstag geschenkt hatte.

Als er vollständig angezogen war, warf er einen Blick in den Spiegel und fand sich durchaus präsentabel. Schade nur, dass unter dem Pullover schon wieder der Bauchansatz spannte. Er hielt die Luft an, zog die unerfreuliche Wölbung ein und tröstete sich mit dem Gedanken, dass schon eine Woche Dukan-Diät genügen würde, um die überschüssigen Kilos wieder verschwinden zu lassen.

Mit frischem Mut ging er hinunter in die Küche, öffnete eine Packung Räucherlachs und eine Flasche Ferrari-Sekt. Aufs Brot verzichtete er. Stolz auf sein zurückgewonnenes Selbstvertrauen nahm er vor dem Fernseher Platz und machte sich bereit für die würdelose Flut von Bildern, Gesang und Gelächter, die ihn ins neue Jahr 2013 begleiten würde.

Ein lauter Knall riss ihn aus dem Schlaf. Er war auf dem Sofa eingenickt. Von draußen drangen so heftige und nahe Explosionen an sein Ohr, dass er sich fühlte, als wäre ein Krieg ausgebrochen.

Der Kommissar griff nach der Krücke, stemmte sich hoch und trat ans Fenster, um den Himmel zu betrachten. Tausende von bunten Feuerwerkskörpern erleuchteten ihn hell. Über den schwarzen Kiefern, die die niedrigen Häuser von Santa Croce umgaben, zeigte sich der Einfallsreichtum der Pyrotechniker in seiner ganzen Pracht. Eigentlich war das ein herrliches Schauspiel. Doch Benussi sah sich außerstande, es zu genießen. Die Explosionen taten ihm in der Seele weh.

Wozu all das nutzlose Geballer?

Als Livia die Piazza Unità erreichte, war sie stinksauer. Sie hatte in der Kälte auf den verfluchten Bus warten müssen, der dann auch noch ein ganzes Stück von der Uferpromenade entfernt gehalten hatte – dort war schon seit Stunden aus Sicherheitsgründen der Verkehr abgeriegelt. Jetzt war ihr eiskalt, und sie konnte die Finger nicht mehr spüren.

Sie betrat die Piazza von der Seite des Hotels Duchi d'Aosta und sah sich nach Margherita und ihrem Freund um. Die blöde Kuh hatte gesagt, dass sie am Brunnen auf sie warten würde, ohne zu bedenken, dass dort die Bühne für das Konzert aufgebaut war. Livia hob den Blick und sah eine Band von Losern ein Lied spielen, das sie noch nie gehört hatte. Gott, war das ranzig! Sie hatte jetzt schon Kopfschmerzen. Bevor sie ausging, hatte sie nichts gegessen, und nun spürte sie, wie sich ihr der Magen drehte.

Wo steckten die bloß alle?

Auf der Piazza wimmelte es von Leuten, die sich unterhielten, zur Musik tanzten und Bier tranken. Die Turmuhr zeigte 23.40 Uhr.

Sie musste unbedingt ihre Freunde finden. Dieses Scheißjahr konnte sie auf keinen Fall allein und nüchtern beenden. Das wäre zu viel gewesen. Vor allem brauchte sie etwas zu trinken.

Plötzlich wurde sie vom Strahl einer LED-Lampe geblendet. Livia kniff die Augen zusammen und rief verärgert: »He! Mach das Ding aus!«

»Schön lächeln, Livia! Du bist auf Sendung!«, rief eine Männerstimme.

»Scheiße, wer ist da?«

»Vorsicht, Livia. Ich habe den Mädels alles erzählt, und sie suchen dich schon. Wenn ich du wäre, würde ich mich nicht blicken lassen …«

»Ivan? Bist du das?« Livia konnte immer noch nichts sehen.

»Pass auf, da kommen sie!«

Livia fuhr herum, aber noch bevor sie etwas erkennen konnte, wurde sie zu Boden geworfen. Instinktiv schützte sie ihr Gesicht mit den Händen, während sie spürte, wie eine Reihe von Tritten sie an Beinen und Rücken traf.

»Du wolltest dich rächen, was, du Schlampe!«

»Dir werden wir zeigen, über uns herzuziehen!«

Die Stimmen gehörten Giulia und Sabina.

»Ist dir eigentlich klar, was du uns angetan hast, du hässliches Flittchen?«

»Du hast uns sauber reingeritten, aber das wirst du büßen! Nimm's auf, Ivan, nimm alles auf, wir laden den Film dann auf Facebook hoch!«

Um die beiden Angreiferinnen herum hatte sich nach und nach ein Grüppchen von Unterstützerinnen versammelt, die in die Hände klatschten und die beiden anfeuerten.

»Bitte nicht!«, wimmerte Livia. »Ihr tut mir weh!«

»Ach, wir tun dir weh? Was glaubst du, wie wir uns gefühlt haben, du Flittchen?«

»Die Tochter von Montalbano hat die Hosen voll!«

Livia zitterte am ganzen Leib. Sie wusste nicht, wie sie sich gegen die immer brutaleren Tritte wehren sollte.

»Jetzt reicht's aber!«, rief Ivan Nonis und schaltete die grelle Lampe aus. »Der habt ihr's ganz schön gegeben!«

»Das Ding nehmen wir!«, rief Giulia und riss ihm die Videokamera aus der Hand. »Nicht, dass sie dich noch überredet, die Aufnahme zu löschen!«

»Halt! Gebt mir die Kamera wieder!«, protestierte der Junge.

»Die kriegst du dann in der Schule zurück! Frohes

neues Jahr und danke!«, rief Giulia, während sie hinter einer Mauer aus unbekannten Gesichtern, Armen und Körpern verschwand.

Livia lag zusammengekrümmt da. Sie weinte vor Scham und Wut, während einige Passanten versuchten, ihr aufzuhelfen.

»Lasst mich in Ruhe!«, wiederholte sie nur immer wieder und stieß die Hände weg, die sich ihr entgegenstreckten.

Auf der Bühne zählte eine Stimme die Sekunden herunter, die noch bis zum Beginn des neuen Jahres fehlten.

»Dreißig ... neunundzwanzig ... achtundzwanzig ...«

Ivan Nonis ging neben Livia in die Hocke und sah sie traurig an.

»Entschuldigung, Livia ... Entschuldigung. Tut es sehr weh?«

Die zärtliche Stimme des Jungen war Balsam auf Livias gekränkter Seele, und sie presste sich an ihn und drückte ihr Gesicht an seinen Kaschmirschal, bibbernd vor Kälte und von dem Schock.

»Bring mich hier weg, bitte. Bring mich hier weg!«

»Zehn ... neun ... acht ...«, schrie der Sänger auf der Bühne.

Ivan Nonis zog seine wattierte Jacke aus, legte sie Livia um die Schultern und half ihr auf. Dann bahnte er sich einen Weg durch die Menge und brachte sie fort aus diesem Spektakel, diesem Höllenlärm.

»Drei ... zwei ... EINS! FROHES NEUES JAHR!«

Die Piazza Unità explodierte schier vor Begeisterung, Geschrei und Glückwünschen. Applaus brandete auf, ein wildes Durcheinander, während das Feuerwerk den schwarzen Himmel erhellte. Sich jagende Explosionen aus buntem Licht spiegelten sich im Meer.

Livia stieg mühsam in Ivan Nonis' Wagen, schloss die Augen und weinte verzweifelt. So eine Demütigung hatte sie noch nie erlebt.

23

In Santa Croce setzten sich die Explosionen bis nach ein Uhr morgens fort, und dann war mit einem Mal alles vorbei. Auf der Hochebene kehrte wieder Ruhe ein, nur gelegentlich durchbrochen vom Pfeifen einer verspäteten Rakete.

Ettore Benussi zog eine Winterjacke über und verließ das Haus, um etwas frische Luft zu schnappen.

Wieder war ein Jahr vorüber. Und seit Carlas Verschwinden waren inzwischen elf Tage vergangen. Er hob das Weinglas, das er noch in der Hand hielt, und sagte leise:

»Ein gutes neues Jahr, Liebling, wo immer du sein magst.«

Bei seinem Nachbarn brannte noch Licht. Das Feuerwerk musste auch ihn wach gehalten haben. Einen Moment lang überlegte Benussi, ob er klopfen sollte, um mit ihm anzustoßen. Letztlich war dieser Marcovaz doch ein armer Teufel. Einsamkeit war etwas Schreckliches, davon verstand er etwas.

Auf einmal öffnete sich die Tür des Nachbarhauses, und Marcovaz kam heraus und sah sich um. Er hatte eine Plastiktüte in der Hand. Benussi zog sich zurück ins Haus, um nicht gesehen zu werden.

Wo zum Teufel wollte er um diese Uhrzeit hin?

Anstatt ins Auto zu steigen, wie Benussi erwartet hatte, ging Marko Marcovaz in Richtung Wald, der hinter ihren Häusern begann. Mit einer Taschenlampe leuchtete er auf den Boden vor sich.

Der Kommissar beschloss spontan, ihm zu folgen, ohne zu wissen, warum. Sein Ermittlerinstinkt war unversehens erwacht.

Es war nicht einfach, Marcovaz auf den Fersen zu bleiben. Aber der Lichtkegel half, ihn nicht aus den Augen zu verlieren. Von dem Schnee, der bei dem großen Sturm vor Weihnachten gefallen war, waren noch einige lose Flecken geblieben. Benussi stützte sich auf seine Krücke und versuchte, den Schritt zu beschleunigen, ohne dabei allzu viel Lärm zu machen.

Plötzlich hörte er hinter sich ein Rascheln, gefolgt vom Knacken eines Zweigs. War da etwa noch jemand im Wald? Er wartete und hielt den Atem an. Alles, was er hörte, war das Geräusch der Zweige unter den Schritten seines Nachbarn. Ich muss mir das eingebildet haben, dachte er und setzte seine vorsichtige Beschattung fort.

Ettore folgte Marcovaz' schemenhaft erkennbarer Gestalt noch etwa hundert Meter weit, dann verlor er ihn aus dem Blick. Wo war er nur geblieben? Und was wollte er hier draußen? Hatte er vielleicht eine heimliche Geliebte? Das kam dem Kommissar unwahrscheinlich vor, aber jetzt war er neugierig geworden.

Er stolperte über etwas Weiches und fiel hin. Was zum Henker war das? In der Dunkelheit konnte er nichts erkennen. Mühsam rappelte er sich auf und tastete nach der Krücke, die er beim Sturz verloren hatte. Sein Knöchel schmerzte heftig. Was für eine Eselei, bei dieser Kälte aus dem Haus zu gehen! Dazu noch ohne Handy.

Benussi kam zu dem Schluss, dass er jetzt lange genug den Privatdetektiv gespielt hatte. Ihn riefen jetzt nur noch sein warmes Zuhause und das Bett. Was scherte es ihn, wohin dieser Spinner unterwegs war!

Die Dunkelheit war so dicht, dass Benussi die Hand nicht vor den Augen sah. Er tastete sich an den Bäumen entlang auf die fernen Lichter der Straßenlaternen zu. Aber er war unruhig, das Gefühl, dass hinter ihm noch jemand ging, hatte sich noch verstärkt.

Er hörte ein Keuchen hinter sich, gefolgt vom Knacken zerbrechender Zweige. Er hatte sich also nicht getäuscht: Da war wirklich jemand hinter ihm her. Wer konnte das sein? Marcovaz? Unmöglich. Der musste viel weiter vorn sein.

»Wer ist da?«, rief er ins Dunkel.

Das heftige, abgehackte Keuchen kam immer näher. War das etwa ein Wildschwein?

»Ist da wer?«, wiederholte er noch lauter und schlug mit der Krücke auf den Boden. Vielleicht gelang es ihm, dem Tier, das da durch den Schatten hechelte, Angst einzujagen.

Niemand antwortete, aber das Keuchen war nach wie vor zu hören und auch das Geräusch von Schritten.

Benussi fing an, panisch auf sein Haus zuzuhinken. Doch er stolperte erneut auf dem unwegsamen Gelände und stürzte der Länge nach hin. Er versuchte sich aufzurichten, streckte die Hand nach seiner Krücke aus und berührte etwas, das ihn angeekelt zurückzucken ließ.

Ein toter Vogel.

»Hilfe! Hilfe!«, schrie er. Das Herz schlug ihm bis zum Hals.

Aus seiner Angst war inzwischen Verzweiflung geworden.

Als er mit letzter Kraft auf die Füße kam, traf ihn ein gewaltiger Schlag in den Nacken. Er stürzte in den schmutzigen Schnee.

Dort verlor er das Bewusstsein.

24
Srebrenica, 12. Juli 1995

Nach drei Tagen mache ich mich wieder ans Schreiben, mein Sohn, und mein Herz ist schwer. Ich muss mich beeilen. Hasan hat mir versprochen, dieses Heft einem niederländischen Soldaten zu geben, der die Stadt verlassen wird. Der wird es meiner Mutter ins Flüchtlingslager bringen, bevor alles noch schlimmer wird. Und sie wird versuchen, es irgendwie Dir zukommen zu lassen. Das hoffe ich jedenfalls.

Entschuldige die Flecken, aber ich kann meine Tränen nicht zurückhalten. Vor Kurzem habe ich erfahren, dass Deine Mutter, meine geliebte Nadja, kaltblütig ermordet wurde. Radovan Jović hat sie umgebracht, ihr eigener Onkel, der Bruder Deines Großvaters, er hat sie hinterrücks erschossen, weil sie es gewagt hatte, den Sohn eines Türken zur Welt zu bringen. Und er hat nicht nur Deine Mutter umgebracht, sondern auch seinen Bruder, Nadjas Vater, also Deinen Großvater, der lediglich versucht hatte, sie zu verteidigen.

Radovan Jović, merk Dir diesen Namen.

Er ist der Mann, der unsere Moschee in Brand gesteckt

hat, er hat den Hass in unser Dorf gebracht. Männer wie er, grausame, unmenschliche Fanatiker, besudeln das Menschengeschlecht. Menschen, die nur dafür leben, ihre niedrigsten Instinkte zu befriedigen. Ich weiß, ich habe Dich dazu angehalten, keine Rache zu üben, aber solltest Du eines Tages Radovan Jović gegenüberstehen, so habe kein Erbarmen. Zeige ihn bei der Polizei an und sorge dafür, dass er für seine Verbrechen bezahlt.

Vor zwei Stunden habe ich ihn aus dem Lkw steigen sehen, an der Seite von Mladić. Er strahlte etwas Gehässiges und Raubtierhaftes aus, wie er da seinen Soldaten beim Verlassen der Truppenfahrzeuge zusah. Ich habe ihn sofort wiedererkannt und war naiv genug, ihm entgegenzulaufen, um nach Euch zu fragen. Er hat mir die Nachricht ins Gesicht geschleudert wie eine Gewehrkugel. Und hat dazu gelacht. Dann hat er gesagt, dass Du irgendwie davongekommen wärst, aber er würde Dich schon noch finden, und dann würde es Dir ebenso ergehen. Hätte ich in dem Moment eine Waffe in der Hand gehabt, ich hätte ihn umgebracht. Aber dann habe ich an Dich gedacht, an den Brief, den ich Dir doch schreibe, und bin fortgegangen. Ich weiß, dass ich teuer bezahlen werde. Aber ich musste es wissen. Ich dachte, er würde Deine Mutter beschützen und in Sicherheit bringen. Aber nicht einmal Blutsbande können diese Unmenschen aufhalten!

Ich weiß nicht, was nun aus uns werden wird. Seit Stunden helfen die Holländer Mladićs Soldaten dabei, die Männer von den Frauen und Kindern zu trennen. Sie behaupten, dass sie uns evakuieren wollen, aber schon gestern sind Tausende unserer Brüder nicht in die Stadt zurückgekehrt.

Von wegen evakuieren. Sie bringen uns alle um.

Die Bombenangriffe haben wieder angefangen, ich muss

jetzt aufhören. Ich gehe schnell Hasan suchen, dem gebe ich auch meine Geige. Ich hoffe, dass Du sie einmal spielen wirst, damit Deine Mutter und ich Dich vom Himmel aus hören können, endlich vereint.

Heute ist der 12. Juli 1995. Behalte diesen Tag in Deinem Herzen.

Vielleicht ist es mein letzter Tag auf dieser Erde.

Leb wohl. Dein Vater Kassim.

25 Der Wecker auf dem Nachttischchen stand auf fünf Uhr früh. Luka richtete sich verstohlen auf, bereits angezogen. Sie hatte ihre Kleidung am Vorabend gar nicht erst abgelegt. Violeta schlief tief und fest in dem Bett neben ihr. Luka bemühte sich, kein Geräusch zu machen. Sie nahm die Schuhe in die Hand und ging auf Zehenspitzen zur Tür.

Im Offenen Haus schliefen noch alle, benommen vom Festmahl, dem vielfachen Anstoßen und den sonstigen Feierlichkeiten am Silvesterabend. Pater Florence hatte nämlich, um das neue Jahr einzuläuten, im Speisesaal ein Fest ausgerichtet und zu diesem Zweck einige CDs mit lateinamerikanischer Musik besorgt, deren Rhythmus sich die Gäste nur allzu gern überließen. So vergaßen sie für eine Nacht die Dramen, Demütigungen und Wunden, die sie an diesen Ort gebracht hatten.

Als Luka das Tor hinter sich ließ, war es noch dunkel. Die Morgendämmerung stand unmittelbar bevor. Die Kroatin sah sich um und ging dann mit schnellen, kurzen Schritten in Richtung der Piazza, die weiter unten an der abfallenden Straße zu sehen war, vorbei an Glasscherben und den auf dem Pflaster verstreuten Resten von Feuerwerkskörpern.

Sie bemerkte nicht, dass eine schwarz gekleidete Gestalt ihr folgte. Für einen kurzen Moment erleuchtete der Schein einer Straßenlaterne das unter einer Kapuze verborgene Gesicht.

Es war Violeta.

Kommissar Benussi erwachte im ersten fahlen Morgenlicht. Zunächst begriff er nicht, wo er sich befand. Ihm brummte der Schädel. Seine Handflächen berührten den Boden, und er spürte den Schnee, vermischt mit feuchter Erde, Zweigen und Kiefernnadeln. Wenige Meter entfernt musterte ihn eine tote Krähe aus trüben Augen.

Benussi lief ein Schauer über den Rücken. Seine Krücke lag zwei Meter von ihm entfernt. Mühsam kam er auf die Knie, zitternd vor Kälte. Auf allen vieren kroch er bis zu der Krücke. Als er sich hochstemmte, entfuhr ihm ein Schmerzensschrei.

Er sah sich um, und da fiel ihm alles wieder ein. Der Silvesterabend, Marcovaz, dem er gefolgt war ... Er befand sich also in dem Waldstück unmittelbar hinter Santa Croce, ein paar Hundert Meter von seinem Haus. Er konnte das rote Ziegeldach erkennen. Instinktiv tastete er in der Tasche nach seinem Handy, vergeblich.

Er hatte keine Wahl: Er musste den Rückweg antreten und das Stechen im Knöchel und die Kopfschmerzen stoisch aushalten. Inständig hoffte er, sich nichts gebrochen zu haben. Ein weiteres Mal im Gips zu liegen hätte er nicht ertragen.

Als er endlich aus dem Wald herauskam und auf sein Haus zusteuerte, fiel sein Blick auf Gargiulos und Morins Alfa Romeo, und er rief erleichtert:

»Morin! Neapolitaner! Hierher!«

Die zwei jungen Inspektoren eilten ihm besorgt entgegen.

»Was ist denn passiert, Commissario?«

»Erzähle ich euch gleich. Jetzt brauche ich erst mal trockene Klamotten und eine heiße Dusche.«

»Stützen Sie sich bei uns auf.«

Noch nie war Benussi so froh gewesen, seine zwei Untergebenen zu sehen. Wäre ihm das nicht zu peinlich gewesen, er hätte sie glatt umarmt.

Als er von den beiden gestützt sein Haus betrat, hielt er plötzlich inne und fragte hoffnungsvoll: »Warum seid ihr überhaupt da? Habt ihr etwas herausgefunden?«

Luka stieg aus dem Bus und blickte sich um. Dann zog sie einen Stadtplan aus der Tasche und studierte ihn ausgiebig. In Santa Croce war sie noch nie gewesen. Um sie herum lag noch alles im Festtagsschlummer. Sie musste sich beeilen, die Morgendämmerung wich allmählich dem Tageslicht. Sie durfte nicht riskieren, gesehen zu werden.

Ihr entging, wie unweit von ihr ein Taxi hielt. Violeta stieg aus, in einem schwarzen Trainingsanzug, der sie wie eine Joggerin aussehen ließ.

Der ferne Klang einer Geige gab den harmonischen, rot und weiß verputzten Häuschen, die die gewundene Straße säumten, etwas von einer Filmkulisse.

Während Elettra einen Kaffee für den Commissario kochte, ging Valerio Gargiulo in den Wald, um nach Spuren des Mannes zu suchen, der den Kommissar überrumpelt hatte.

Wer konnte das gewesen sein?

Er folgte den Fußspuren des Kommissars, fand jedoch nichts von Interesse, bis auf ein paar abgebrochene Zweige und einige Zigarettenkippen. Gargiulo steckte die Kippen in eine Plastiktüte, um sie später analysieren zu lassen.

Der wehmütige Klang einer Geige hallte durch den Wald.

Wer mochte da spielen?

Er beschloss, der Musik zu folgen. Doch je weiter er in den Wald hineinging, desto weiter zog die Musik sich zurück. Es war, als bewegte sich der Geiger auf einer elliptischen Bahn, die Valerio immer wieder an den Ausgangspunkt zurückführte.

Endlich stieß er auf den Schauplatz des Überfalls. Der Boden war zertreten und aufgewühlt, die Spuren überlagerten sich ohne jede Ordnung. Deutlich erkannte man die Stelle, an der Benussis Körper eine Mulde hinterlassen hatte. Aber an den Schuhabdrücken war etwas komisch. Keiner glich dem anderen. Etwas versetzt fand sich jeweils ein flacher neben einem tieferen Abdruck.

Gargiulo beugte sich vor, um genauer hinzusehen, und stellte fest, dass es vier Sorten von Abdrücken gab, alle unterschiedlich tief und breit. Wie konnte das sein? Benussi hinkte wegen seiner Hüftverletzung, das war klar, aber der andere ... Der schien ja ebenfalls zu hinken ...

Auf einmal fiel es ihm wie Schuppen von den Augen.

Igor!

Er war es, der Benussi überfallen hatte.

Das war plausibel. Deshalb waren die Abdrücke so ungleich. Beide hatten einen Gehfehler. Das Blut schoss Gargiulo ins Gesicht, und er machte sich rasch auf den Rückweg, um Elettra und dem Kommissar seine Entdeckung mitzuteilen. Vielleicht hatten sie jetzt wirklich eine entscheidende Spur. Wenn der Junge mit dem Hinkebein Benussi attackiert hatte – konnte dann nicht auch Carla sich in der Nähe befinden?

Ein Schuss zerriss die morgendliche Stille, gefolgt von einem verzweifelten Aufschrei.

Dem jungen Inspektor gefror das Blut in den Adern.

Die Detonation kam genau aus der Richtung von Benussis Häuschen. Als Gargiulo atemlos dort eintraf, zog er die Dienstwaffe und entsicherte sie, bevor er hineinging. Er fand das Haus leer.

»Elettra! Commissario! Wo sind Sie?«

Er lief in die Küche, dann die Treppe hoch, riss die Tür zum Badezimmer auf. Niemand zu sehen. Sein Herz fing wie verrückt an zu schlagen.

»Elettraaa!«, brüllte er mit aller Kraft, die er aufbringen konnte.

»Wir sind hier, Valerio, komm!«, rief Morin. Sie beugte sich aus dem Fenster von Marcovaz' Haus.

Was machte sie denn da drüben?

Valerio rannte über den Hof, die Pistole im Anschlag, und stürmte schussbereit in die verwahrloste Küche.

Aber das erwies sich als überflüssig.

Marko Marcovaz lag neben einem umgestürzten Stuhl in einer Blutlache. Vor ihm kniete Luka, die noch immer die Tatwaffe umklammerte, und weinte. Dahinter stand Igor, der Junge mit dem Hinkebein, und sah sie schweigend an, die Geige in der Hand.

Violeta war erschüttert an der Türschwelle stehen geblieben. Sie hatte es nicht rechtzeitig geschafft einzuschreiten.

Elettra Morin war es, die langsam auf Luka zuging und ihr die Pistole aus der Hand nahm. Dann ließ sie die Waffe in eine Plastiktüte fallen, die Gargiulo ihr hinhielt.

Keiner brachte ein Wort heraus.

Draußen zog die Sonne auf. Es schien ein schöner Morgen zu werden. Ein Lichtstreifen traf die weit aufgerissenen Augen des Opfers.

In das Schweigen hinein schob Igor sich die Geige unters Kinn und begann, das Lied von Nadja und Kassim zu spielen. Seine Eltern, die er nie kennengelernt hatte.

Lukas Augen standen voller Tränen. Sie sah Elettra verzweifelt an.

»Ich wollte nicht, dass Igor seinen Großvater tötet ... Nadja war Radovans Tochter. Keiner hat davon gewusst, nicht einmal mein Mann ... Er hat mich damals vergewaltigt. Jetzt ist er endlich tot. Jetzt kann ich auch sterben.«

Benussi näherte sich dem Leichnam und knöpfte ihm das Hemd auf. Auf der Brust erschien der Tiger mit aufgerissenem Maul, bereit zum Angriff.

Marko Marcovaz war Radovan Jović.

Von Carla jedoch fanden sie keine Spur. Sie stellten Marcovaz' verdrecktes, chaotisches Haus noch einmal auf den Kopf, stießen jedoch weder auf eine verborgene Falltür noch auf einen Schrank mit doppeltem Boden oder dergleichen.

Ettore Benussi war sterbenselend zumute.

Wenn Marcovaz sie nicht entführt hatte, wer zum Teufel konnte es dann gewesen sein?

Als Livia an diesem 1. Januar 2013 um neun Uhr morgens nach Hause kam, war die Spurensicherung bereits mit der Arbeit fertig. Marcovaz' Leiche war abtransportiert worden. Valerio Gargiulo hatte Luka und Igor ins Präsidium gebracht.

Elettra hatte es vorgezogen, beim Kommissar zu bleiben. Sie brachte es nicht über sich, ihn in diesem Zustand alleinzulassen. Der Schock der vergangenen Nacht, der heftige Schlag auf den Kopf, die Tatsache, dass Carla noch immer nicht gefunden war, vor allem aber die Einsicht, monatelang neben einem blutrünstigen Mörder gewohnt zu haben – das alles hatte ihn zusammenbrechen lassen.

Inzwischen lag er blass und stumm auf dem Sofa, den Blick ins Leere gerichtet.

Als Livia ihren Vater so sah, dazu Elettra, die in der Küche Kaffee kochte, überkam sie eine böse Ahnung.

»Ist etwas passiert? Habt ihr Mama gefunden?«, fragte sie mit Entsetzen im Gesicht.

Elettra Morin, die sie nicht hatte hereinkommen hören, zuckte zusammen. Auch Livia sah nicht gut aus. Ihre Leggings waren zerrissen, sie selbst hatte ein blaues Auge und trug einen Verband an den Händen.

»Leider nein. Was ist denn mit dir passiert?«, fragte die Inspektorin besorgt.

»Ich bin hingefallen …«, winkte Livia ab. Sie hatte nicht die geringste Lust, darüber zu sprechen, dass sie verprügelt worden war. »Warum sagt Papa nichts?«

»Euer Nachbar ist umgebracht worden.«

»Was, der arme Teufel von nebenan?«

»Dieser arme Teufel war ein übler Mörder. Er hat während des Balkankriegs zahllose unschuldige Zivilisten getötet.«

Livia riss ungläubig die Augen auf.

»Und was hatte er hier verloren?«

»Er hoffte wohl, dass ihm hier niemand auf die Schliche kommt.«

»Und keiner hat was gemerkt?«

»Dein sogenannter Zigeuner hat uns zu ihm geführt. Er war sein Enkelsohn. Er wollte seine Eltern rächen, die der Großvater hatte umbringen lassen.«

»Warum denn das?«

»Das ist eine lange Geschichte, Livia. Die erzähle ich dir bei anderer Gelegenheit. Jetzt lass mich mal kurz durch, ich bringe deinem Vater einen Espresso.«

»Und was ist mit der Katze?«

»Welcher Katze?«

»Der Typ hatte eine Katze, die hatte gerade erst geworfen.«

»Eine Katze haben wir nicht gesehen ...«

»Aber ich habe sie gehört, ganz sicher. Wir müssen sie suchen, das arme Tier!«

Livia lief hinaus, während Elettra den Espresso in zwei Tassen goss, die schon auf einem Tablett bereitstanden. Damit ging sie ins Wohnzimmer.

»Ich habe Ihnen einen ordentlichen Kaffee gemacht, Commissario.«

»Später, jetzt ist mir nicht danach«, antwortete Benussi, ohne die Augen zu öffnen.

Elettra setzte sich neben ihn und versuchte mit der Tasse in der Hand noch einmal alles durchzudenken, was in den vergangenen Tagen vorgefallen war. Carla konnte sich nicht in Luft aufgelöst haben. Elettra spürte, dass ihr da etwas entging.

Nur was?

Sosehr sie sich den Kopf zerbrach, sie kam nicht darauf.

Sie starrte den Kommissar an. Was hatte er heute Morgen gesagt, als sie ihn ins Haus begleitet hatte, bevor er duschen ging?

Was war da gewesen?

»Miez, Miez ... komm, komm!«, wiederholte Livia draußen unermüdlich.

Na klar! Wie dumm von ihr! Elettra sprang erregt auf.

»Sie sagten vorher, dass Marcovaz gestern eine Tüte dabeihatte, oder?«

Benussi nickte müde.

»Was für eine Tüte?«

»So eine Einkaufstüte aus Plastik ...«

Wie hatte sie das übersehen können!

Sie stürzte nach draußen. »Livia, komm mit!«

Das Mädchen folgte ihr, ohne Fragen zu stellen. Etwas an Elettras Entschlossenheit jagte ihr einen Schauer über den Rücken. Ihr Herzschlag beschleunigte sich wie auch die Schritte, die immer schneller wurden, als sie hinter der Inspektorin in den Wald rannte.

Elettra lief den Fußspuren nach, die auf den schmutzigen Schneeflächen noch gut sichtbar waren. Je tiefer sie in den Wald gerieten, desto dichter und wilder wurde er. Kaum ein Sonnenstrahl drang durch die Äste der Schwarzkiefern, die sich auf der Hochebene ausgebreitet hatten. Durch das Dickicht erhaschte man hin und wieder einen Blick auf Grotten und kleine Höhlen. Der Karst war voller solcher verborgener Hohlräume, einige davon klein, andere riesig. Das waren die berüchtigten Foiben, wo wenige Jahrzehnte zuvor Tausende von Menschen in den Tod gestürzt worden waren.

Die Schreie der Krähen zerrissen die Luft.

Auf einmal endeten die Spuren. Elettra bückte sich, um einen Haufen Äste beiseitezuschieben. Einige von ihnen waren trocken, andere feucht. Darunter erschien eine Falltür, die mit einem schweren Vorhängeschloss gesichert war.

»Carla! Carla! Sind Sie hier?«

Niemand antwortete.

»Mama! Mama!«

»Wir müssen das Schloss sprengen! Schnell! Geh zur Seite!«

Elettra zog ihre Dienstwaffe und schoss.

Das Vorhängeschloss zersprang in Stücke. Mit fiebrigen Händen riss Livia die Falltür auf und schrie: »Mama! Bist du da?«

»Du wartest hier!«, sagte Elettra und schob sie entschlossen beiseite. »Ich gehe nach unten.«

Damit stieg die junge Inspektorin in eine geräumige, weiß gekalkte Grotte. Sie musste irgendwann als Lager gedient haben. Mit der Taschenlampenfunktion ihres Handys leuchtete sie durch den nach innen gewölbten Raum, bis das Licht auf etwas fiel, das in einer Ecke lag. Es sah wie ein unförmiges Bündel aus.

Sie hielt den Atem an und trat näher.

Unter zwei Armeedecken sah sie einen zusammengekauerten Körper, der in eine schmutzige Daunendecke gehüllt war und eine Russenmütze auf dem Kopf trug. Die Gestalt regte sich nicht. Elettra ging behutsam in die Knie und betrachtete das von einem Schal verdeckte Gesicht.

Es war das von Carla Benussi.

26

»Ehefrau von Commissario Benussi dehydriert und mit Erfrierungen aufgefunden. Geistesgestörter Täter hielt das Opfer in einer Grotte gefangen.«

Mit dieser Schlagzeile verkündete die Zeitung *Il Piccolo* am nächsten Tag die Neuigkeit.

Carla ruhte sich inzwischen in einem Zimmer der Salus-Klinik aus, eines angenehmen Krankenhauses unweit der Salita Promontorio.

Ettore und Livia waren über Nacht bei ihr geblieben. Er hatte im zweiten Bett geschlafen, sie im Sessel.

Keiner von beiden hätte Carla allein lassen wollen.

Die gedeckten Farben und die außerordentliche Sauberkeit, die in dem Krankenhaus herrschte, trugen erheblich zu Ettores Wohlbefinden und Erleichterung bei.

Nach all den Tagen des vollständigen Durcheinanders, des Lebens in Schmutz und Elend, schöpfte er neue Energie aus dem Gefühl, in einem harmonischen, geordneten Umfeld angekommen zu sein.

Carla stöhnte, als sie die Augen aufschlug. Sie war bleich und abgemagert, aber ihr Blick strahlte vor Glück. Ihre Hand suchte nach Ettore, der sich eilends hinüberbeugte und sie gerührt drückte.

»Wie geht es dir?«

»Gut, und dir?«, sagte seine Frau leise, mit einem mütterlichen Lächeln.

»Jetzt gut.«

Auch Livia war aufgestanden und zu ihrer Mutter getreten.

»Hallo, Mama.«

Das Mädchen sah nicht gerade blendend aus. Einige Stunden nach dem Vorfall auf der Piazza waren die blauen Flecken auf ihrem Gesicht und die Schwellungen an den Händen noch deutlicher zu sehen.

»Livia! Was ist denn mit dir passiert?«

Ettore starrte die Tochter an und wurde blass. Er hatte das gar nicht bemerkt, er hatte sie nicht einmal richtig angesehen. Am Vorabend hatte Livia sich die Haare ins Gesicht gekämmt und die Ärmel bis über ihre Handgelenke gezogen, damit die Verletzungen nicht auffielen.

»Wer hat dich denn so zugerichtet?«, rief Ettore entgeistert.

»Gar niemand, ich bin auf der Piazza Unità hingefallen. Da ging es ganz schön zu …«

»Hast du dich geprügelt?«

»Quatsch, ich hab's dir doch gesagt. Das war nur ein kleines Gerempel …«

Carla drückte Ettores Hand, um ein etwaiges Verhör im Ansatz zu unterbinden. Das zu ertragen, hätte ihr die Kraft gefehlt.

»Lass gut sein, Ettore. Sie wird uns das schon noch erzählen, wenn sie möchte … Hauptsache, wir sind alle wohlauf.«

Benussi beruhigte sich auf der Stelle und nickte. Er wandte sich wieder seiner Frau zu und betrachtete sie wie einen wiedergewonnenen Schatz. Dann strich er ihr über die Stirn.

»Weißt du, Carla, ich habe geglaubt, ich werde verrückt. Hätte ich nur gewusst, dass du einen Steinwurf weit entfernt warst ...«

»Quäl dich nicht länger, die Sache ist vorbei.«

Livia sah ihre Eltern verliebte Blicke wechseln und fühlte sich irgendwie überflüssig.

»Ich gehe mal in die Cafeteria und hole mir einen Saft. Wollt ihr auch etwas?«

»Nein danke«, antwortete Ettore, ohne sich umzudrehen.

Das Mädchen nickte kurz und verließ den Raum. Auf einmal störte das Geturtel sie nicht. Im Gegenteil. Kurz ging ihr durch den Sinn, dass auch sie nichts dagegen hätte, einen Mann zu finden, der sie nach zwanzig Jahren Ehe noch so anschauen könnte. Dann zuckte sie mit den Schultern. Unmöglich, sie würde niemals die Geduld aufbringen, um die Launen eines Ehemannes zu ertragen.

Das wäre ihr viel zu blöd.

Als sie den Raum verließ, stand auf einmal Ivan Nonis vor ihr, der mit einem Strauß Rosen in der Hand vor Carlas Zimmer gewartet hatte.

Livia wurde unwillkürlich rot, als sie sich an die gemeinsam verbrachte Nacht erinnerte. Ivan hatte sie am Silvesterabend aus einer schrecklichen Lage gerettet, und als sie dann bei ihm waren und er sie umarmt hatte, da hatte sie es nicht über sich gebracht, ihn zurückzuweisen. Ihr schlechtes Gewissen, die Erniedrigung und das Aufatmen darüber, an einen sicheren Ort gebracht worden zu sein, hatten sie dazu gebracht, die Deckung fallen zu lassen. Nicht, dass sie das jetzt bereut hätte, im Gegenteil.

Der Junge hatte sich nicht dumm angestellt. Er hatte sogar die Prüfung vom Morgen danach bestanden, indem er sie fast schon distanziert behandelte, anstatt den Verliebten zu geben wie in einer Schmierenkomödie. Aber jetzt war sie sicher nicht in der Stimmung für die heikle Frage: »Was wird aus uns?« Nicht in diesem Moment, nicht an diesem Ort.

»Wie geht's deiner Mutter?«, erkundigte sich Ivan, der seinerseits rot geworden war.

»Besser.«

»Die sind für sie.«

»Sie ruht sich gerade aus.«

»Schon klar. Kann ich die Blumen bei dir lassen?«

»Wenn du willst ...«

Vom Ende des Korridors näherten sich Carlas Kollegen, Irene Cappell und Roberto Denich, gefolgt von einem hektisch gestikulierenden, erregten Pietro Zorn.

»Hallo, Livia«, sagte Dr. Cappell. »Wie geht es ihr denn?«

»Schon besser.« Die junge Frau hatte keine Lust, Konversation zu machen. Sie wollte nur so schnell wie möglich weg.

»Glaubst du, dass sie bereits in der Verfassung ist, Besuch zu empfangen?«

Wie zur Antwort auf diese Frage tauchte eine kräftig gebaute, etwa fünfzigjährige Krankenschwester hinter ihnen auf.

»Meine Herrschaften, Sie müssten drüben im Warteraum Platz nehmen. Der Stationsarzt beginnt gerade mit seiner Visite.«

»Sicher doch«, sagte Roberto Denich und nickte begütigend. »Kein Problem.«

Pietro Zorn ging als Einziger nicht auf die schroffe Aufforderung der Frau ein. Er war in einem Zustand, der an

Panik grenzte, was sich in einem ständigen Händeringen niederschlug, das aussah, als wüsche er sich die Hände in der Luft.

»Wie geht's ihr? Wie geht es Dr. Dorigo? Sie kommt doch durch, oder? Sagen Sie bloß nicht, dass sie sterben muss ...«

»Ich bitte Sie, Signore. Warten Sie einfach dort drüben.«

»Aber ich will es wissen. Ich kann seit zehn Tagen nicht schlafen, sagen Sie mir, was los ist ... Spannen Sie mich nicht auf die Folter.«

»Signor Zorn, kommen Sie mit.«

Dr. Denich fasste ihn am Arm und führte ihn ins Wartezimmer.

»Seien Sie unbesorgt. Ich habe mit Frau Dr. Benussis Ehemann gesprochen. Sie ist außer Gefahr. Sie braucht jetzt nur Ruhe.«

»Gott, ich danke dir! Der Frau Doktor wünsche ich alles Gute, was es überhaupt gibt. Sie hat mir das Leben gerettet.«

Livia nahm Ivan den Blumenstrauß aus der Hand und lief Dr. Cappell hinterher.

»Entschuldige, Irene ... Könntest du Mama die Blumen geben, mit einem Gruß von Ivan Nonis? Wir gehen kurz in die Cafeteria.«

Dr. Cappell fand sich inmitten eines duftenden Straußes weißer Rosen wieder, die sie an mehreren Stellen in den Arm stachen.

Die beiden Jugendlichen waren schon über die Treppe verschwunden.

An einem Tisch in der Cafeteria der Salus-Klinik, die sich auf dem obersten Stockwerk befand, sah Livia auf den verwilderten, mit Stein- und Korkeichen bestandenen Garten der ehemaligen Militärkaserne hinaus und versuchte den Mut aufzubringen, Nonis mitzuteilen, was ihr auf der Seele lag.

Das war nicht einfach für sie, zumal sie ihren Schattenseiten für gewöhnlich lieber auswich. Doch sie war ihm das schuldig. Sie hatte ihn übel behandelt, in jeder Hinsicht. Nach der Erniedrigung, die sie in der letzten Nacht des Jahres auf der Piazza Unità erlitten hatte, war ihr klar geworden, dass Ivan sich nicht sehr von ihr unterschied. Auch er spielte den Starken und legte ein großspuriges Auftreten an den Tag, um darüber hinwegzutäuschen, dass er sich unsicher und fremd fühlte, von der Welt seiner Altersgenossen ausgeschlossen.

Nachdem Livia eine Coca-Cola und ein Thunfischbrötchen bestellt hatte, sah sie ihm in die Augen und sagte: »Es tut mir leid, Ivan.«

Der Junge errötete vor Verlegenheit. Damit hatte er nicht gerechnet. Nicht bei ihr. Und was meinte sie überhaupt damit? Tat ihr leid, ihn in die Sache mit dem Video hineingezogen zu haben, oder ging es darum, dass sie mit ihm geschlafen hatte?

»Ich war echt mies zu dir. Entschuldigung.«

Nonis starrte sie noch immer verständnislos an. So blass und ungeschminkt sah sie noch schöner aus als sonst. Er versuchte, die Bilder ihres nackten Körpers, der sich an den seinen presste, aus seinem Kopf zu vertreiben, dazu die Beschimpfungen, die sie ihm am Vortag entgegengeworfen hatte, bevor sie die Wohnungstür zuschlug. Welche war die wahre Livia? Die leidenschaftliche junge Frau, die ihn umarmt hatte, oder diejenige, die alles nur mit Verachtung sah? Und was war mit ihm? Wo fand er zwischen diesen beiden Extremen seinen Platz?

Von Zweifeln geplagt, blieb er stumm.

»Ich hätte nicht von dir verlangen sollen, dass du das Video online stellst.«

»Ich hätt's ja nicht tun müssen.«

»Ich weiß, aber ich habe dich ausgenutzt, und so was ist nicht in Ordnung. Ich hoffe, du hattest keinen Ärger mit den Bullen ...«

»Ist mir doch egal!«

Livia lächelte. »Ist es dir nicht. Sonst hättest du die Kamera nicht mit auf die Piazza Unità gebracht. Du wolltest dich rächen, und zwar mit Recht.«

»Ich habe mich auch mies verhalten. Ich war wütend, ich hätte nicht ...«

»Aber dann hast du mich vor diesen Hyänen gerettet. Wenn du nicht gewesen wärst ...«

»Ich schwör's dir, ich wollte das nicht. Ich ... Also, du hattest mich halt so übel behandelt ...«

»Reden wir nicht mehr darüber, einverstanden?«

Livias Blick war klar und freundlich. Aber es war keine Liebe, was Ivan in ihren Augen las. Und das verletzte ihn mehr als die Beschimpfungen.

»Einverstanden.«

Livia reichte ihm über den Tisch hinweg die Hand.

»Freunde wie vorher?«

Wann waren sie je Freunde gewesen? Wenn er nur etwas mehr Mumm gehabt hätte, dann hätte er ihr das gesagt. Ich pfeife auf deine Freundschaft, Livia. Ich liebe dich. Ich will mit dir zusammen sein. Aber was lässt sich gegen eine ausgestreckte Hand ausrichten, gegen einen Blick, dem jegliche Zweideutigkeit fehlt?

Also wiederholte er feige: »Freunde« und drückte die Hand.

Aber er wäre dabei am liebsten gestorben.

Als sie das Polizeipräsidium betrat, sah Violeta Amado sich um, in der Hoffnung, Luka ein letztes Mal zu begegnen. Sie hätte gern noch einmal mit ihr gesprochen, begriff aber bald, dass das nicht möglich sein würde. Der Fall lag nun in Händen der Staatsanwältin Rosanna Guarnieri, die sie für diesen Vormittag zu einer Zeugenbefragung geladen hatte. Auch Pater Florence war vorgeladen worden, als Leiter des Offenen Hauses, in dem Luka Furlan vor der Tat untergebracht gewesen war. Er sollte gleich nach Violeta an die Reihe kommen.

Die Brasilianerin hatte in der Nacht kein Auge zugetan. Sie hatte Schuldgefühle, weil es ihr nicht gelungen war, Luka aufzuhalten. Dass Luka zur Mörderin geworden war, damit sich nicht ihr Enkel die Zukunft verbaute, machte sie zusätzlich traurig. Sie konnte sich einfach nicht mit dem Gedanken abfinden, dass die alte Frau für ein Verbrechen bezahlen sollte, deren Opfer im Ursprung sie selbst und ihre Familie gewesen waren, vor vielen Jahren. Leider galten vor dem Gesetz – anders als vor den Augen der Menschen – seelische Verletzungen nicht als mildernde Umstände.

»Guten Tag, Signora Amado. Darf ich Sie auf einen Kaffee einladen?«

Violeta drehte sich um und sah in das gut aussehende, lächelnde Gesicht von Inspektor Gargiulo.

»Ispettore! Nein, vielen Dank. Ich muss zu Staatsanwältin Guarnieri.«

»Sie ist noch beim Polizeipräsidenten. Da werden Sie ein paar Minuten warten müssen. Möchten Sie mir nicht Gesellschaft leisten?«

Valerio Gargiulo trat zum Kaffeeautomaten, der auf dem Korridor stand, und kramte in seiner Tasche nach Münzen.

»Sind Sie sicher, dass Sie nichts möchten? Einen Cappuccino, eine heiße Schokolade?«

Violeta schüttelte ihre schönen Locken, ohne die Traurigkeit zu überspielen, die aus ihrem Blick sprach.

»Wie geht es Luka Furlan?«

Der junge Inspektor seufzte.

»Sie macht sich Sorgen um ihren Enkel. Ist ja auch verständlich.«

»Kommt er ebenfalls vor Gericht?«

»Das lässt sich nicht vermeiden. Sein Angriff auf Commissario Benussi ist als gefährliche Körperverletzung einzustufen. Er hätte ihn umbringen können.«

»Warum hat er das überhaupt getan?«

»Seiner Aussage nach dachte er, dass es sich um den Großvater handelte, Marcovaz.«

Violeta seufzte.

»Gibt es da keine mildernden Umstände?«

»Darauf haben wir leider keinen Einfluss.«

»Ist der Anwalt da, der Freund von Pater Florence?«

»Ja, sie hatten eine Unterredung, und er hat die Verteidigung angenommen. Ein fähiger Mann, bestimmt kann er etwas erreichen.«

»Wo ist der Junge jetzt?«

»Er redet mit seiner Großmutter. Ispettore Morin ist bei ihnen.«

»Wohin werden die beiden dann gebracht?«

»Momentan sind sie festgenommen. Über das Weitere entscheidet die Staatsanwältin.«

Das Zimmer, in dem Luka und ihr Enkel Igor sich voneinander verabschiedeten, war grau und karg eingerichtet. Eine kalte Neonlampe beleuchtete einen Resopaltisch und vier Eisenstühle.

Luka redete auf Kroatisch auf den Jungen ein, der ihr kaum zuzuhören schien. Er saß nur da, den Kopf zwischen den Händen, und zeigte keinerlei Reaktion auf den Wortschwall, der aus dem Mund seiner Großmutter kam.

Elettra beobachtete die beiden und versuchte zu erraten, was die Großmutter ihrem Enkel wohl sagte. Die Verzweiflung von Luka Furlan war mit Händen zu greifen, denn sie wusste, dass in diesem jungen Menschen etwas zerbrochen war. Und aus dem Gefängnis heraus würde sie nichts mehr tun können, um ihm zu helfen. Wahrscheinlich, dachte Elettra, versuchte sie ihm gerade die Gründe für ihr Schweigen zu erklären, ihr zwanzig Jahre langes Schweigen. Hin und wieder schüttelte Igor den Kopf und hielt sich die Ohren zu; dann rückte Luka näher an ihn heran und strich ihm mit Tränen in den Augen übers Haar.

Elettra hätte die beiden unterbrechen und sie dazu auffordern können, Italienisch zu sprechen, aber sie brachte es nicht übers Herz, ihnen diesen letzten intimen Moment zu rauben.

Auf einmal brach der Junge in Tränen aus und ließ sich von seiner Großmutter in den Arm nehmen. Lange pressten sie sich aneinander und flüsterten unverständliche Worte; dann löste sich Igor mit einem Mal von Luka Furlan und ging zur Tür, bereit, den Raum zu verlassen. Elettra gab dem Wache stehenden Kollegen einen Wink, ihn hinauszubringen.

Luka ließ sich auf den Stuhl fallen, als wäre sie innerlich leer.

Sie hatte alles gesagt. Von diesem Moment an blieb ihr nur noch Schweigen. Schweigen und Reue. Reue dafür, dass sie außerstande gewesen war, ihren Enkel vor dem Fluch der Vergangenheit zu schützen.

Elettra trat zu ihr und legte ihr die Hand auf die Schulter.

»Quälen Sie sich nicht. Igor ist jung und hat ein großes Talent. Die Geige, die sein Vater ihm hinterlassen hat, wird ihn retten.«

Luka sah mit einem Blick voller Tränen zu der jungen Polizistin auf. Zum ersten Mal seit Monaten huschte ein Lächeln über ihr Gesicht.

»Meinen Sie wirklich?«

»Ich bin ganz sicher.«

Martin Panić kam ins Präsidium, um mehr über die Hintergründe von Carla Benussis Entführung zu erfahren. Als der Chefredakteur des *Piccolo* gehört hatte, dass Panić an der Suche nach dem »Henker des Balkans« beteiligt gewesen war, hatte er ihn gebeten, einen ausführlichen Artikel zu dem Fall zu schreiben. Dafür brauchte der Journalist Informationen von den Ermittlern.

Als Erstes traf er jedoch auf seinen Freund Pater Florence, der auf einer Bank saß und wartete, zur Staatsanwältin vorgelassen zu werden.

»Gibt es schon Neues über Carla?«, fragte Panić, nachdem er ihm grüßend zugenickt hatte. »War sie von Anfang an in der Grotte gefangen? Wie kommt es, dass sie nicht erfroren ist?«

Pater Florence schüttelte den Kopf.

»Dafür bin ich nicht der richtige Ansprechpartner. Da fragst du mal besser ihn.«

Vom Ende des Korridors kam Inspektor Gargiulo auf sie zu.

»Valerio, entschuldige. Hast du mal eine Minute?«, fragte Panić, während er ihm entgegenging.

Der junge Inspektor sah nicht gut aus.

Sein bleiches Gesicht verriet, dass er sich am Rand seiner Kräfte befand. Die Erleichterung darüber, dass Carla

Benussi wiedergefunden und der Fall gelöst war, hatten den gesamten über die letzten Tage angesammelten Stress schlagartig an die Oberfläche gebracht.

»Sicher doch. Aber zuerst brauche ich noch einen Espresso. Kommst du mit?«

»Gerne«, sagte Panić und ging ihm hinterher.

Valerio warf eine Münze in den Automaten und drückte eine Taste.

»Schwarz oder mit einem Tropfen Milch?«

»Einen Macchiato, wenn's sein darf.«

»Schmeckt nicht wie in der Bar, aber er lässt sich trinken. Das ist jetzt schon mein vierter. Bald kommt mir die Leber zwischen den Rippen heraus.«

»Ich bräuchte einige nähere Auskünfte für einen Artikel. Konntet ihr Signora Benussi schon vernehmen?«

»Das übernimmt der Commissario persönlich.«

»Verstehe. Aber wann, glaubst du, kann man Näheres erfahren?«

»Im Lauf des Vormittags, denke ich. Ich fahre jetzt auch gleich in die Klinik.«

In diesem Augenblick kam Violeta Amado gedankenversunken die Treppe herunter. Sie war noch immer eine Frau, nach der sich die Männer umdrehten, und der Schriftsteller betrachtete sie mit unverkennbarem Interesse.

»Guten Tag, Violeta. Wie geht es Ihnen?«

Die Brasilianerin sah ihn an, ohne ihn im Gegenlicht wiederzuerkennen. Als ihr klar wurde, dass es sich um Martin Panić handelte, lächelte sie ihn offen an.

»Guten Tag, Signor ... Entschuldigen Sie, aber ich weiß Ihren Namen nicht mehr.«

»Martin Panić.«

»Ach ja, der Schriftsteller, nicht wahr? Pater Florence

hat mir erzählt, Sie hätten ein sehr interessantes Buch über den Balkan geschrieben.«

»Das kann ich Ihnen zukommen lassen, wenn Sie möchten.«

»Danke, ja. Ich würde es wirklich gerne lesen.«

Die Sympathie, die sich zwischen den beiden ausbreitete, blieb auch dem aufmerksamen Blick von Pater Florence nicht verborgen. Er war gerade aufgestanden, um ins Büro der Staatsanwältin zu gehen. Aufgepasst, dachte er, das könnte Signora Panić Probleme machen. Besser, ich lenke die zwei ein wenig ab.

»Wie ist es denn gelaufen?«, wandte sich der Geistliche an Violeta.

»Gut. Die Staatsanwältin ist großartig. Ich habe ihr alles erzählt, was ich wusste. Sie wartet schon auf dich.«

»Ich bin gleich bei ihr. Und du solltest dich auf den Weg ins Offene Haus machen. Wir haben Neuankömmlinge da, die in einem bemitleidenswerten Zustand sind.«

»Mach dir keine Sorgen, ich kümmere mich um sie.«

Violeta lächelte Panić zum Abschied zu und ging zum Ausgang.

Der Journalist folgte ihr nach draußen.

»Verzeihen Sie. Ich möchte Sie nicht lange aufhalten. Aber ich habe mich gefragt, ob Sie mir vielleicht helfen könnten ...«

Die Brasilianerin drehte sich neugierig um.

»Wobei denn?«

»Ich überlege, ein Buch über die Erlebnisse von Luka Furlan und ihrem Enkel zu schreiben. Das ist schon eine irre Geschichte. Und ich habe gehört, dass sie Ihnen einiges anvertraut hat.«

Ein Leuchten trat in Violetas dunkle, tiefe Augen.

»Das ist eine tolle Idee! Schon damals beim Zuhören

ging mir durch den Sinn, dass ich das alles am liebsten aufschreiben würde. Wenn ich nur wüsste, wie ...«

Erfreut über Violetas positive Reaktion, fragte Panić weiter. »Pater Florence hat auch ein Tagebuch erwähnt. Haben Sie es gelesen? Ich würde zu gern einen Blick hineinwerfen.«

»Ich habe es leider nicht mehr. Es wurde zusammen mit allen anderen persönlichen Gegenständen von der Polizei beschlagnahmt. Da müssten Sie hier im Präsidium fragen.«

»Aber Sie würden mir helfen? Das Material ist brandheiß, da möchte ich mir keine Ungenauigkeiten zuschulden kommen lassen. Ich brauche jemanden, der mich unterstützt ...«

Martin Panićs aufmerksamer, mitfühlender Blick gefiel Violeta. Sie spürte, dass hinter dem Wunsch dieses Mannes, eine Geschichte zu erzählen, aufrichtige Anteilnahme steckte. Wenn sie dabei mithalf, an die Öffentlichkeit zu bringen, was ihrer Bekannten widerfahren war, dann wäre das auch eine Unterstützung für Luka.

»Zuerst müssten wir Luka Furlan und ihren Enkel fragen, finden Sie nicht?«, antwortete sie lächelnd. »Wenn sie einverstanden sind, dann helfe ich Ihnen gerne. Jetzt muss ich aber wirklich weiter.«

Hinter ihnen kam Elettra Morin angelaufen.

»Signor Panić, Signor Panić! Einen Moment, gehen Sie noch nicht!«

Martin Panić drehte sich um.

»Ich wollte nicht gehen. Ich habe nur die Dame zur Tür begleitet.«

Elettra nickte Violeta zu. »Mein Kollege Gargiulo hat mir erzählt, dass Sie einen Kontakt zum Triester Konservatorium hätten. Stimmt das?«

Martin Panić nickte.

»Mein Cousin arbeitet in der Verwaltung.«

»Glauben Sie, dass Sie uns helfen könnten, ein Vorspiel für Igor zu arrangieren, wenn er seine Strafe abgesessen hat?«

»Ich kann mich gerne erkundigen.«

»Danke sehr. Das wäre wirklich wichtig. Für ihn und auch für die Großmutter. Und vor allem für das Andenken an seinen Vater.«

»Ich werde sehen, was sich machen lässt.«

Bevor sie endgültig ging, machte Violeta noch einmal kehrt und umarmte Elettra.

»Danke!«

Der Vorschlag der jungen Polizistin hatte sie zutiefst bewegt.

27

»Glaubst du wirklich, dass Igor eine Chance hat, auf dem Konservatorium aufgenommen zu werden?«, fragte Valerio Elettra, als sie im Wagen saßen. Sie waren auf dem Weg zur Salus-Klinik.

Elettra antwortete nicht. Sie hatte den Kopf auf die Lehne sinken lassen und die Augen geschlossen. Sie war in keiner guten Verfassung. Ihr drehte sich der Kopf, und der Magen hatte sich zusammengekrampft wie unter einer stählernen Hand. Jedenfalls fühlte er sich so an. Anstatt Carla Benussis Aussage aufzunehmen, hätte sie sich in diesem Moment am liebsten unter eine Bettdecke geflüchtet und achtundvierzig Stunden am Stück geschlafen. Vielleicht ließen sich so die schmerzlichen Bilder der letzten Tage verscheuchen.

»Ich fürchte, wenn er vorbestraft ist, wird das nicht gerade eine Hilfe sein«, fuhr Gargiulo fort.

Elettra öffnete die Augen einen Spalt weit und seufzte.

»Ich weiß, Valerio. Das wird kein Spaziergang. Doch ich habe seiner Großmutter versprochen, mich um ihn zu kümmern, und das werde ich auch tun. Igor ist kein schlechter Kerl, aber wenn ihm niemand zur Seite steht, kann er auf die schiefe Bahn geraten. Er hat eine Menge Talent, vielleicht erkennt das ja jemand. Einen Versuch ist es wert.«

Einmal mehr konnte Valerio nicht umhin, das Engagement zu bewundern, mit dem Elettra alles anging. Vor wenigen Tagen war ihre Mutter gestorben, die sie innig geliebt hatte; gerade erst hatte sie Carla Benussi vor einem schrecklichen Tod bewahrt; sie hatte in den vergangenen achtundvierzig Stunden kaum geschlafen, und doch blieb ihr noch die Kraft, sich für einen unglücklichen jungen Mann einzusetzen, der allein auf der Welt war. Wie hätte er eine solche Frau nicht lieben und bewundern sollen?

»Du hast recht. Wie immer.«

Ohne die Augen zu öffnen, lächelte Elettra.

»Jetzt schleim hier nicht herum ...«

»Tue ich doch gar nicht! Ich meine das wirklich ernst. Auf so eine Idee wäre ich nie gekommen.«

»Du bist halt nicht multitaskingfähig, so ist das bei euch Männern ...«

»Was soll das denn heißen?«

»Dass es eben nur uns Frauen gegeben ist, mehrere Dinge auf einmal im Blick zu behalten«, antwortete Elettra in scherzhaftem Ton. »Das steckt in unserer DNA. Ihr seid einfach simpler gestrickt, da könnt ihr nichts dafür.«

Gargiulo spielte den Beleidigten.

»Willst du etwa sagen, wir sind nur Menschenaffen?«

Elettra brach in Gelächter aus, als sie Valerio mit einem Grinsen im Gesicht den Schimpansen mimen sah.

»Ganz genau. Du bist aber ein allerliebstes Exemplar«, sagte sie und fuhr ihm durchs Haar.

Gerührt griff Valerio nach ihrer Hand und drückte sie. Doch Elettra zog die Hand wieder weg und rief: »Schau, da fährt einer weg. Ich steige schnell aus und stelle mich in die Parklücke!«

So war es immer mit Elettra. Es wäre sinnlos gewesen,

sie ändern zu wollen. Gegen übertriebene Gefühlsäußerungen war sie allergisch. Das musste Valerio akzeptieren.

Als der kurze Kollegenbesuch vorüber war, sank Carla zurück in die Kissen. Sie schloss die Augen.

»Ihr müsst euch ja ganz schön Sorgen gemacht haben ... Das tut mir leid.«

»Das haben wir jetzt hinter uns.«

»Wie geht es Livia? Sie sah nicht gerade gut aus.«

»Du hast ihr gefehlt.«

»Und wie war es zwischen euch?«

»Du wirst es nicht glauben, aber wir haben ganz viel geredet.«

»Ohne zu streiten?«

»Fast gar nicht.«

»Das grenzt ja an ein Wunder.«

Ettore schlug die Bettdecke ein wenig zurück und strich ihr über die Stirn.

»Du hättest mal deinen Patienten sehen sollen, diesen Zorn. Er wollte um jeden Preis zu dir. Er war ganz außer sich.«

»Wie habt ihr ihn denn beruhigt?«

»Das hat Irene übernommen, die hat ja eine gewisse Erfahrung im Umgang mit Irren.«

»Pietro Zorn ist nicht verrückt. Er ist einfach unsichtbar für die anderen, der Arme.«

»Brauchst du etwas? Ein Glas Wasser?«

»Nein danke.«

Carla ergriff die Hand ihres Mannes und drückte sie. Sie war erschöpft.

»Möchtest du ein wenig erzählen?«, fragte Ettore.

Seine Frau seufzte und schloss wieder die Augen. Der Kommissar bekam ein schlechtes Gewissen.

»Wenn es dir zu viel ist, musst du dich nicht anstrengen. Wir haben alle Zeit der Welt.«

Doch seiner Frau war es ein Bedürfnis zu sprechen und die schreckliche Erfahrung, die sie gemacht hatte, mit jemandem zu teilen. Sie schlug die Augen auf und sah ihn an.

»Es war an dem Abend, als ich von dir weggefahren bin. Er hat mir vor dem Haus aufgelauert, ich habe es nicht rechtzeitig gemerkt, um mich zu wehren.«

»Hast du denn nicht um Hilfe gerufen?«

»Ich habe es versucht, aber er hatte Chloroform oder so etwas. Er hat mir den Mund zugehalten, und von da an erinnere ich mich an nichts mehr.«

»Warst du die ganze Zeit in dieser Grotte?«

»Nein, die ersten Tage war ich in einer Art Dachboden ohne Fenster an die Wand gekettet.«

Ettore verfluchte sich. Der Dachboden! Dann hatte er doch den richtigen Riecher gehabt. Warum war er nicht drangeblieben?

»Konntest du nicht schreien oder mit den Füßen stampfen?«

»Das habe ich versucht, aber als er mich gehört hat, hat er gedroht, mich umzubringen, wenn ich das noch mal machen würde.«

»Warum hat er dich eigentlich entführt? Hat er dir das gesagt?«

Carla lächelte bitter. »Weil ich ihn an eine gewisse Luka erinnern würde ...«

Ettore sah seine Frau entgeistert an.

»Luka, sagst du?«

»Ja, die einzige Frau, die er je geliebt hätte ...«

Der Kommissar erhob sich ruckartig und begann, kopfschüttelnd durchs Zimmer zu humpeln.

»Ich fasse es nicht«, sagte er. »Ich fasse es nicht!«

»Bitte, Ettore, setz dich wieder hin, du machst mich ja ganz kirre!«

»Luka war seine Schwägerin, die Frau seines Bruders.«

»Woher weißt du das?«

»Weil ebendiese Luka ihn getötet hat. Er hatte sich an ihr vergangen!«

Carla starrte ihn ungläubig an. »Das ist nicht dein Ernst! Seine geliebte Luka soll ihn getötet haben?«

»Genau diese.«

Wäre sie nicht so erschöpft gewesen, Carla hätte fast lächeln müssen. Aber dazu fehlte ihr die Kraft.

»Er hat mir stundenlang davon erzählt, wie schön und sanft diese Luka gewesen sei, und das, obwohl sie zu diesem verdammten Ustascha-Pack gehört habe. Doch dann habe das Schicksal ihn von ihr getrennt.«

»Er hat dir also von sich erzählt?«

»Deshalb hatte er mich ja entführt. Weil ich der einzige Mensch seit vielen Jahren gewesen war, der ihn beachtet und ihm zugehört hatte. Er brauchte jemanden, mit dem er die Geschichte seiner verlorenen Liebe teilen konnte ...«

»Und sonst war nichts?«

Carla lächelte, als sie die Frage durchklingen hörte, die Ettore nicht den Mut hatte zu stellen.

»Nein, zum Glück.«

Benussi sah sie lange an. Er war hin- und hergerissen. Sprach sie die Wahrheit? Hatte dieser Mann sie wirklich nicht angerührt? Er beschloss, ihr zu glauben. Eine andere Version der Geschichte hätte er nicht ertragen.

Carla streckte die Hand nach dem Glas aus.

»Ich habe Durst.«

»Da, bitte«, sagte Ettore, nachdem er ihr Wasser eingeschenkt hatte.

Carla leerte das Glas in einem Zug und streckte es ihm sofort wieder hin, um sich nachschenken zu lassen.

»Nachts habe ich immer versucht, mich zu befreien, aber die Handschellen schnitten mir ins Handgelenk, das hat richtig geblutet. Dann musste ich an dich denken, so nah und doch so fern, es war zum Verzweifeln. Und eines Abends war plötzlich Livias Stimme an der Tür. Sie hat ihm etwas zu essen gebracht.«

»Das war an Heiligabend. Er hatte uns etwas Brennholz überlassen.«

»Mir ist das Herz aufgegangen. Und ich habe geschrien, so laut ich nur konnte, aber ich war geknebelt. Ich hoffte so sehr, dass Livia mich hört!«

»Hat sie auch, aber sie glaubte, das sei eine Katze ...«

»Das habe ich mir fast gedacht. Arme Katze, er hatte sie erst vor Kurzem aus dem Tierheim geholt, für den Fall der Fälle. Wenn mich jemand hörte, konnte er behaupten, das sei die Katze gewesen. Ein richtiger Unmensch war das. Eigentlich hasste er Tiere.«

»Und was ist dann passiert?«

»Als Livia weg war, kam er zu mir hoch und hat mich beschimpft. Das tat er oft. Erst hat er mir Komplimente gemacht, von wegen ich sei wie seine Luka, und dann wurde er auf einmal wütend und brüllte, ich sei eine Nutte, er würde mich nie gehen lassen, ich würde ihm gehören! Ein echter Geistesgestörter, völlig paranoid. An dem Abend dachte ich wirklich, dass ich sterben muss.«

»Hat er dich nach Livias Besuch in die Grotte gebracht?«

»Noch in derselben Nacht. Es war furchtbar, ich rutschte auf dem Eis ständig aus, ich fiel hin, aber er hatte kein Erbarmen. Schließlich öffnete er die Falltür und stieß mich in das Loch. Ich war sicher, dass das mein Grab wird.«

Ettore nahm seine Frau in den Arm und zog sie an sich.

»Du Ärmste! Und dabei warst du so nahe, Liebling! So nahe …«

»Es war kalt da unten. So kalt. Ich glaubte, dass man mich nie finden würde.«

»Ich war schon fast dort. Ich hatte ihn mit einer Tüte aus dem Haus gehen sehen und war ihm gefolgt. Wenn der Junge mit dem Hinkebein mich nicht aufgehalten hätte, hätte ich dich gefunden.«

»Warum hat er das eigentlich getan? Hattest du ihn gesehen?«

»Ich war seinen Plänen im Weg. Er wollte keine Zeugen haben, wenn er den Mörder seiner Mutter tötete.«

Carla schloss die Augen und seufzte.

»Jetzt ist es genug, ich bin müde. Entschuldige, aber ich will mich nur noch ausruhen.«

Ettore rückte ihr noch einmal die hellblaue Decke zurecht und beugte sich vor, um seine Frau auf die Stirn zu küssen.

»Es ist vorbei, mein Liebling. Schlaf jetzt. Ich bleibe bei dir.«

Carlas Hand suchte die ihres Mannes.

»Du hattest recht.«

»Was meinst du?«

»Nicht jeder Mensch lässt sich wieder in die Gemeinschaft integrieren.«

Die Geschichte von Nadja und Kassim hätte ich nicht ohne die folgenden Bücher schreiben können:

Azra Nuhefendić: *Le stelle che stanno giù* [Die Sterne dort unten]. Edizioni Spartaco, Santa Maria Capua Vetere (CE) 2011.
    Vinko Puljić: *Cristiani a Sarajevo* [Christen in Sarajevo]. Paoline, Milano 2010.
    Paolo Rumiz: *Masken für ein Massaker. Der manipulierte Krieg. Spurensuche auf dem Balkan*. Aus dem Italienischen von Friederike Hausmann und Gesa Schröder. Verlag Antje Kunstmann, München 2000.
    Emir Suljagić: *Srebrenica. Notizen aus der Hölle*. Aus dem Bosnischen von Katharina Wolf-Grießhaber. Zsolnay Verlag, Wien 2009.
    Clara Usón: *La figlia* [Die Tochter]. Sellerio, Palermo 2013.

TRIEST

»Ich liebe Triest – der perfekte Schauplatz für Kriminalromane, so wie ich sie erzählen möchte.«
Roberta De Falco

1	Santa Croce	4		Das Karstgebirge
2	Wohnhaus von Commissario Benussi	5		Salus Klinik
3	Piazza dell'Unita			

Die Zeit heilt keine Wunden.

Roberta De Falco
Schuld vergisst nicht
Ein Triest-Krimi

Aus dem Italienischen
von Sigrun Zühlke
Piper Taschenbuch, 320 Seiten
€ 10,00 [D], € 10,30 [A]*
ISBN 978-3-492-31106-9

Endlich hat Commissario Benussi seinen Kriminalroman zu Ende geschrieben. Bei einer Feier für den Schriftsteller Ivo Radek will er sein Manuskript dessen Agentin schmackhaft machen. Doch dann wird der Preisträger schwer verletzt aufgefunden. Benussi ermittelt in der Triester Literaturszene, zu der er selbst so gern gehören würde. Bald wird klar: Den 90jährigen Schriftsteller umgibt ein dunkles Geheimnis, das seine Schatten bis in die Gegenwart wirft ...

PIPER

Leseproben, E-Books und mehr unter www.piper.de

Hauptsache reden.

Marco Malvaldi

Im Schatten der Pineta

Ein Toskana-Krimi

Aus dem Italienischen
von Monika Köpfer
Piper Taschenbuch, 192 Seiten
€ 9,00 [D], € 9,30 [A]*
ISBN 978-3-492-26424-2

Welch eine Hitze! Die sommerlichen Temperaturen in Pineta, dem toskanischen Städtchen an der ligurischen Küste, sind eigentlich nur an einem Ort zu ertragen – in Massimos Café BarLume. Und hier sitzen sie dann auch, die vier alten Männer, und vertreiben sich die Zeit. Mit Espresso, Sambuca, Kartenspiel – und Dorfklatsch. Und was haben sie nicht alles zu besprechen! Als ganz in der Nähe der Bar ein junges Mädchen ermordet aufgefunden wird, sind selbst die alten Männer sprachlos. Aber nur ganz kurz …

»Ein amüsanter Krimi.«

Freundin

Marco Malvaldi

Das Nest der Nachtigall

Kriminalroman

Aus dem Italienischen
von Luis Ruby
Piper Taschenbuch, 240 Seiten
€ 10,00 [D], € 10,30 [A]*
ISBN 978-3-492-30397-2

Pellegrino Artusi, Feinschmecker und beleibter Starkoch, ist zu Gast auf einem toskanischen Schloss. Doch nicht als Kulinariker, sondern als Kriminalist ist er bald gefragt, denn der Haushofmeister des Anwesens wird vergiftet in der Küche aufgefunden. Artusis ganzer Spürsinn ist gefragt, denn alle außer ihm halten das Zimmermädchen Agatina für die Mörderin …

PIPER

Leseproben, E-Books und mehr unter **www.piper.de**